大唐秘梟
卷·1
大唐客棧
方白羽著

大唐秘梟

卷·1 大唐客棧

目錄

楔子

第零章

那是一塊不規則的玉質殘片，

僅有小孩半個巴掌大小，正反兩面都刻有花紋。

那玉的質地十分普通，

兩面的花紋雕工也有些粗陋，實在不像是一件稀罕物。

不過始皇帝的目光中，卻有一絲畏懼與渴望交織的神色……

咸陽，秦宮，在厚重鉛雲籠罩下，越發陰鬱深沉，威嚴肅穆一如往昔。

一名內侍手提長袍下襬，腳底生風由外急行而來，片刻間穿過重重宮門，直到大殿外方停下腳步，跪地高呼：「啟奏陛下！前日抓獲的反賊在審訊中咬斷了自己舌頭，無法再開口。負責審訊的司獄官自知失職，已自刎謝罪！」

大殿之內，始皇帝雙目半開半闔，冷硬的臉上始終木無表情。分列左右的文武大臣面面相覷，鴉雀無聲，不知如何是好，紛紛將目光投向了丞相李斯。滿朝文武，唯有丞相李斯可猜透大王的心思。

感受到群臣殷切的目光，李斯越眾而出，小聲問：「大王，如今那幾個反賊已無法再開口，如何處置？還請大王示下。」

始皇帝雙目微啟，目光落在殿外陰霾的天宇。半晌，方聽他淡淡吐出一個字：

「坑！」

群臣面色俱變，卻無人敢開口勸諫。李斯並不感到意外，拱手拜道：「大王英明！不過僅坑殺這幾人，只怕會驚動他們的同黨，更不易找到他們同黨的蹤跡。依微臣愚見，不如將前日誹謗大王的方士和儒生一併坑殺，這樣天下人才猜不到大王的真正意圖。」

始皇帝木然望著風雨欲來的陰霾天空，蕭然道：「然！」

李斯拱手退出殿外，對跪地候旨的內侍高聲道：「大王有令，將反賊與誹謗大王的方士、儒生一併坑殺！」

「遵旨！」內侍如飛而去，片刻後，宮牆外隱約傳來無數哭號哀告，夾雜在天邊隱隱雷聲之中，顯得越發淒厲哀絕。天空中突然閃過一道銀蛇，照得天地一片煞白，跟著一聲霹靂從天而降，恍惚是上蒼的震怒，令群臣變色。

始皇帝眉梢微跳，突然抬起了左手。李斯急忙上前候旨，只聽始皇帝木然道：「問！」

「微臣遵旨！」李斯心領神會，快步退出大殿，匆匆出得宮門。早有侍從牽過坐騎，李斯翻身上馬，在數十名禁衛軍護衛下，縱馬疾馳而去。

一行人轉眼來到刑場，就見四百多名方士、儒生哭聲震天，掙扎著想從一人多深的巨坑中爬出，但手腳被縛，只能像蛆蟲一般無助地在坑中扭動。四周兵卒不斷將土填入坑中，泥土已到眾人胸腹，眾人的哭號越發淒厲絕望。

見丞相親至，眾兵卒紛紛停手待命。李斯縱馬來到坑邊，就見幾個麻衣漢子渾身血污、遍體鱗傷，夾雜在四百多名方士、儒生中間，顯得十分扎眼。幾個人神情如常，對即將發生的慘劇似乎安之泰然，與那些或痛哭流涕或高聲叫罵的儒生和方士形成了鮮明的對比。

李斯心中暗自佩服，對那幾個麻衣漢子緩聲道：

「大王最後再給你們一次機會，只要說出……或者寫出那東西的下落或線索，大王可饒你們不死！」

幾個漢子咧嘴而笑，露出口中血肉模糊的斷舌。李斯見他們不再理會自己，只得對周圍的兵卒遺憾地揮了揮手，眾兵卒便繼續將土往坑中填埋。眾儒生絕望而嚎，哭號叫罵聲不絕於耳，令人不忍卒聞。

隨著填土的漸漸升高，哭號叫罵聲越來越弱，也越來越淒厲，不過夾雜在眾儒生中間那幾個漢子始終平靜安詳，直到泥土將他們徹底掩蓋埋沒。

李斯心中暗自生出一絲寒意，不怕死的漢子他也見得多了，但在這種情況下依舊視死如歸的漢子，他卻還是第一次見到，難怪始皇帝要將他們視為最危險的敵人，有這樣的對手，無論是誰，只怕都要寢食難安。

大坑已徹底填平，不過新填的泥土還在微微蠕動，那淒厲的哭號似乎依舊在眾人耳邊嫋嫋縈繞。負責指揮現場的將領一聲令下，眾兵卒立刻在新填的泥土列隊走過，兩三個來回之後，泥土被踏實，跟周圍的泥土再無二樣。

李斯搖頭嘆了口氣，不敢再待在這坑殺了四百多人的現場，急忙調轉馬頭回宮覆命。少時他來到大殿，對靜候回音的始皇帝稟報道：

「大王，他們沒人開口，已與誹謗大王的方士和儒生一起被坑殺。」

始皇帝似乎並不感到意外，只微不可察地冷哼了一聲。

李斯察言觀色，拱手小聲問：「如今線索已斷，不知又該如何追查那東西的下落？還請大王示下。」

滿天的烏雲終於化作豆大的雨點淋漓而下，在疾風驟雨聲中，大殿內顯得越發寂靜幽暗。始皇帝輕輕拈著頷下鬍鬚木然半晌，最後輕輕吐出一個字：

「焚！」

李斯面色微變，拱手忙問：「大王是要焚盡天下一切有字之書？」

見始皇帝沒有否認，李斯急道，「大王萬萬不可，若天下無書，大王的法令如何遠達邊塞和蠻荒？臣有一策，既可阻止那東西流落民間，又可保證大王的法令遠達四海八荒。」

「講！」

始皇帝終於從漫天風雨中收回目光，森然望向面色惶恐的李斯，他不習慣自己的命令被人所阻，就算是為掃平六國立下過汗馬功勞的大秦丞相也不例外。

感受到始皇帝目光中的寒意，李斯額上冷汗涔涔而下，急忙拱手拜道：

「殿下可頒佈一條法令，設新字體代替舊有的各國文字，令天下書同文、字同音。收所有書典入宮，民間除醫、筮、卦書可用新文字保留，其餘百家典籍，各種雜學皆在焚毀之列。廢除一切私學，百姓欲習字讀書，只能向官府中人學習。如此一來，既可使百姓忠於朝廷，又可防止那東西重見天日，動搖我大秦根基。」

始皇帝木然片刻，最後微微頷首道：「然！」

「臣遵旨！」李斯拱手一拜，回頭對文武百官道，「傳旨天下，六國史冊，百家典籍，各種雜學除了上交朝廷留存，其餘皆在焚毀之列。除了各郡縣官吏，百姓若私自藏書，以謀反罪斬立決，九族並誅，全保連坐！」

「遵旨！」百官齊聲答應。一條前所未有的焚書法令，很快就通行全國。

「報——」大殿外突然傳來內侍氣喘吁吁的高呼，「尚毅將軍回來覆命，在宮外等候陛下召見！」

一直寵辱不驚的始皇帝眼中第一次閃過一絲喜色，高聲道：「宣！」

「宣尚毅將軍上殿！」隨著內侍將始皇帝口諭一重重傳達到宮門之外，一個渾身甲冑、精明幹練的將領大步進來，越過重重宮門，最後在大殿外解下兵刃交給侍衛，然後從容不迫地來到大殿中央，對始皇帝俯身一拜，並從貼身處小心翼翼拿出一物，像捧著最貴重的貢品般高舉過頭。一名內侍連忙上前接過，同樣小心翼翼地捧到始皇帝面前。

始皇帝眼中閃過莫名期待，雙手接過那片不起眼的東西，頓時有些疑惑，不由將目光轉向跪在臺階下的心腹愛將。

感受到始皇帝冷厲的目光，尚毅連忙匍匐拜道：

「啟奏陛下，那件東西已經被反賊裂成了幾塊，微臣無能，只拿回這其中一塊。」

始皇帝眼中的希冀變成了惱怒，盯著匍匐不敢抬頭的愛將默然半晌，突然抬手用力一揮。幾個如狼似虎的侍衛立刻衝上前，將渾身顫抖的尚毅架起就走。他不禁掙扎大叫：

「微臣誓為陛下找齊所有碎片，求陛下再給微臣一個機會！求陛下再給卑職一次機會啊……」

淒厲的呼聲越遠漸渺，最後消失在重重宮門之外，群臣人人低頭望地，盡皆噤若寒蟬。始皇帝目光從群臣面上一一掃過，最後落在一名冷定從容的將領身上，對方立刻越眾

而出，拱手拜道：「微臣願為陛下找到那件東西。」

始皇帝微微頷首，抬手一揮，身後的內侍立刻長聲高呼：「退——朝——」

群臣盡皆舒了口氣，紛紛拱手拜退。

待群臣離去後，始皇帝這才好奇地望向手中的東西，也就是尚毅方才獻上的東西。

那是一塊不規則的玉質殘片，僅有小孩半個巴掌大小，正反兩面都刻有花紋。那玉的質地十分普通，兩面的花紋雕工也有些粗陋，實在不像是一件稀罕物。不過始皇帝的目光中，卻有一絲畏懼與渴望交織的神色……

逃亡

第一章

任天翔眉頭緊皺，沒想到自己離開長安還不夠，
有人還恨不得將自己置之死地而後快。
對方那種趕盡殺絕的狠毒，反而激起了他胸中的好勝之念。
他暗自發狠道：你要我死，我卻偏不如你所願！
我不僅要好好活下去，還要重回長安，將你這卑鄙小人揪出來！

——嘩！

一盆涼水如醍醐灌頂，將宿醉未醒的任天翔激得渾身一顫，猛然坐起。抹抹滿臉水珠，他疑惑地望望頭頂上方，茫然問：「怎麼回事？下雨了？」

一旁有人「撲哧」失笑，卻又趕緊剎住。在大唐天寶盛世之年，在長安最有名的長樂坊宜春院三層高的貴賓樓上，讓客人淋雨無疑是天大的笑話。

不過，此刻卻無人敢笑，寬敞華美的大廳中雖然還有七八個黑衣漢子，卻盡皆肅穆而立，就連方才那失笑的女子，也趕緊低頭噤聲，不敢再看任天翔一眼。

任天翔晃晃依舊有些發矇的腦袋，恍惚記起那女子是叫小紅還是叫小蘭，是宜春院剛下海的新人。若在往日，他免不了要調戲兩句，不過，此刻顯然不是時候。在他周圍，七八個漢子都在用一種鄙夷的眼神盯著他，尤其他面前那個鬚髮花白的矍爍老者，眼裏那強壓的怒火，猶如即將爆發的火山。

「姜伯，你怎麼也在這裏？」任天翔臉上尷尬一閃而沒，他已看到老者手中尚未放下的水盆，總算明白那場睡夢中的暴雨是從何而來。

「我姜振山也想問你同樣的問題！」老者的怒火終於爆發，扔掉水盆上前一步，幾乎貼著任天翔的臉在吼，「昨天是什麼日子？你居然跑到宜春院鬼混！你不趕緊跪下請罪，老夫現在就要替堂主教訓你！」

任天翔抹抹臉上被噴的唾沫星子，若無其事地沉吟道：「昨天？哦，我想起來了，是義安堂老大任重遠的頭七忌日。那又如何？你該不是要以此為藉口，將我這個少堂主痛扁一頓吧？」

「啪！」姜振山本已揚起的手重重摜在了自己臉上。

雖然面前這年僅十八歲的少年是自己看著長大，可畢竟是堂主的親生兒子。姜振山追隨任重遠二十多年，早已將之視為天人，從不敢有絲毫冒犯，這種感情如今也或多或少轉移到他的兒子身上。面對任天翔的質問，姜振山只得將怒火發洩到自己身上，含淚捶胸頓足，仰天長嘆，「堂主一世英雄，怎麼會有你這麼個混賬兒子？」

一個蹲在角落的中年文士緩緩站起身來，方才他背對眾人蹲在角落，一點也不引人注意，不過一旦站起，就沒人會忽略他的存在，就連一直滿不在乎的任天翔，也不由自主將目光轉向他，有些意外地招呼道：「季叔，你、你也來了？」

文士拈著短鬚木無表情，喜怒哀樂完全不形於色。他的年紀看起來比姜振山年輕至少二十歲，卻反而比姜振山老成穩重。就連最普通的一句話，也像是經過深思熟慮才說出口：「出了這麼大的事，我不來行嗎？」

任天翔注意到方才文士蹲著的角落，躺著個衣衫錦繡的男子，看不清年齡模樣。他使勁晃晃暈沉沉的頭，卻還是想不起那個男子跟自己有什麼關係。他只記得昨晚與人拼酒，拼到最後酩酊大醉，那之後的一段記憶完全是空白。

文士對一名黑衣漢子微一頷首，那漢子立刻將方才忍不住失笑的少女推了過來。文士示意她不用驚慌，然後問道：「你就是小蘭？昨晚究竟是怎麼回事？」

「奴婢……奴婢也不知。」小蘭像受驚的小兔，膽怯地躲開文士的目光，望著自己腳尖戰戰兢兢地道，「昨晚任公子和江公子喝了好多酒，幾乎喝了一個通宵，丫鬟、樂師熬不住先去睡了，就只有奴婢在陪兩位公子。後來奴婢下樓去茅廁，聽到兩位公子在樓上打了起來，然後就聽到有人從樓上摔了下來。」

宜春院的龜公老顧也湊過來小聲補充：「當時已經是凌晨，我聽到小蘭的哭喊趕來一看，發現江公子已經斷了氣。小人知道事關重大，一面派人給季爺送信，一面關閉大門不准任何人出入，以免走漏風聲。也幸虧江公子是摔在無人的後花園，所以這事就只有我和小蘭知道。」

「你做得不錯，義安堂不會忘了你這樣的朋友。」姓季的文士拍了拍龜公的肩頭。

老顧受寵若驚地連連點頭哈腰道：「那是應該，那是應該，季爺實在太客氣了。」

姓季的文士擺擺手，龜公與小蘭知趣地退了出去。文士轉向任天翔，緩緩問：「昨晚究竟怎麼回事？你真一點也想不起來？」

任天翔捶了捶頭，頹然道：「我只記得昨晚在跟人拼酒，後來喝茫了，實在想不起發生了什麼事。」他望了望角落裏的屍體，「我可沒有殺人，你們得幫我解決這麻煩。」

文士袖著手沒有說話，一旁的姜振山卻已忍不住將任天翔一把拉到屍體旁，揭開蓋在屍體臉上的衣衫喝道：「你先看看死的是誰！再教教咱們如何解決這麻煩？」

任天翔低頭一看，臉上微微變色：「是六公子！」

姜振山一聲冷哼：「你總算沒有完全糊塗，七公子。」

長安七公子，是世人對長安城七個紈褲子弟的戲稱，這七人個個出身顯赫，年少多金，是無數青樓女子最喜歡的貴客，也是不少無知少女的夢中情人。而任天翔正是其中最年少的「七公子」。

在最初一刻的意外過去後，任天翔臉上又泛起那種玩世不恭的淺笑：「昨晚我倆都喝多了，無論誰從樓上摔下去都不奇怪，他的死跟我沒關係！」

姜振山見任天翔一副滿不在乎的模樣，氣得抓住他的胸襟喝問：「你知不知道長安六公子江玉亭是誰？」

「我當然知道。韓國夫人的獨生子，貴妃娘娘的親外侄，京兆尹楊國忠是他堂伯。」任天翔推開姜振山的手，曖昧一笑，「聽說聖上跟他娘也有一腿，這麼說來，我豈不是死定了？」

「虧你還笑得出來！」姜振山雙眼冒火，卻拿這個不知天高地厚的少堂主毫無辦法。那文士示意姜振山冷靜，而後對任天翔道：「少堂主，死的是韓國夫人的兒子，不管是不是被你失手推下樓，你都脫不了干係。如今堂主新逝，義安堂群龍無首，李相國又重病纏身，無暇過問政事，出了這麼大的事，恐怕義安堂也保不了你。」

任天翔不以為意地笑道：「那就將我交給京兆尹楊國忠好了，他是六公子的堂伯，一定會秉公斷案，給我一個公道。」

「季如風，你可不能將少堂主交給楊國忠啊！」姜震山急忙道，「就算江玉亭是少堂主失手推下樓，咱們也得保少堂主周全。堂主如今就留下這麼一個兒子，咱們無論如何不能讓他有任何閃失。」

白衣文士季如風淡淡道：「咱們當然不能將少堂主交出去，不過，如今楊家權勢熏天，而義安堂卻是群龍無首，要想徹底將此事壓下來，那是千難萬難。為今之計，少堂主恐怕只能先避避風頭，暫時離開長安。」

姜震山低頭想了想，無奈一跺腳：「這恐怕也是唯一的辦法了。」

「我哪兒也不去！」任天翔斷然拒絕。

季如風淡淡道，「少堂主，如果你不走，義安堂勢必要竭盡全力來保你，定與楊家發生直接衝突。在堂主新近去世的多事之秋，你忍心看著大家為了你一個人而流血拼命嗎？如果少堂主還當自己是義安堂一份子，就不要讓大家難做。」

任天翔啞然，雖然他玩世不恭且不知天高地厚，卻也知道楊家的勢力和能力，死的是皇上最寵愛的楊貴妃的親侄兒，就算義安堂竭盡全力，也未必能保全自己。

季如風見任天翔低頭無語，便示意幾個黑衣漢子退出大門，然後對他道：「少堂主從小在繁華似錦的長安城長大，窮鄉僻壤恐怕是待不慣。幾個繁華城市中，東都洛陽離長安太近，不是好去處，揚州廣州又太遠，義安堂在那裏的影響力有限，不好照顧少堂主。益州也是繁華都市，離長安不遠不近，義安堂在那裏還有分舵，我看比較合適。」

「我不去益州。」任天翔顯然對季如風主宰一切的作風有些不滿。

「那你想去哪裡？」季如風皺眉問。

任天翔有些茫然，從未離開過長安城的他，對長安以外的任何城市都十分陌生。對他來說，無論揚州還是益州，都如天涯海角一般遙遠，他實在不知如何選擇自己的逃亡之

地。

「開——市——嘍——」窗外隱約傳來更夫的吆喝，沉睡了一夜的長安城開始活絡起來。上百個街坊陸續打開四門，開始新一天的營生。與宜春院只有一街之隔的東市，也漸漸響起了小販的吆喝叫賣，以及各種方言夷語的討價還價。

經歷了開元和天寶初年的高速發展，長安已成為世界第一的繁華都市，來自世界各地的各色商人，在長安城東西兩市，交換著能給他們帶來無盡財富的絲綢、瓷器、茶葉、香料、氈毯等等貨物。長安人豪言，天下貨物都能在東西兩市買到，以至於「東西」一詞，竟成為任意貨物的代稱。

現在，任天翔卻不得不離開從小長大的繁華都市長安，去一個陌生之地逃難，此刻他才發現，自己除了長安和洛陽，竟再想不起一個熟悉點兒的地名。

一陣悅耳的駝鈴吸引了他的目光，他從窗口望出去，就見一支駝隊正沿著長街緩緩去往東市，駝背上那些薄紗遮面的金髮胡姬，充滿了異國的性感和神秘。

任天翔從那些胡姬的打扮認出了她們的來歷，那是來自西域龜茲的舞姬！她們的身影漸漸幻化成一個模糊朦朧的女孩，雪膚、金髮、長辮，大大的眼睛深邃湛藍，猶如大海一般幽深神秘。

可兒！任天翔很吃驚自己立刻就想起了她的小名。他的思緒似穿越時空，彷彿又回到了塵封已久的童年。那個精靈般的小女孩正扭動著纖瘦的腰肢，在陽光下翩翩起舞。隨著她舞姿的蹁躚，無數彩蝶從四面八方翩翩而來，就像臣民蜂擁在牠們的公主周圍。

後來他才知道，那叫龜茲樂舞。

潛藏已久的記憶在突然間復蘇，他憶起了童年時那唯一的玩伴，以及她那帶著異族腔調的悅耳唐語；他也記起了那個燈火通明的夜晚，一大幫蒙面人闖入了宜春院，將可兒連夜帶走。他不顧臥病在榻的母親阻攔，拼命追了出去。可兒掙脫那些人的手，含著淚回頭對他說：「我要回龜茲，你要到龜茲來找我。」

「我長大後，一定去龜茲找你！咱們勾勾手！」兩個孩子在一大幫蒙面漢子的環視之下，鄭重其事地手勾手立誓。眾漢子盡皆莞爾，但沒有一個人催促。

那一年，任天翔六歲，那一年，他的母親因病去世，那一年，他成了任重遠的兒子。

「想好沒有？要去哪裡？」季如風的聲音在身旁響起，令任天翔的思緒重新回到現實，才發覺自己方才走神了。他不再猶豫，輕輕吐出了一個神秘而陌生的地名：

「龜茲。」

「什麼？」季如風十分詫異，以為自己聽錯了。

「不錯，就龜茲！」任天翔轉望季如風，玩世不恭的臉上第一次流露出從未有過的堅定，「除了龜茲，我哪兒也不去。」

季如風皺起眉頭，耐心解釋道：「龜茲遠在西域，離長安有數千里之遙，那裏蠻夷混雜，民風彪悍，盜匪橫行。雖然朝廷在龜茲設有安西都護府，卻也無力壓服各方蠻夷勢力，因此時有叛亂和戰爭。再說此去龜茲千山萬水，途中要經過無數人跡罕至的草原荒漠，其間時有盜匪馬賊出沒，實在不是個好去處。更重要的是，義安堂在龜茲連個落腳點都沒有，恐怕無力照顧少堂主。」

「你不用說了，就龜茲。」任天翔望向季如風，目光於平靜中蘊有不可動搖的堅決，令季如風不由自主想到死去的任重遠，也令他第一次在任天翔的身上，看到了與堂主相似的東西，那就是說一不二的決斷。

季如風無奈嘆了口氣：「好吧，就龜茲。我已令人去請長安鏢局的金總鏢頭，由他護送你去龜茲。」他頓了頓，解釋道，「本來義安堂該派人一路伺候少堂主，不過，義安堂還要在長安待下去，沒法跑路，所以只好儘量撇清干係，希望你能理解。」

任天翔哈哈一笑：「是啊，我這個少堂主對義安堂沒一點貢獻，卻總是給你們惹麻煩，早點跟我撇清關係那是應該。」

季如風沒有理會任天翔的挖苦，提高聲音對門外喝問：「去請金總鏢頭的兄弟回來沒有？」

「金總鏢頭已在樓下等候多時了。」

「快讓他上來。」

隨著腳步聲響，長安鏢局總鏢頭金耀揚推門而入，那是個豹頭環眼的中年漢子，身材高壯，紫醬色的國字臉膛上，刻滿了江湖歲月的風霜。

季如風迎上兩步，拱手拜道：「金總鏢頭，咱們少堂主遇到點麻煩，希望總鏢頭看在季某薄面上，定要幫忙。」

「季先生千萬別這麼說。」金耀揚急忙還拜，「義安堂對長安鏢局有大恩，季先生這樣說實在太見外了。」他好奇地看看一旁的任天翔，低聲問，「不知金某有什麼可以效勞？」

「我知道長安鏢局的鏢旗走遍天下，不知今日有沒有去龜茲的商隊？」季如風低聲道，「我希望能順道帶上咱們少堂主，還希望由金總鏢頭親自護送。」

「任公子要去龜茲？」金耀揚十分意外，「這是為何？」

「這事事關重大，季某不敢隱瞞。」季如風說著，將金耀揚帶到房間角落，揭開蒙在屍體上的衣衫，低聲將事情緣由草草說了一遍。

金耀揚雖然十分驚詫，卻毫不猶豫地道：「昨日正好有鏢師護送一支商隊去龜茲，咱們若立刻出發，天黑前肯定能趕上。季先生放心，義安堂對長安鏢局有大恩，金某拼著得罪楊家，也要護得少堂主周全。」

「總鏢頭真義士也！」季如風一聲讚嘆，向門外拍了拍手，立刻有義安堂漢子推門而入，將剛剛從義安堂取來的銀兩捧到金耀揚面前。季如風對金耀揚拱手道，「這點銀兩就算是義安堂的鏢銀，還望總鏢頭笑納。」

金耀揚也不客氣，接過銀錠道：「我就以長安鏢局的金字招牌為擔保，將任公子平安送到龜茲。」

季如風點點頭，從送錢的漢子手中接過一個錦囊，遞給任天翔道：

「少堂主，這裏有一袋金豆，省著點花也夠用上三年五載。到了龜茲記得寫封信報個平安，待風頭過去後，我會派人去接少堂主。」

任天翔接過錦囊掂了掂，笑道：「季叔真是客氣，這幾十兩金豆子差不多值一千貫錢了，足夠尋常人家用上幾輩子。不過與任重遠打下的義安堂基業比起來，可就實在微不足道。能用這點錢將我打發走，季叔真不愧是人稱『神機妙算』的季如風。」

季如風神情如常地淡淡道：

「少堂主，義安堂是當年十八個兄弟拎著腦袋打下的基業，不是任何個人的財產。我追隨堂主開幫立堂的時候，十八個兄弟就只剩下七人，如今堂主英年早逝，當年的老兄弟就只剩六人。雖然我個人支持你繼承堂主之位，可你的為人卻實在是讓其他兄弟寒心，以至於堂主人選遲遲無法確定。如今你又惹出這麼大的麻煩，不得不離開長安，你不去益州不去揚州，卻偏偏要去西域，倉促之間你讓我哪裡去找那麼多現金？」

任天翔哈哈一笑：「如此說來，是我錯怪了季叔，小侄給季叔陪不是了。」說著彎腰一拜，臉上卻滿是戲謔和調侃。

「季某愧不敢當。」季如風沒有理會任天翔的嘲諷，轉向金耀揚道，「總鏢頭儘快帶公子上路吧，這事咱們瞞不了多久。」

金耀揚對季如風拱拱手，然後向任天翔抬手示意：「任公子，請！」

任天翔突然想起了前朝那些兒皇帝，雖然貴為皇子王孫，卻被一代女皇武則天任意羞辱宰割，毫無尊貴可言。自己雖然還是義安堂名義上的少堂主，卻早已經沒有半點少堂主的尊嚴，就算被別人扶上堂主之位，地位與歷史上那些兒皇帝也不會有兩樣，與其如此，

倒不如爽爽快快地離開。

這樣一想，他便灑脫地對金耀揚抬手示意：「總鏢頭先請。」

隨著金耀揚下得樓來，任天翔看到了迎上來的老鴇。他將那婦人拉到一旁，小聲問：「趙姨，我想向你打聽個人。」

「誰？」老鴇忙問。

「就是我六歲離開宜春院那年，那個叫可兒的小女孩。」任天翔道，「她好像是龜茲人。」

老鴇皺眉沉吟片刻，恍然點頭：「好像是有這麼個人。當年龜茲王叛亂被朝廷平定，有不少叛臣家眷獻俘到長安，男的處死，女的賣身為奴。我看那孩子可憐買了下來，誰知沒多久就被強人劫了去，她要還活著，也該跟你一般大了吧。你問這個做什麼？」

任天翔沒有回答，他不想告訴別人，那些蒙面人其實並不是強人，而是來自龜茲的武士。看他們對可兒的恭敬態度，應該不會傷害可兒，這越發堅定了任天翔去龜茲的決心。他沒忘記兒時的諾言，如今他已十八歲，是履行諾言的時候了。

信手將錦囊遞給了送行的老鴇，任天翔嘆道：「趙姨，這些年得宜春院諸位姐姐愛護，一直心存感激。如今我就要離開長安，不知道什麼時候才能回來。就請諸位姐姐大宴三日，聊表謝意。」說完也不等老鴇道謝，就將裝著金豆的錦囊塞入她手中，瀟瀟灑灑地負手而去。

他剛出門，就聽身後傳來趙姨驚天動地的歡叫，幾乎三條街外都能聽到。

跟在他身後的金耀揚急忙追上兩步，驚訝地瞪著任天翔，結結巴巴地問：

「你……你將所有金豆子都賞給了老鴇？」

「不是賞給趙姨，而是宴請宜春院諸位姐姐。」任天翔腳步不停地出了宜春院。

金耀揚看不出這之間有何區別，只在心中暗自感慨：紈褲就是紈褲，幾十兩金子隨隨便便就賞給了娼妓，比我長安鏢局幾十個鏢師一月的薪俸還多！照這樣糟蹋，多大的基業都要敗得乾乾淨淨，難怪季如風要將這紈褲公子送走了。

任天翔知道他的舉動給別人帶來的驚詫，不過他並不想解釋。見金耀揚沒有跟上來，他回頭笑道：「總鏢頭，我現在身無分文，這一路就只有吃你喝你了，你不會不管我的死活吧？」

看到金耀揚冷著臉沒有說話，任天翔哈哈大笑，心中從未有過的暢快。他知道金耀揚名義上是護送自己去龜茲的鏢師，其實是押送自己流亡西域的差役，能一路上吃喝押送自己的差役，讓任天翔心中充滿了惡作劇的快感。

「總鏢頭，咱們上路吧！」他笑著催促起來。

金耀揚吹了聲口哨，兩名候在門外的隨從連忙將馬牽了過來，他先將一匹馬交給任天翔，然後翻身跨上另外一匹，將一包裹銀錠交給一名隨從道：

「小山，你回去稟報夫人，就說我接了趟急鏢要馬上上路，大概一兩個月後才能回來。路上有小義照顧，讓她不用擔心。」

小山答應而去後，金耀揚帶著另一名隨從金義，立刻打馬就走，誰知任天翔沒有跟來，卻拔馬走上了另一條岔路。金耀揚連忙喝道：「少堂主這是要去哪裡？」

「我還要回家一趟。」任天翔頭也不回打馬就走。

金耀揚連忙追上任天翔，耐著性子解釋道：「任公子，你是在逃亡，當然是越快越好，多耽誤一刻就多一分危險。」

任天翔冷笑道：「就算是充軍邊關的人犯，臨行前也要跟家人道個別吧？我難道連犯人都不如？」說完揚鞭疾馳，全然不顧金耀揚的阻攔。金耀揚氣得滿臉鐵青，卻發作不得，只得打馬追了上去。

一向頤指氣使的他，何曾受過這等窩囊氣？他開始有些後悔接下這趟麻煩的急鏢了。

長安的清晨朝華似錦，將巍峨的城郭妝點得尤其富麗堂皇。

長安城在隋朝興建時稱為大興城，唐長安城沿用隋朝大興城舊制，不斷修建擴展，使之更加宏偉壯觀。其佈局是宮殿、衙署、坊、市分置，北部是宮城和皇城衙署，外郭城從東南西三面拱衛皇城與宮城，是平民和官員的住宅區和商業區，住宅區名坊，商業區名市。全城南北中軸線兩側東西對稱，東半部設萬年縣，有東市；西半部設長安縣，有西市。東五十四坊和西五十五坊大部分對稱。棋盤式的街道寬敞筆直，均作南北、東西向排列，相互垂直寬暢豁達，橫十四豎十一條大街將外郭城切割成了一百零九個坊和東西兩個市。

當年隋朝名臣宇文愷督造長安時，力求將全城建造得猶如軍營般橫平豎直，齊整有序。不過，這並未妨礙長安向多元化發展，唐朝的興盛和包容，使來自世界各地的商賈可以依照各自的習俗聚集成市，漸漸將每一條街、每一座坊都發展出各自的特色，終使長安成為當時天下第一的繁華都市。

策馬馳騁在筆直寬暢的街頭，任天翔第一次仔細打量起街道兩旁的店鋪和建築，第一次發覺這些熟悉的建築是那樣親切，包容呵護了他十八年之久，現在突然間要離開，他心中竟有些酸楚和不捨。

他最後在一座古樸巍峨的府邸前勒馬停了下來，門楣上的牌匾已有些斑駁，不過上面

那兩個大字依舊遒勁如初。

——任府！這就是任天翔的家，也是義安堂大龍頭任重遠的府邸，它曾經是長安城地下王國的權力中樞，在義安堂幫眾的心目中，甚至不亞於九五之尊的皇家宮城。

不過，現在任重遠已死，曾經人來人往、煙火鼎盛的盛況也早已散去，巍峨的府邸就如只剩下一個空殼般，透著無盡的空曠、頹廢和破敗。

任天翔在門前翻身下馬，看了看無人打掃的門廊，默默推門進去。老門房任伯顫巍巍迎出來，驚喜交加地問候：「少堂主總算回來了？我……我這就讓廚下給你準備早點！你等著，我這就去廚房！」

任天翔不置可否地「唔」了一聲，回頭對金耀揚示意：「總鏢頭請留步，我跟家人道個別，這就出來。」

金耀揚只得在二門外停步，叮囑道：「公子快去快回，咱們還要趕路呢。」

任天翔點點頭，丟下金耀揚徑直去往後院。後院平日就很清靜，如今更是空寂無聲。任天翔循著小道轉過一座假山，就見池塘邊一棵百年生的月桂樹下，一個背影單薄的小女孩，正望著滿池的蓮葉發愣。小女孩身著素白孝服，遠遠望去，就像朵一塵不染的白蓮花。

看到女孩的背影，任天翔玩世不恭的臉上泛起了一絲暖意，慢慢來到她的身後，本促狹地想嚇她一跳，誰知女孩已聽到腳步聲，猛然回頭一掌，結結實實地擊在任天翔胸膛，將他打得一個踉蹌退出數步。

小女孩跟著一腿踢出，直奔任天翔面門，待看清是誰，頓時驚喜萬分：

「三哥，你……你總算是回來了！」

小女孩飛起的腳尖離任天翔的面門已不足一寸，不過總算在最後關頭停住。任天翔悻悻地撥開她的腳尖，教訓道：「女孩子沒事練什麼武，想嚇你一回都不行。」

小女孩不好意思地吐吐舌頭，跟著關心地問：「這兩天你到哪兒去了？大家到處在找你。」

小女孩只有十二、三歲，像含苞的花蕾惹人憐愛。任天翔有些愧疚地避開她的目光，含糊道：「大人的事小孩子別管。家裏……還好吧？」

「你也比我大不了幾歲，跟我裝什麼大人？」小女孩撅起小嘴，一臉的不甘，「他們所有人都在罵你，說你是個不孝之子。三哥，你怎麼不回來為爹爹守靈送終？」

任天翔悵然望向虛空，神情黯然，半晌方輕聲道：「你還小，有些事你不懂。」

「我下個月就滿十三歲了！」小女孩心有不甘地仰起頭，用早熟的口吻質疑道，「現在爹爹走了，就剩下咱們兄妹相依為命，你還有什麼事不能對我說？」

任天翔苦澀一笑，忍不住拍了拍面前這同父異母妹妹可愛的小臉：「是啊，小琪都十三歲了，是該學著自己照顧自己了。」

小女孩冰雪聰明，立刻從任天翔吞吞吐吐的語氣中看出了什麼，忙問：「你……你這話是什麼意思？」

任天翔無奈道：「我遇到點麻煩，要離開長安一段時間。」

「我跟你一起走！」小女孩躍躍欲試，竟似把離開長安當成一件開心的事情。

任天翔心中閃過一絲衝動，差點就忍不住答應下來，但轉而一想，自己是要亡命江湖，怎麼有能力照顧妹妹？他無奈搖搖頭：

「你別傻了，我是不得不離開長安，你卻沒必要跟我受罪。雖然爹爹不在了，可你還有母親和舅舅，尤其是你舅舅『碧眼金雕』蕭傲，我這一走，他多半就能順順當當坐上義安堂老大的位置。有他罩著你，你依舊是長安城沒人敢惹的小魔星。」

小女孩不屑地撇撇嘴：「我才不要他照顧，他要不是我媽的堂兄，我都懶得理他。」

二人正說話間，就聽遠處傳來一個女人喳喳呼呼的呼喚：「琪琪！琪琪！這孩子，死哪裡去了？」

「我媽來了，不跟你說了！」小女孩知道母親看到任天翔就不會有好臉色，急忙轉身要走，卻又突然想起一事，忙從貼身處摸出一物，塞入任天翔手中，「這是爹過世前讓我交給你的東西，爹讓我無論如何要親手交到你手中，並且誰都不要告訴，所以連我媽都不知道。」

任天翔仔細一看，是一塊形狀不規則的玉質殘片，比常見的玉佩稍小些，玉的質地十分普通，正反兩面都有粗陋的紋飾。他翻來覆去看了半晌，實在不明白是什麼東西，便塞還給妹妹道：「還是你留著吧，你知道我不想要他任何東西。」

「三哥，這是爹爹留給你的唯一遺物。」小女孩急道，「他再怎麼說也是你爹啊！」

任天翔遲疑了片刻，只得收起那塊殘片。

小女孩舒了口氣：「爹爹說，這東西是義安堂代代相傳的聖物，你要仔細收好。媽又在叫我，我先走了。」小女孩說著轉身便走，卻又依依不捨地回頭叮囑，「三哥快去快回，記得給我帶好玩的東西回來啊。」

望著小女孩遠去的背影，任天翔心中有些悵然。這世上如今就只剩下這麼一個親人，卻還要天各一方，這令任天翔倍感孤單。

將那塊殘片翻來覆去看了半晌，任天翔想不通如此粗陋的東西，怎麼會是義安堂代代

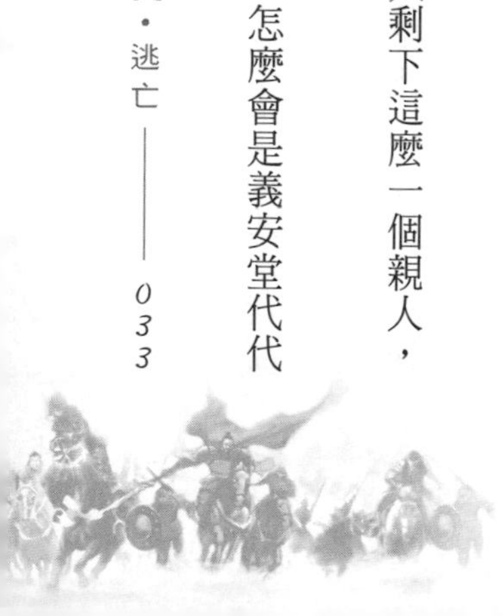

相傳的聖物，再說，義安堂是任重遠與十八個兄弟打下的基業，往上數也不過才一代而已，哪裡又來什麼代代相傳？難道這其中另有深意？

茫然搖搖頭，任天翔將殘片貼身收好，帶著滿腹疑慮悄悄離開了後花園，在二門外與等得心急如焚的金耀揚會合，顧不得與其他人道別，便匆匆出門而去。

見任天翔出門後縱馬往南而行，金耀揚急忙道：「少堂主，去西域應該往西走延平門！」

任天翔頭也不回道：「咱們走安化門，然後再繞道向西。」

延平門在西，安化門在南，從安化門繞道向西，要多出半日行程。金耀揚看看天色，急忙追上任天翔，耐著性子勸道：「少堂主，沒有特別的原因就不要再耽誤了。」

「我當然有特別的原因！」任天翔沉聲道。他的目光中帶有一種不容辯駁的決斷，令金耀揚也不敢反對，只得無奈搖頭，懷著滿肚子怨氣隨任天翔向南走安化門。

安化門以南是一望無際的曠野，在曠野之中有一片古柏森森的樹林，密密麻麻佈滿了座座墳塋，原來這裏是一片墓地。

任天翔蕭然立在一座孤零零的墳塋前，神情黯然。在離他幾丈外的柏樹下，金耀揚坐在馬鞍上耐著性子在等候，緊握的雙手暴露了他心中的焦急。

娘，我要出一趟遠門，恐怕要很久以後才能回來看你了。任天翔輕輕抹去墓碑上的塵土，露出了石碑上「名妓蘇婉容之墓」幾個篆刻大字。

他的眼中閃過一絲隱痛，在心中默默道，害你的那個人壯年暴斃，你泉下有知不知是高興還是難過？也許，一死泯恩仇的說法有幾分道理，現在我發覺自己已經不那麼恨他了。

任天翔的目光悵然望向長安城方向，似乎又看到了那個在宜春院長大的懵懂孩童。那一年他剛滿六歲，以為世界就是宜春院，女人都是妓女，男人都是嫖客。直到有一天，病入膏肓的母親將他叫到床前，將一塊玉佩交給了他，他才知道原來自己還有個名滿天下的父親，義安堂老大任重遠！

那是一個江湖上司空見慣的悲劇，情竇初開的大家閨秀，愛上了揚名江湖的黑道梟雄，在一次孽情之後留下了禍種，成為家族的恥辱。為了逃過「浸豬籠」的命運，她不得不離家出走，輾轉千里找到情人所在的長安，才發覺自己只是那個大英雄眾多情人中的一個，傷心失望之下由愛生恨，發誓永不再見那個負心漢。

一個身懷有孕的女人在長安肯定無法生存，是宜春院的老鴇發現她的潛質收留了她，

讓她順利生下了兒子。為了將兒子養大成人，她無奈墮入風塵，成為名動一時的花中之魁。可嘆天妒紅顏，在兒子六歲那年她染上了癆疾，臨終前無奈告訴了兒子身世。畢竟與兒子的未來相比，仇恨已經不是那麼重要了。

任天翔就是在這樣一種情況下找到了生身之父，認祖歸宗成了任家公子。義安堂的眼線遍及大江南北，很容易就查清了任天翔的身世來歷，但這依舊無法阻止人們對他身世的揣測，從他進義安堂那天起，「野種」的稱謂就一直如影子般伴隨著他。

隨著年齡的增長，他漸漸明白了這個稱謂的恥辱，不過他並不恨母親，他知道是父親的薄倖寡情害了母親一生，他繼承了母親對父親的仇恨，甚至不再叫任重遠一聲爹。

從任天翔懂事開始，就處處與父親作對。父親教他縱橫天下的刀法，他卻偏偏要學劍，任重遠給他請來最好的劍術大師，他卻故意裝傻，一個劍式學上幾年依舊使得洋相百出，氣走了十幾個師傅還沒學會一招。

任重遠見他不是學武的料，只好讓他學文，希望他能考個功名光宗耀祖，誰知他平日熟讀萬卷書，卻連個秀才也沒考上，成為全長安城的笑柄。長安城人人都知道，名滿天下的義安堂堂主任重遠有個笨蛋兒子，文不得武不得，吃喝嫖賭卻是樣樣精通，是長安城有名的紈褲公子。

不會武功本來是江湖上最致命的弱點，卻偏偏保護了任天翔。每次江湖火拼，都不會有人想到堂主這個殺雞都不敢的窩囊兒子。

任重遠原本還有兩個兒子，均得乃父真傳，卻在義安堂與洪勝幫的火拼中先後戰死。雖然義安堂最終將洪勝幫徹底趕出了長安，任重遠卻也無法再挽回兒子的生命。他只得將全部的父愛傾注到唯一的兒子身上，誰知這反而使任天翔變本加厲，在叛逆中越走越遠。

任天翔就是在一次次將父親氣得暴跳如雷中，享受著為母親復仇的變態快感。如今任重遠意外去世，他突然感覺生活像失去了目標，心中一片茫然。

「少堂主，咱們該上路了。」金耀揚看看天色，過來催促道，「再耽誤，恐怕就走不了了。」

任天翔聞言一聲嗤笑：「你也太小瞧義安堂了，就算死的是貴妃娘娘親侄兒，他們也有辦法瞞上十天半月才報官，一般人就算得罪楊家，也不敢得罪義安堂。」

話音剛落，就聽金耀揚的隨從金義突然指著長安城方向高喊：「總鏢頭快看！」

金耀揚凝目望去，就見天邊飛起漫天塵土，將城樓幾乎遮蔽，塵土中偶爾閃出一點銀光，在朝陽下熠熠生輝，那是斧鉞鋒刃上閃出的零星寒光。

「是龍騎軍！」金耀揚面色大變，龍騎軍是御林軍中的精銳，看來江玉亭的死已經上

動天庭。

任天翔眉頭緊皺，心中有如閃電照亮眼前的迷茫——沒想到自己離開長安還不夠，有人還恨不得將自己置之死地而後快。不然無法解釋龍騎軍一大早就得到消息發動追擊，並且準確地從安化門追來。只有義安堂的人才知道母親是葬在安化門郊外，也只有極少數人才會想到自己離開長安前，定會趕來這裏拜別母親！

雖然他從未將少堂主的身分放在心上，更沒有想過要去爭什麼堂主。但對方那種趕盡殺絕的狠毒，反而激起了他胸中的好勝之念。他在心中暗自發狠道：你要我死，我卻偏不如你所願！我不僅要好好活下去，還要重回長安，將你這卑鄙小人揪出來！

「公子快走！再晚就來不及了！」金耀揚說著已飛身上馬，焦急地催促道。

任天翔看了看四周地形，微微搖了搖頭：「這裏一馬平川，百里之內一覽無遺，而龍騎軍全是大宛良馬，咱們逃不了。」

他的鎮定和冷靜與他的年紀完全不相稱，這令金耀揚有些驚訝，忙問：「那你說怎麼辦？」

任天翔略一沉吟，翻身上馬道：「先去官道，我要賭上一賭。」

金耀揚有些莫名其妙，還想再問，卻見任天翔已經縱馬下了緩坡，他只得跟了上去。

此時天色大亮，官道上有零星的農夫或挑著擔子，或推著三輪車趕往長安，希望用蔬菜雞鴨換回急需的油鹽醬醋。

就見任天翔攔住一位推三輪車的漢子低聲交談了幾句，那漢子先是有些奇怪，卻還是將信將疑地脫下了身上的粗布褂子，見任天翔果然脫下絲綢錦袍，他連忙喜滋滋地與任天翔交換。二人換好衣衫，任天翔又將自己的坐騎交給那漢子，然後從地上抓了點塵土抹在臉上手上，這才對目瞪口呆的金耀揚道：

「勞煩總鏢頭帶這位大哥往南走，百里後這匹馬就歸他了。」

「那你呢？」金耀揚忙問。

「我當然是去長安賣菜，」任天翔說著，戴上那農夫的斗笠，推起三輪車回頭對金耀揚笑道，「不過，半路上我會轉道向西，如果總鏢頭擺脫了追兵，請儘快往西與我會合。說實話，長這麼大，我還從未離開過長安城一百里，沒人領路我肯定迷路。」

金耀揚恍然大悟，不禁為任天翔的機變暗自讚嘆。帶著個不相干的人往南引開追兵，就算被追上也有托詞。只要沒有真憑實據，就是龍騎軍也不能把他怎樣，畢竟幹鏢局這行，結交的也有不少豪門權宦。想到這，他一甩馬鞭抽在那農夫的馬臀上，那馬吃痛，立刻向南狂奔。

「公子保重，我會儘快趕去與你會合。如果咱們走散，你可去蘭州城西的福來客棧等我，少則一兩天，多則三五天，金某必定趕到。」金耀揚說著一夾馬腹，與隨從金義一道，追著那大呼小叫的農夫縱馬而去。

任天翔將隨身的寶劍塞入三輪車下，推車繼續往長安城而去。雖然他劍法沒學會一招半式，但寶劍卻從不離身。一柄寶劍至少要值十幾貫錢，那是富家公子必備的時尚裝飾。

低頭推著三輪車一路向北，沒多久就迎上了狂奔而來的龍騎軍。就見馬如龍、人如虎，凜凜刀鋒襯得天色也暗淡下來。

任天翔趕緊將車推到道旁閃避，只見一彪人馬從身邊飛馳而過，沒人多看他一眼。他剛要暗鬆口氣，突見走在最後的一名將校猛然勒馬，用槍柄在他頭頂一拍：

「喂！看到有三人三騎過去嗎？」

任天翔忙扶住斗笠往後一指：「沒錯！剛過去，領頭那人好凶，差點將我撞倒。」

那將校一聽這話，立刻打馬追上大隊。一彪人馬揚起漫天塵土，向南疾馳而去。待龍騎軍出了視線之外，任天翔忙將三輪車推到路旁草叢中藏好，這才轉道向西，往遙遠的西域大步而去。

遇劫

第二章

焦猛的話證實了任天翔的揣測：
看來利用龍騎軍追擊還不放心，
還將自己身帶重金的消息透露給黑道上的盜匪，
好個借刀殺人的妙計！
任天翔暗自慶幸將金豆子轉手犒勞了「宜春院」的姐妹，
身無分文反而安全。

黃昏時分，任天翔在一個路邊酒肆前停了下來，他已經空著肚子走了一整天，早已飢腸轆轆，又渴又餓。那些平日裏根本不屑一嘗的粗陋食物，此刻比山珍海味還令人神往。他顧不得桌椅的簡陋骯髒，坐下來拍著桌子高叫：「快將吃的喝的每樣送一份上來，我要趕路。」

小二用古怪的眼神打量著他，不冷不熱地應道：「小店本小利薄，概不賒欠。」

任天翔一拍桌子：「什麼意思？怕我沒錢？」

小二傲慢地笑道：「客官確實不像有錢的主兒，所以還請先付錢，再吃飯。」

「混賬東西，真是狗眼看人低。」任天翔氣沖沖往懷中一摸，頓時僵在當場。此刻他才發現，自己與那農夫換衣時，腰帶上的玉佩金飾、懷中的錢袋等等全都忘了取下來，除了在貼身衣衫內藏著的那塊玉質殘片，所有值錢的東西都沒留下。現在自己一身破舊衣衫，確實不像是有錢的主兒，難怪小二要用這種眼光看自己了。

仔細搜遍全身上下，任天翔終於在最隱秘的褲袋中找到了一枚銅板。他剛掏出來，小二便冷笑著調侃道：「喲！客官居然還有整整一大枚開元通寶，可以買兩張大餅或一碗麵條，你是要大餅還是麵條？」

任天翔仔細撫摸著手中的銅錢，第一次發覺它是如此重要。有了它，自己就是人人巴結敬仰的豪門公子，沒有它，就是人人鄙視嘲弄的下賤乞丐。別人對你的敬仰或鄙視，與你擁有的財富多寡成正比。

「想好沒有？是要麵條還是大餅？」小二不耐煩地催促起來，只有一個銅板的顧客，實在不值得他伺候。他像吃了大虧一般，將臉拉得老長。

「不，都不要！」任天翔說著，從破衣衫上撕下一根布帶，穿過銅板中間的方孔，然後將銅板仔細掛在項下。這是他身上唯一的錢，也是給予他啟迪的錢，他暗下決心要永久保存。

「你他媽耍我是不是？」小二氣得將抹布扔到桌上，「不吃就滾！爺的桌椅就是坐坐也要給錢。」

任天翔寬容一笑，緩緩站起身來，拎上佩劍起身就走。雖然他不知道這是哪裡，離長安城有多遠，金耀揚會不會追上自己，但他還是毫不猶豫大步就走。任重遠當年能白手起家打下偌大個義安堂，他相信自己也能。雖然身無一技之長，就連行走江湖的最基本武功也一竅不通，他依舊對自己充滿了信心。

「喂，這位朋友，我看你隨身帶劍，也是江湖中人。行走江湖誰沒有個急難，這裏有兩個饅頭，拿去充饑吧。」鄰桌有人在招呼。

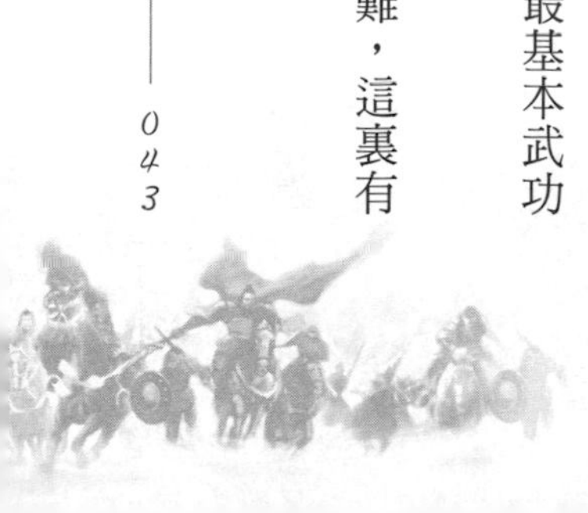

任天翔轉頭望去，就見幾個風塵僕僕的漢子在望著自己，其中一個還將兩個饅頭遞過來，粗豪的臉上滿是誠懇。

「謝謝！」任天翔毫不猶豫接了過來，他不是因為耐不住饑餓，而是被那漢子臉上的表情打動，那是他在長安城眾多豪門公子中從未見過的表情。那不是施捨，而是發自內心的同情和關切。

不敢坐那收錢的桌椅，他蹲到一旁將饅頭慢慢掰開，一點點送入口中，仔細品味著食物在唇齒間漸漸化開的奇妙感覺，這是他過去從未體味過的感覺，就像兒時在母親懷抱中一樣的愜意和溫暖。

那幾個漢子沒有再搭理他，繼續湊到一起小聲嘀咕著。由於酒肆中沒有旁人，幾個人說話的聲音漸漸大了起來，不斷傳入任天翔的耳中：「老大，咱們在這裏守株待兔，會不會白等一場？」「老三，你連這點耐心都沒有，怎麼做大買賣？」「就是！既然點子帶著黃貨要去西域，這裏是西去的必經之地，守在這裏準錯不了。」「聽說點子來頭不小，還有高手護送，會不會很扎手？」「不怕，咱們人多……」

任天翔仔細將最後一點饅頭屑塞入口中，這才起身來到幾個湊在一起小聲嘀咕的漢子面前，拱手一拜：「請問，你們是不是在等義安堂少堂主任天翔？」

幾個漢子立刻用戒備的目光望向任天翔，有人還慢慢握住了桌上的刀柄。領頭那滿臉絡腮鬍的老大上下打量了任天翔片刻，坦然點頭道：「不錯！朋友若也是得到消息想來分一杯羹，罩子最好放亮一點，咱們祁山五虎可不是吃素的主兒。」

「祁山五虎？幸會幸會！」任天翔拱手一拜，「不知是哪五虎？」

那滿臉絡腮鬍的老大指著幾個同伴一一介紹：

「這是老二『金剛虎』，老三『笑面虎』，老四『瘦虎』，老五『矮腳虎』，老子則是老大『霸王虎』焦猛。咱們一向在西北道上行走，你不會沒聽說過吧？」

任天翔見幾個人的綽號跟他們的長相倒有幾分神似，不由笑道：「幾位的名號倒是威風，可惜我一向只在長安行走，還真沒聽說過幾位大號。」

「霸王虎」將信將疑地打量著任天翔，冷冷問：「不知閣下怎麼稱呼？」

「任天翔！」

「哪個任天翔？」

「自然是義安堂曾經的少堂主任天翔。」

話音剛落，就聽刀劍出鞘的聲音此起彼伏，幾個人紛紛拔出兵刃跳了起來，如臨大敵般緊盯著任天翔，圓睜的雙眼中沒有虎目的凶狠，倒有幾分膽怯和緊張。

任天翔沒有動，祁山五虎也就沒有再動，場中一時靜默下來。靜默中，突聽一直端坐未動的老大「霸王虎」焦猛突然爆出了壓抑不住的狂笑，邊笑邊拍著桌子罵道：

「你他媽要是任天翔，我還是唐明皇呢。」

另外四虎一怔，也忍不住哈哈大笑，收起兵刃坐回桌旁，若無其事地繼續吃喝。身高不及五尺的矮腳虎笑著對任天翔調侃：「差點嚇虎爺一跳！要是任公子知道你冒他的名號討饅頭吃，非氣得吐血不可。」

眾人哄堂大笑，任天翔待他們笑過，這才問道：「你們是不是得到消息，義安堂少堂主任天翔正帶著幾十兩黃貨去西域，所以等在這裏守株待兔？」

「不是幾十兩，是幾百兩！」焦猛笑道，「這事在江湖上已經傳遍，沒想到像你這樣的毛頭小子，居然也聞風而動，想跟著喝點湯。我看你這小子還挺有趣，以後就跟著我焦猛混，至少不會讓你餓肚子。」

焦猛的話證實了任天翔的揣測：看來利用龍騎軍追擊還不放心，還將自己身帶重金的消息透露給黑道上的盜匪，好個借刀殺人的妙計！任天翔暗自慶幸將金豆子轉手犒勞了宜春院的姐妹，身無分文反而安全。

見幾個人滿是期待地望著自己，他呵呵一笑：「我跟著你們混倒是沒什麼，就只怕義安堂不答應。讓他們的少堂主給你們做小弟，義安堂以後還怎麼在江湖上立足？」

任天翔衣衫襤褸，身無長物，怎麼看都跟義安堂少堂主風馬牛不相及。但他舉手投足間那種狂傲之氣，卻是旁人學不來的。焦猛將信將疑地打量著他，眼光落到他的劍上，若有所思地道：

「聽說任堂主是以一柄神出鬼沒的短刀揚名天下，所以有神刀任重遠之稱？」

「不錯，不過我學的是劍。」任天翔笑著將劍舉起，亮出劍柄上那個篆刻的「義」字，那是義安堂的標誌，江湖上就算有人沒見過這標誌，至少也聽說過。

焦猛見那柄劍做工精良，鑲金嵌玉，顯然不是尋常人所用之物。他將信將疑地打量著任天翔：「這麼說來，你真是任天翔？」

「我有必要假冒麼？」任天翔臉上又泛起那種玩世不恭的淺笑。

「與你一路的金總鏢頭呢？」焦猛開始打量四周，另外四虎神情再次戒備，悄悄握住了刀柄。

「我們被龍騎軍追擊，所以走散了。」任天翔坦然道。

直到這時，「霸王虎」焦猛才徹底信了，任天翔身上那種豪門公子的特殊氣質，是普通人決計學不來的。他重新審視起任天翔，淡淡問：「你學劍，不知師傅是誰？」

「哦，太多了。」任天翔苦笑道，「我已不記得換過多少個師傅，只記得其中幾個名號比教特別的，像什麼劍僧無癡、太乙劍江海流、還有丹丘子道長等等。」

任天翔說得隨便，幾個人卻是悚然動容，那都是江湖上赫赫有名的劍術大師，任誰一個都堪稱名動一方。任天翔見祁山五虎神情驚懼，不由哈哈一笑：

「你們不用緊張，我雖然跟了十幾個師傅，學了差不多十年，卻連一招都沒學會。」

幾個人將信將疑地打量著任天翔，「矮腳虎」湊到「霸王虎」耳邊，悄聲提醒：「大哥，聽說劍術的最高境界，正是無招勝有招。」

焦猛微微頷首，手撫刀柄向幾個兄弟示意：「點子深不可測，大家千萬要當心。」

幾個人緩緩站起身，小心翼翼向任天翔圍了過來。

任天翔見狀，苦笑著舉起手：「我都說了不會武功，你們何必還要動手？你們等在這裏無非是要我帶的黃貨，你看我現在這樣子，像是身懷幾百兩黃貨的主兒嗎？」

幾個人一聽這話頓時醒悟，若是身懷鉅款，定不會餓得滿臉蒼白，卻還捨不得買個大餅充饑。「矮腳虎」回頭望向「霸王虎」：「大哥，是不是消息有誤？」

「消息倒是沒有大錯。」任天翔接口道，「只是將幾十兩黃貨說成是幾百兩而已。」

「貨呢？」幾個人異口同聲問。

「離開長安前，我全賞給宜春院的姐妹了。」任天翔攤開手，一臉遺憾。

幾個人呆呆地望著若無其事的任天翔，就像看到天底下最不可思議的怪物。雖然他說得輕描淡寫，但卻沒有人懷疑這荒誕的說法，他天生有種令人信服的氣質。「矮腳虎」猛然跳了起來，一把抓住任天翔的衣襟，氣急敗壞地喝問：

「你、你將咱們的黃貨全都賞給了窯姐？好幾十兩啊！足夠嫖一輩子了！」

任天翔無辜地攤開手：「我要早知道幾位苦苦守候在這裏，說什麼也要給你們留點。」

矮腳虎還想發作，身後傳來「霸王虎」的聲音：「老五，放手！」矮腳虎心有不甘地伸手一推，將任天翔推了個踉蹌。這一下令幾個人十分意外，他們終於確信任天翔確實沒練過武，至少沒認真練過。

「你跟了十幾個師傅，連點武功基礎都沒練好？」「霸王虎」十分驚訝，「名滿天下的神刀任道遠，居然有個不會武功的兒子？」

「這在長安是眾人皆知，你們還真夠孤陋寡聞。」任天翔搖頭苦笑。

「你將幾十兩黃貨賞給了窯姐，然後兩手空空餓著肚子上路，為什麼？」「霸王虎」疑惑地追問。

「有錢難買爺樂意。」任天翔又恢復他那玩世不恭的微笑。

「霸王虎」呆呆地望著任天翔愣了片刻，想從他眼中找到一絲說謊的痕跡，但最後只是失望。他心有不甘地繼續追問：「你原本可以在咱們面前大搖大擺地離開，我們怎麼也不會想到，你就是義安堂少堂主。可你為何要自曝身分，主動來找咱們？」

任天翔笑道：「你們守在這裏，無非是為了我身上的黃貨。我任天翔既然受你兩個饅頭的恩惠，當然不能看著你們傻等下去。俗話說，滴水之恩，當湧泉相報，我這不過是舉手之勞，有什麼好奇怪？」

「霸王虎」望著若無其事的任天翔，呆呆問：「你不怕我們計畫落空，殺你洩憤？」

任天翔淡淡笑道：「任某寧可天下人負我，也當不負天下人。」

「霸王虎」愣了半晌，突然在任天翔肩頭一拍，哈哈大笑：「老子雖然白跑一趟，沒撈到黃貨，卻遇到個值得一交的性情中人！任公子不愧是任重遠的兒子，就算不會武功身無分文，卻依舊是這般豪爽。難怪你能將幾十兩黃貨賞給窯姐，自己卻餓著肚子上路。」說著，挽起任天翔胳膊，架到桌邊坐下，「來來來，老子今天要跟你好好喝一杯。老闆！快上酒！」

小二屁顛顛地將一罈酒送了過來，焦猛倒上兩碗酒，端起一碗向任天翔一舉：「讓焦某另眼相看的人，這世上沒有幾個，任公子，我敬你！」

任天翔忙端起酒碗笑道：「在下年少，應該先敬猛哥才是。」

「好！」焦猛也不客氣，舉碗與任天翔一碰，仰脖一飲而盡。

任天翔武功稀鬆，酒量卻不含糊，也是一口喝乾，然後又一一敬了另外四虎，這才道：「小弟方才自曝身分，除了不忍見幾位哥哥在此白等，還有自己一點小算盤。」

「哦，說來聽聽！」焦猛饒有興致地笑道。

任天翔嘆了口氣：「我這次離開長安是迫不得已，義安堂有人將我攆走還不甘心，還想借刀殺人取我性命，向朝廷洩露我的行蹤不說，還將我身懷鉅款的消息透露給黑道上的朋友，這一路上，不知有多少好漢已聞訊而動。我想請幾位哥哥將我真正的情況傳出去，免得讓眾好漢白跑一趟。」

焦猛笑著拍拍任天翔肩頭：「兄弟放心，舉手之勞而已。憑我們兄弟在西北道上的聲譽，我們的話沒人會懷疑，你以後不會再遇到這樣的麻煩。」

「多謝猛哥！」任天翔說著，將劍雙手捧起，遞到焦猛面前，「小弟劍術不行，但這柄劍卻不含糊，是真正的龍泉寶劍，多少值點錢。小弟不忍見幾位哥哥白跑一趟，便將身上這唯一值錢的東西獻給猛哥，望笑納。」

幾個人眼中都閃過一絲貪婪的饞光，矮腳虎伸手要接，卻被焦猛一巴掌打了回去。焦猛不悅地瞪著任天翔喝道：「兄弟這是什麼意思？瞧不起哥哥不是？兵刃是江湖中人的生命，搶人兵刃就如同搶人老婆，你要陷我於不義？」

「不是……」任天翔還想爭辯，卻被焦猛抬手打斷：「兄弟不用再說，你要再提此事，莫怪焦某翻臉。」

任天翔只得收起寶劍，愧然道：「幾位哥哥的大恩，小弟銘記在心，若能逃得今日之難，將來必圖厚報。」

焦猛擺擺手：「兄弟不用客氣，既然你在逃難，我乾脆送你一程。我知道有條小路可以繞過岐州和秦州兩道關卡。一旦出了岐州和秦州，離蘭州就已不遠。過了蘭州，再往西依次是涼州、甘州、肅州、玉門，道路四通八達，龍騎軍就別想再找到你了。」

任天翔大喜過望：「多謝哥哥相助，小弟若能逃過追捕，將永世不忘哥哥大恩。」

焦猛一口喝乾碗中殘酒，起身道：「咱們連夜就走，儘快將兄弟送出險地。」

有祁山五虎領路，任天翔於第三天一早，便越過了岐州和秦州兩道關卡，此時離長安已在數百里開外，往西的道路四通八達。極目遠眺，天地一片蒼茫，與鬱鬱蔥蔥的長安郊外已是截然不同。在如此廣袤的荒漠之中，追兵要想在找到孤身一人的任天翔，難度不亞於大海撈針。

「從此西去，人煙稀少，恕哥哥不再遠送。」焦猛說著翻身下馬，將坐騎韁繩交到任天翔手中，「這匹老馬跟了我好些年，西北道上的兄弟大多識得，見到我的坐騎定不會為難你，就留給兄弟領個路吧。」

任天翔點點頭，翻身上馬，拱手一拜：「大恩不言謝，小弟走了，猛哥保重！」

望著遠去的任天翔縱馬遠去的背影，「矮腳虎」不滿地嘀咕道：「這次出來黃貨沒撈著，反而倒貼上了一匹馬，真他媽倒楣！」

焦猛若有所思地遙望任天翔遠去的背影：「這小子必非常人，今日能與他結交，是咱們的幸運。」見幾個兄弟都有些將信將疑，焦猛笑道，「老子行走江湖多年，這雙眼睛還很少看錯人。我敢肯定，這小子絕對值得一交。」

蘭州的福來客棧，處在城西繁華地段，十分好找。為了不引人注目，任天翔將自己裝扮成一個普通的江湖漢子，這才去福來客棧找金耀揚。

雖然他並不喜歡押送自己的金耀揚，不過，長安鏢局的招牌在鏢行中數一數二，金耀揚還不至於被人收買出賣自己。另一方面，義安堂在蘭州也有分舵，所以這裏也是個吉凶難測的風險之地，要想真正安全，必須西出玉門關，徹底逃離義安堂的勢力範圍。

這對囊中羞澀，又從未出過遠門的任天翔來說，幾乎是不可能完成的任務，因此他不得不依靠金耀揚護送，無論他喜不喜歡。

福來客棧是西去的鏢行或商隊落腳之地，人來人往熙熙攘攘。任天翔見店中沒有異狀，這才來到櫃上，對掌櫃問道：「這兩日有沒有一位姓金的客人住店？他是長安鏢局的人。」

老掌櫃想了想：「好像沒有，如果客官是要找鏢師，蘭州鏢局的鏢師也不錯，他們就在那邊。」說著，向大堂中招了招手。

不等任天翔拒絕，立刻有兩個鏢師打扮的彪壯漢子快步過來，陪著笑臉問道：「客官是要去西域嗎？咱們蘭州鏢局在西北道上信譽卓著，客官可是找對了人。」

「不！我不要鏢師！」任天翔忙道。

兩個漢子臉上有些失望，一個漢子心有不甘地繼續道：「咱們剛接了一單生意去西域，如果客官順路，價錢可以便宜好多。」說話的同時還怕任天翔不信，忙向大堂中吃飯的同伴招了招手。

「對不起，恐怕你們找錯了人，我不需要鏢師。」任天翔說著，向那漢子所指的方向望了一眼，驚訝地發現一堆粗鄙不堪的江湖漢子中間，竟雜著個一身紅衣的妙齡女子，像是草叢中一朵豔麗的鮮花般顯眼，他不禁多看了兩眼。

那少女似感應到他的目光，也抬頭望了過來，二人目光在空中一碰，少女並未像別的女子那樣趕緊避開，反而饒有興致地打量著任天翔，沒有半點羞怯。

好個不知禮數的野丫頭！任天翔在心中暗道。見慣了長安城知書達理的大家閨秀和多才多藝的青樓姑娘，他還從未見過這種行走江湖的女子，不禁有些好奇。

仔細打量之後不得不承認，雖然那少女的肌膚比不上養尊處優的大家閨秀細膩白嫩，卻有一種大家閨秀所沒有的健康紅潤，而她的面容比起長安那些珠圓玉潤的女子來，更多了種性格鮮明的瘦削和精緻。

「嗯，你們是要去西域哪裡？」任天翔隨口問。

那漢子忙道：「我們要護送商隊去弓月城。」

任天翔對西域地理一竅不通，只得虛心請教：「是否經過龜茲？」

「要的要的，正好順路，不知客官有多少貨需要護送？」那漢子趕緊道。想必鏢行的競爭也很激烈，所以他要努力爭取每一單生意。

「你誤會了，我沒有貨要送。」任天翔遺憾地攤開手，「我只是孤身一人去龜茲，想找個商隊同路，不知這樣要付多少錢？」

「是這樣啊！」那漢子頓時冷了下來，愛理不理地道，「我們通常不會帶來歷不明的客人，除非有財物或朋友做擔保。」

任天翔笑道：「我沒有人擔保，財物就只有門外一匹老馬和身上幾十個大錢，這還是朋友資助的一點盤纏。我把馬和身上所有錢都給你，你看行不行？」

那漢子顯然已失去了招攬生意的興趣，不冷不熱地敷衍道：「護送商隊走西域，最怕有盜匪的眼線混進來。我們不會為你這點報酬冒險，請客官諒解。」

任天翔笑問：「你看我像是盜匪嗎？」他雖然一身江湖人打扮，但神情間那種自信和坦然，以及舉手投足間那種時而張狂跋扈，時而優雅從容的特質，卻是任何普通江湖人很難具有的。尤其是他的面容和外表，完全繼承了母親的秀美甚至柔弱，即便身穿骯髒的粗布對襟，臉上故意撲滿風塵，依舊如蒙塵的明珠般閃出點點的光華。

「帶上他吧！」身後傳來一個風鈴般悅耳的聲音，雖然是商量的語氣，卻有不容拒絕的威儀。任天翔回頭一看，才發現那個紅衣少女已經來到自己身後，正饒有興致地打量著自己。她看起來不到二十歲，卻出落得高挑健美，比一般男子還要高出幾分。

「多謝姑娘！不知姑娘怎麼稱呼？」任天翔笑著對她揚了揚眉，嘴邊又浮起那若有若無的迷人微笑。

那少女對他的微笑和問話視而不見聽而不聞，板著臉孔道：「帶上你可以，不過，你得聽令幹活，除此之外，一切行動都得經過我允許。」

「撒尿也要經過你允許？」任天翔笑問。

少女一怔，臉上閃過一絲尷尬，狠狠瞪了任天翔一眼：「沒錯！撒尿也要經過我允許！」

「沒問題，每次撒尿我都會向你請示，你讓發射我才發射。」任天翔放肆地笑了起來。

從小就在宜春院長大，長大後又是青樓常客，經常與風塵女子調笑鬥口，他的臉皮早已練得刀槍不入。那少女雖然也是在粗鄙漢子中間長大，聽慣了市井中的污言穢語，卻也沒見過任天翔這樣無恥的傢伙，只得紅著臉敗下陣來。冷哼一聲轉過身去，邊走邊冷冷道：「明日一早我們就要上路，你最好趕得及。」

「沒問題，我隨時可以走。」任天翔目送著少女離去後，立刻向掌櫃借了紙墨筆硯，匆匆寫下一封信，信上只有短短一句話：我已平安到達龜茲。他將信交給掌櫃，讓掌櫃轉交給來找他的金耀揚。他知道金耀揚憑藉這封親筆信，就可以向義安堂交差了。

從蘭州往西，依次過涼州、甘州、肅州，最後出玉門往西域，是大唐王朝與西域各國最重要的商道，中原的絲綢、陶瓷、茶葉、玉器等等，便是從這裏流向西方，而西方的金銀珠寶、香料皮貨等等，也經過這條有名的絲綢之路進入中原。由於這條路上地廣人稀，十分荒涼，滿載貨物的商隊難免引起盜匪的覬覦，這就催生了不少為商隊提供安全保護的鏢師和刀客，而蘭州鏢局正是其中的佼佼者，聲名享譽西域多年。

從蘭州到玉門，由於還處在大唐帝國的核心疆域，沿途很繁華，也很少有大股的盜賊出沒。待西出玉門關之後，便是人跡罕至的戈壁荒漠，除了零星的綠洲，很難看到生命的跡象。放眼望去，天地一片蒼茫，四周那些起伏不定的沙丘荒嶺，猶如靜謐無聲的大海一般波瀾起伏，幾十個人的商隊置身其中，就像是大海中的一葉孤舟，隨時都有被沙海吞沒的危險。

商隊中所有鏢師都收起先前的輕鬆和玩笑，開始打點精神留意四周的動靜，甚至派出趟子手奔出十里外探路，以防遇到不可預測的危險。

這是一支只有二十多匹駱駝的小商隊，護送的鏢師加上商隊的夥計，也就三十來號人。任天翔很快就與他們中大多數人混熟，他從鏢師們口中瞭解到，那紅衣少女名叫丁蘭，是蘭州鏢局總鏢頭丁鎮西的閨女，已經跟隨父親在這條道上走了一年有餘。由於這一趟鏢不重，所以她第一次獨當一面率二十餘名鏢師上路，護送波斯絲綢商人去弓月城。

大約是對任天翔的第一印象極其惡劣，在這半個多月的旅途中，丁蘭對任天翔竟沒有一次好臉色，不是支使他做最苦最累的雜役，就是令他與鏢師值夜，讓一向養尊處優的他苦不堪言。任天翔第一次體會到，離開了熟悉的長安，褪下義安堂少堂主的光環，他就根本啥也不是，身無分文又無一技之長，就連商隊的小夥計都不會將他放在眼裏，更何況是這支商隊中的女王。

「小天！跟阿豹去前面探路，替回蕭叔和小山。」女王又在吩咐。由於任天翔不敢洩露身分，假稱自己名叫任天，所以商隊中人人都叫他小天。

「為啥要我去？」任天翔不滿地質問，「說過多少次，我既不是你手下的鏢師，又沒學會任何武功，你不怕我耽誤你大事？」

丁蘭一臉不屑地掃了他一眼：「你沒學過武，帶柄劍做什麼？既然帶了劍，就要像個男人一樣承擔責任。商隊中，所有帶兵刃的男人都去探過路，憑啥你要特殊？」

丁蘭說的是實情，從六十多歲還在這條道上奔波的老鏢師，到十五六歲第一次走鏢的趟子手，人人都至少去探過一次路。任天翔無奈聳聳肩：「好吧，不過我從沒幹過這種活，誤了你大事可不要怪我。」

阿豹就是當初找任天翔拉生意的那個年輕漢子，雖然只有二十多歲，卻十分精明老成，是鏢師中的佼佼者。只見他縱馬過來笑道：「小天放心，有我帶著你，不會有任何問題。」任天翔只得離開舒服的駱駝背，騎上自己那匹老馬打前探路。

在烈日下縱馬前行數十里，還要留意四周的地形和風向，這對他來說，是件從未幹過的苦差事，這差事卻是每一個鏢師必須要做的日常功課。他漸漸體會到，江湖，並不如傳說中那般浪漫。

「停！有情況！」剛縱馬奔出十餘里，阿豹就勒住奔馬，手搭涼棚望向西方。只見遠處是一片亂石林立的古城廢墟，廢墟上方有大群禿鷲在盤旋。

任飛揚看了看，看不出有什麼異常，只得虛心問道：「有什麼情況？」

「禿鷲出現的地方必有死屍，禿鷲尚未落下，說明還沒有死。」阿豹說著轉向任天翔，「你在這裏等著，我去看看，如果半炷香之內我沒回來，就通知小姐停步。」說完打馬便走，直奔禿鷲盤旋之處。

不到半炷香功夫，就見阿豹打馬回來，對任天翔高呼：「快通知小姐，前方有人遇劫，生命垂危，需要幫助。」

在二人帶領下，丁蘭率幾名鏢師來到古城廢墟，就見廢墟中橫七豎八躺著十多個波斯人，均是奄奄一息。阿豹一邊將丁蘭領到現場，一邊解釋道：「看樣子是波斯來的商隊，都是脫水虛脫，還好沒有受傷。」

丁蘭一面令人將水餵給眾人，然後在一個服飾打扮像是商隊頭領的波斯老者身旁蹲下來，用波斯語問道：「老丈，究竟發生了什麼事？」

波斯老者喝了水後，精神有所恢復，這才答道：「最近這半年來，在前方塔里木河一帶，出現了一股沙漠悍匪，頭領名叫沙裏虎，專劫往來商隊。他們熟悉大漠地形，又彪悍善戰，尋常商隊只有任其宰割。由於這股悍匪的出現，通往焉耆、龜茲方向的商路基本中斷。咱們也是為利冒險，曉宿夜行想避開沙裏虎，誰知還是在前方被沙裏虎所劫。咱們只得丟下貨物逃命，誰知逃到這裏水盡糧絕，若非遇上你們，恐怕就只有坐以待斃了。」

丁蘭問道：「這裏離龜茲已經不遠，大唐帝國不是在龜茲設有安西都護府，駐有數萬精兵嗎？為何坐視盜匪橫行？」

「姑娘有所不知，」老者搖頭嘆道，「沙裏虎狡詐多謀，每遇大軍圍剿便分散遠遁，待大軍一走又再回來，每每與大軍捉迷藏。實力雄厚的商隊可以出錢請都護府出兵護送，咱們這樣的小商隊，就只有聽天由命了。」

「他們有多少人？」丁蘭問。

波斯老者沉吟道：「大約三五十人吧，昨晚被劫時咱們只顧逃命，沒有看清楚。」

丁蘭令夥計好好照顧幾個受困的波斯商人，然後將一干鏢師召集起來，將瞭解的情況簡短向他們通報後，最後道：「阿蘭是第一次率大家走鏢，實在沒什麼經驗，遇到事情還要諸位叔叔伯伯指點，幫忙拿主意。」

「沙裏虎既然只有三五十號人，咱們怕他何來？」一個小名大彪的年輕鏢師率先道，「咱們人不比他們少多少，就算遇上也未必就輸。再說，這裏離龜茲已不過兩三天的路程，咱們若是遇襲，還可差人往安西都護府搬救兵。只要堅持上兩三天時間，沙裏虎就無奈我何。」

老成持重的老鏢師徐千山搖頭道：「如果沙裏虎那麼好對付，就不會令人談之色變了。我看咱們還是繞道西州，然後越過天山去弓月城。」

「不走龜茲卻繞道西州翻越天山？」大彪立刻反對，「那樣咱們起碼要多走半個多月山路，如果商隊多付咱們鏢銀還差不多！」

老鏢師徐千山淡淡道：「多走路總比失鏢甚至丟命好。」

「咱們出門走鏢，就是要隨時準備跟攔路的劫匪搏命。如果聽到前方有盜匪就繞路走，那還做什麼鏢師？乾脆回家抱孩子得了，大家說是不是啊？」大彪高聲調笑，他似乎是年輕鏢師們的頭，他一開口，便得到了大多數年輕鏢師的擁護。

任天翔發現大彪的目光時不時往丁蘭身上瞟，而丁蘭似乎也有所察覺，卻並沒有像對待自己一樣冷眼相向，這令他心中不由泛起一絲醋意。見丁蘭似乎傾向於大彪的意見，他終於忍不住插話：「丁姑娘，請容我說兩句。」

眾人這才發現他的存在，頓時紛紛質問：「你怎麼會在這裏？」「我們議事，你一個外人瞎摻和什麼？」「走走走，這裏沒你什麼事！」

「喂喂喂！你們是不是太不仗義了？」任天翔大聲抗議，「值夜、探路你們都沒忘了我，議事的時候怎麼就沒我什麼事？好歹我也是你們一個小雇主，你們答應要送我去龜茲的！」

丁蘭揮手令眾人安靜，然後對任天翔頷首示意：「好！你說！」

任天翔站起身來，笑著對丁蘭款款道：「我沒走過江湖，不過也知道走江湖不是為了跟人拼命，而是為了求利，正所謂天下攘攘皆為利往。走鏢想必也是希望賺個平安錢吧？如果每趟鏢都要死上幾個人，那天下的鏢局恐怕都要關門了。能平平安安將貨送到目的地，多走點路總比多死幾個人好。再說，昨晚遇劫的波斯商人雖然只看到三五十個盜匪，但沙裏虎未必就只有這三五十人。就這三五十人你已沒有多大勝算，我實在想不通你為何

還要堅持往刀口上撞？」

任天翔的話說得幾個老鏢師微微點頭，不過許多年輕的鏢師卻是紛紛質問：「你這話是什麼意思？是說咱們不如盜匪有戰鬥力？」任天翔笑而不答，不過表情顯然已經默認。

丁蘭也知道任天翔說得在理，但對方眼中那種神情令她十分不快。他的眼光好像是在說：小姑娘，聽我的沒錯，不然你要後悔。

不知是處於何種心理，丁蘭立刻就下了決心。她斷然一揮手：「大家都別爭了，我已決定，咱們依舊照計畫走焉耆和龜茲，立刻上路！」

幾個老鏢師還想開口，卻被她抬手打斷：「既然昨晚匪徒們已經有所斬獲，多半已經撤離此地，現在走這條線反而更安全。徐伯，張叔，大家若都堅持己見，就永遠都不會有結果。現在既然支持走焉耆和龜茲的人是多數，我也不能獨斷，請幾位叔叔伯伯理解。」

大彪得意地掃了任飛揚一眼，調侃道：「膽小的可以自己留下，膽大的就跟著小姐走龜茲。若是沒遇上沙裏虎也就罷了，若是遇上，咱們就順便為民除害了。」

年輕的鏢師紛紛叫好，情緒高漲。幾個老鏢師不好再開口，只得跟隨商隊繼續上路。那幾個波斯商人早已被劫匪嚇破了膽，說什麼也不再走回頭路。丁蘭只好讓人給他們留下足夠的給養，讓他們往東去玉門關。

奸商

第三章

那龜茲肥佬笑著搖搖頭，用結結巴巴的唐語比劃道：

「五貫是方才的價錢，現在是四貫，賣不賣？」

任天翔第一次發現，這肥佬貌似愚魯的面容下，

藏著一雙滴溜亂轉的小眼睛，

透著與他那身肥膘不相稱的精明。

金沙似海，烈日如焚，商隊頂著酷暑在戈壁荒漠中繼續前行。在這萬里無人的茫茫大漠之中，顯得尤其渺小孤單。

從未離開過長安的任天翔，第一次置身於如此蒼茫寥廓的天地間，心中不由生出一種發自靈魂深處的孤獨和恐懼。他心中一直在為未能說服丁蘭而後悔，以前在長安時，無論他說什麼，別的女子多半都會依從，沒想到丁蘭跟長安女子完全不同，不僅不將自己放在眼裏，為了跟自己鬥氣，竟不惜冒險走險路。現在他只能祈求佛祖保佑，商隊千萬不要遇到劫匪。

只可惜任天翔最近一直在走霉運，怕什麼就來什麼。商隊剛抵達塔里木河取水時，就見兩匹哨馬在河對岸窺探，看打扮就知不是善類。商隊一旦被匪徒發現蹤跡，帶著貨物肯定是逃不掉，丁蘭只得令大家打點精神，依照地形紮下營帳，做好最壞的準備。

一夜無話，第二天一早，就見塔里木河對岸顯出了黑壓壓一片人影，人人坐跨駿馬，黑巾蒙面，刀光在朝陽下熠熠生輝。無論人和馬都是精神抖擻，顯得異常彪猛，遠非經過長途跋涉後的鏢師們可比。而他們的人數更不止三五十人，而是超過三百人的規模。

眾鏢師一見之下，盡皆變色，唯有丁蘭還強自鎮定，不過緊抿的雙唇依舊暴露了她心底的緊張。

就見匪徒緩緩涉水過河，慢慢向商隊逼了過來，領頭一個身材高大彪猛的漢子老遠就在高喝：「是蘭州鏢局的貨吧？不好意思，我沙裏虎笑納了。看在丁總鏢頭的份上，我不難為你們，留下所有的貨滾吧。」

丁蘭一咬銀牙，低聲對眾人吩咐：「保護商隊，準備戰鬥！」

「行了，丁姑娘，你是要大家都為這點貨陪葬嗎？」任天翔忍不住質問，「匪徒們是以逸待勞，人數又是咱們的十倍以上，我看不出頑抗下去還有什麼意義。」

「那怎麼辦？難道將貨拱手送給他們不成？」丁蘭氣呼呼地反問。顯然她是第一次面對這種絕境，早已失去了先前的自信和泰然。

「我看也只好如此。」任天翔在匪徒包圍之下，依舊平靜如常，甚至還耐心開導丁蘭，「俗話說，留得青山在，不怕沒柴燒。我想你爹爹既然放心讓你領隊，就說明這點貨在他眼裏不算什麼，蘭州鏢局肯定賠得起。」

「這點貨是不算什麼，但蘭州鏢局的招牌卻賠不起！」丁蘭怒道。

「難道全部戰死就能保住招牌？在實力懸殊、毫無勝算的情況下將貨交給匪徒，和拼死抵抗，最後鏢師被殺，貨物被搶，前一種只賠錢，後一種除了賠錢還要賠命。除此之外，鏢局還要負責照顧戰死鏢師的的妻兒老小，這對鏢局來說，抵抗的損失顯然更大吧，

在這種情況下，鏢局該怎樣處理？」

任天翔在危急時刻，反而鎮定得與他的年紀完全不相稱，「如果我是你，就要先保得大夥兒性命，然後再圖報仇。如果不問勝算，要做英雄與十倍於己的匪徒硬拼，除了殺死幾個匪徒，激起匪徒們的殘酷報復，我看不出有任何意義。」

丁蘭六神無主，不由將目光轉向了阿彪。阿彪頓時一挺胸脯，大聲道：「你這是長他人志氣，滅自己威風！咱們雖然人少，也未必就不可一戰！」

任天翔一聲嗤笑：「對不起，我忘了咱們這裏還有個大英雄。乾脆你先去跟沙裏虎單挑，要是萬一贏了，匪徒們一害怕，全都跪地求饒也說不定。」

「你……」阿彪脹得滿臉通紅，但單挑的話無論如何也說不出口。

「可是，我們怎麼能輕易相信那些匪徒的話？」老成的阿豹慎重地問。

任天翔笑道：「那些匪徒不辭辛勞守在這荒涼酷熱的大沙漠中，顯然也是求財而不是求氣。如果不必動手就白得一批貨物，為啥要激起咱們的反抗拼個兩敗俱傷？」

眾人發現，任天翔有種瞬間看到問題本質，並在第一時間算清利害關係的能力，經過他這一說，眾人立刻有所醒悟。一名老鏢師也對丁蘭道：

「小天說得在理，如今實力懸殊太大，與其大家都為這批貨陪葬，不如先活下去，再圖後事。」

「我第一次走鏢，怎麼甘心將貨物拱手送給匪徒？」丁蘭心有不甘。

任天翔不以為意地勸道：「在明知輸定了的賭局中，還不顧死活拼命加注，那是白癡才幹的事。」

眾人正在商議，就聽遠處那匪首已不耐煩地高呼起來：

「商量好沒有？再不交出貨物投降，我就要發起進攻了。」

任天翔見丁蘭依舊猶豫難決，不由一跺腳：「行了，這事我替你應付，儘量將損失降低到最小。」說完翻身上馬，徑直迎上緩緩逼近的匪徒。

眾匪徒見有人迎上來，便在數十步外勒住了馬。

任天翔拱手問：「不知哪位是沙裏虎？」

一個魁梧彪悍、黑鬚如針的大漢縱馬越眾而出，調侃道：「老子就是沙裏虎，怎麼現在才想起攀交情？」

任天翔沒有理會對方的調侃，平靜道：「要我們交出貨物可以，不過，你得給我們留下給養和牲口，咱們只交貨物，不交兵刃、鏢旗和牲口。」

沙裏虎眼裏閃過一絲揶揄，抬鞭往四周的匪徒一指：

「在如今這形勢下，還輪得到你們談條件嗎？」

任天翔嘴角又泛起那種獨特的微笑：

「我們雖然深陷重圍，逃生無望，不過拼死一搏，肯定也能拉上幾個朋友墊背。沙當家是想兵不血刃就拿到貨物呢，還是打算搭上幾個兄弟的性命來換？」

「你在威脅我？」沙裏虎冷冷問。

任天翔無辜地攤開雙手：「不敢。咱們深陷重圍，但求保命，哪裡敢威脅沙當家？只要沙當家不欺人太甚，我們自然願意交出貨物。」

沙裏虎略一沉吟，朗聲笑道：「好！我答應你！沒想到你深陷重重包圍，依舊能面部改色，了不起！你們可以留下足夠的給養和牲口，並且不必交出兵刃和鏢旗，只要將貨物留下來就行。」

任天翔拱手一拜：「請給我一點時間，我們會儘快辦妥。」

「沒問題，我可以等。」沙裏虎寬容地擺了擺手。由於是勝券在握，他沒必要趕盡殺絕，將鏢師們逼成困獸之鬥。

雙方實力相差太過懸殊，商隊的老闆也知道這批貨物肯定是保不住了，與其為財送命，不如獻出貨物保命。他雖不情願，但想到蘭州鏢局會負責賠償，也就稍稍心安。忙令夥計們將貨物卸下駱駝，任由匪徒們將貨物搬走。

沙裏虎早就注意到丁蘭的美貌，見貨物到手，立刻揚鞭向她一指，對任天翔笑道：「將這個女人也送過來，她也算貨物的一部分。」

眾鏢師神情大變，紛紛拔出了兵刃。任天翔示意眾人不用緊張，然後對沙裏虎淡淡一笑：「那你得殺盡這裏所有男人才行。」

「你以為我不能？」沙裏虎冷笑，眼中寒芒暴閃。

任天翔若無其事地點點頭：「你有三百多兄弟，拼著死傷百十號人，肯定能將我們全部斬盡殺絕，不過你最終得到的只是這個女人的屍體，以及百多個冤魂的詛咒，包括我們和你手下那些死去的兄弟。」

「你是在威脅我？」沙裏虎瞇起眼睛，第一次認真打量起任天翔。雖然對方看起來非常年輕，但眼中那份從容和鎮定，令人忘記了他的年紀。如今他和他的商隊處於絕對的弱勢，可他卻依舊有著掌控一切的自信，令沙裏虎也不由心生敬意。

「不敢，以死相搏實在是弱者的無奈。」任天翔淡淡道，「你可以搶走我們的財物，甚至奪去我們的生命，但你不能奪走我們的尊嚴。」

「這女人跟你的尊嚴有什麼關係？她是你老婆還是妹子？」沙裏虎調笑道。

任天翔正色道：「一個真正的男人，絕不會眼看著身邊的女人被搶而袖手旁觀，這種本能甚至超過了求生的本能。這裏一共有三十六個漢子，個個都是這種男人，所以你得先將我們斬盡殺絕。不過，就算是這樣，你的願望也不可能實現。丁姑娘既然能做這幫漢子的頭，帶領他們行走江湖，就絕對會用生命捍衛自己和這幫漢子的尊嚴。因為她知道，就算她和這幫漢子全部罹難，他們也不會白死，蘭州鏢局所有男人就算追到天涯海角，也定要將凶手的腦袋送到他們的靈前。」

沙裏虎愣在當場，他倒不是怕了蘭州鏢局，只是面對一干抱著必死之心的彪壯漢子，要想搶下那女人，恐怕真要損失不少兄弟。自己若一意孤行，到時那女人真的自殺，自己白白折損人手，定會令兄弟們寒心。想到這，他哈哈一笑：

「這姑娘姓丁？想必就是丁鎮西的女兒吧？丁總鏢頭沙某也是仰慕已久，今日劫他的貨也是情非得已，兄弟們要吃飯啊。」說著他轉向丁蘭，「丁姑娘請轉告丁總鏢頭，就說沙某今日多有得罪，還請他海涵。」

丁蘭也不是第一次走江湖，立刻抱拳道：「沙當家客氣了，我定會向爹爹轉達沙當家的問候。」

沙裏虎斜眼掃了任天翔一眼，對丁蘭笑道：「你有一個好夥計，丁鎮西真會用人，令沙某佩服。」說完對丁蘭拱拱手，然後向一干兄弟一招手，「咱們走！」

眾匪徒帶上貨物呼嘯而去，轉眼走得乾乾淨淨。直到匪徒們消失在地平線盡頭，眾人才暗自鬆了口氣。

阿豹來到任天翔面前，拱手一拜：「多謝任老弟，是你救了小姐和大夥兒一命。」

任天翔忙還拜道：「阿豹師傅太客氣了，我自作主張將貨物交出去，你們不會怪我吧？」

阿豹連忙擺手：「在當時那種情形之下，這是損失最小的辦法。能在最短時間做出最明智的決定，任老弟實有過人之才，我們感激你還來不及呢。」

「哼！不戰而降，白白損失所有貨物，有啥好感激的？」阿彪在一旁悻悻地道。

任天翔望著他有些後悔地搖搖頭：「對不起，方才我忘了對沙裏虎說，咱們這有位大英雄要跟他單挑，真可惜讓你失去了一個揚名立萬的大好機會。」

阿彪張張嘴，但硬氣話實在不好意思再說出口。方才他在沙裏虎強大的氣勢面前，大氣也不敢亂出，尤其是沙裏虎對丁蘭無禮時，他也不敢吭上半句。他只得狠狠瞪了任天翔一眼，心裏暗自將這來歷不明的小子，立為自己的頭號情敵。

「行了！你們不要再爭了！」丁蘭第一次帶隊就丟了鏢，心情異常惡劣，鐵青著臉翻

身上馬，馬鞭向前一指，「還不儘快趕到龜茲，補充給養後打道回府，向我爹爹如實稟報。」說完一甩馬鞭，獨自向前飛馳。

眾人急忙收起頹喪，紛紛騎上馬匹駱駝，向龜茲方向奔去。

龜茲處在絲綢之路的交通要道上，是東西往來的必經之路，居民以印歐種的龜茲人和回鶻人為主。這裏原本是龜茲國的首府，隋末唐初附屬於突厥，後大唐興盛，先後擊敗東、西突厥，進而於貞觀二十二年攻佔龜茲，並在龜茲設立安西都護府，轄龜茲、于闐、焉耆、疏勒四鎮，龜茲開始成為唐朝統治西域的中心。

不過，由於吐蕃勢力也進入了西域，使大唐對龜茲的統治並不牢固。回鶻人、龜茲人、吐蕃人等等勢力犬牙交錯，作為外來的安西都護府，也不得不依靠當地人的勢力進行統治。任天翔當初決定來龜茲，絕沒有想到這裏的居民一直視大唐軍隊為侵略者，對所有來自大唐的人都充滿了敵意。

丁蘭在龜茲準備好給養後，歇息一日又要趕回蘭州，任天翔只得與她在龜茲郊外分手道別。經過遇劫之後，她對任天翔的印象已有所改觀，分手時，甚至第一次對任天翔柔聲道：

「我一直以為你只是個徒有其表的卑劣之徒，沒想到，你竟會為了我不惜與沙裏虎拼命。」

任天翔淡然一笑：「這沒什麼，每一個男人都會這樣做。」

丁蘭用異樣的目光打量著他：「鏢局的叔叔伯伯為我拼命我可以理解，我跟你萍水相逢，甚至沒給過你一次好臉色，你為何也會這樣做？」

任天翔不好意思地撓撓頭，期期艾艾地道：「其實那時我心裏也沒底，要是沙裏虎堅持的話，我說不定會勸你乾脆跟他去做壓寨夫人算了。既救大夥兒一命，又嫁得一個……」

話未說完，任天翔臉上便吃了重重一耳光，打得他兩眼直冒金星，好半晌才感到臉上火辣辣的痛。心中暗暗悔恨：「媽的，早知道這野丫頭手這麼重，就不跟她開這種玩笑了。」

這一巴掌打了個結實，丁蘭也有些意外，瞪著任天翔問：「你為啥不躲？」

「我哪知道你手這麼快？心那麼狠？」任天翔委屈地叫起來，「宜春院的姑娘比你溫柔多了，就算動手，也是用千嬌百媚的溫柔拳和含情脈脈的風情掌，哪似你這等……」

見丁蘭又揚起了手，任天翔趕緊閉嘴。

丁蘭也是江湖兒女，一聽「宜春院」就知道不是什麼好去處，不由紅著臉啐道：「沒廉恥的混賬東西，我永遠也不想再看到你！」說完翻身上馬，頭也不回便打馬而去。

任天翔望著她遠去的背影，摸摸火辣辣的臉頰，遺憾地想：這野丫頭跟長安的姑娘比起來，真有些特別。可惜萍水相逢，只怕以後都沒機會再見。這樣一想，心中竟有些悵然。

慢慢回到城中，入眼多是高鼻深目的龜茲女子，每一個看起來都有些像記憶中的可兒，任天翔不禁有些茫然。他只記得童年的玩伴是個金髮雪膚的龜茲女孩，連「可兒」這名字也是趙姨給起的藝名，偌大的龜茲該上哪裡去尋找？再說找到可兒又如何？總不能說自己被人趕出了長安，到她這裏來逃難吧？

這樣一想，尋找可兒的心思便不再那麼急切，他知道無論如何，自己必須先在龜茲站穩腳跟才行。

大街小巷響起的吆喝叫賣聲，很快就勾起了任天翔的食欲。摸遍渾身上下，除了作為紀念掛在脖子上的那枚開元通寶，竟然沒有找到一文錢！

以前跟著商隊混吃混喝，任天翔從未考慮過錢的問題，如今置身於陌生的街頭，身邊全是打扮各異的色目人，說的又是各種夷語蠻腔，使任天翔陷入了一種前所未有的孤獨和無助之中。

摸著脖子下那枚外圓內方的開元通寶，任天翔饑腸咕嚕地在熙熙攘攘的長街遊蕩，望著那些令人饞涎欲滴的羊肉串、牛肉麵和白麵饃饃，他再次體會到錢對於人的重要。無論是南來北往的商販，還是像丁蘭這樣的鏢師或沙裏虎這樣的盜匪，無不是在為它奔忙、流汗，甚至流血。

前方一個大大的「當」字，吸引了任天翔的目光，原來這裏也有唐人開的當鋪。可惜任天翔搜遍渾身上下，除了任重遠留給他那塊玉質殘片，竟找不到一件值錢的東西。

他抱著試試看的心態拐進當鋪，將那塊殘片遞給櫃檯內高高在上的當鋪朝奉，陪笑道：「請先生幫忙看看，這東西能當多少錢？」

老朝奉捋著花白鬍鬚仔細看了看，不以為然道：「這像是一塊玉瑗或玉琮的殘片，看模樣有些年頭了，可惜玉質低劣又殘缺不全，幾乎一錢不值。」說著便扔了出來。

任天翔心有不甘地問：「多少總能值幾個錢吧？」

老朝奉啞然笑道：「去地攤上問問，興許能賣幾個銅板。不過當鋪是不收這些廢物的。」

任天翔無奈收起那塊殘片，在老朝奉嘲弄的目光中，悻悻退出當鋪。漫無目的地走出半天街，就見街道兩旁多了些地攤，賣著各種雜物。他拿著那塊玉質殘片一連問了幾個賣玉器和古董的攤主，也沒有人願意出超過五個銅板的價錢。

任天翔正沮喪間，一個販賣雜貨的地攤吸引了他的目光，攤主是個白白胖胖的龜茲人，看起來只有二十多歲，卻已經養了身好吃懶做的肥膘。令任天翔在地攤前停步的，除了他那些粗製濫造的刀劍，還有他那和藹可親的微笑，任天翔還是第一次在當地人臉上看到如此和善的微笑。

任天翔收起不值錢的玉質殘片，指了指地上那些粗製濫造的刀劍，就見對方操著蹩腳的唐語比劃道：「刀，五貫，劍，七貫！」

任天翔將自己的劍遞過去：「這是長安青龍坊打造的龍泉寶劍，在長安要賣八十貫，加上鑲嵌的這些珍珠和寶石，起碼值一百貫。現在我急需要錢，便宜賣給你了，開個價吧。」

那龜茲肥佬接過寶劍，翻來覆去看了半晌，最後笑著點點頭，緩緩伸出了五個手指。

「五十貫？」任天翔沉吟道，「雖然出價太低，不過看在你識貨的份上，便宜你了。五十貫錢在長安相當於五十多兩銀子，你就給我五十兩吧，幾十貫銅錢帶著太累贅。」

龜茲肥佬笑著連連搖頭，將五根手指在任天翔面前晃了晃：「五貫！多一個子兒都免談！」

「五貫？」任天翔剛開始以為自己聽錯了，繼而勃然大怒，「我一百貫錢買來的東西，你出五貫就想拿去？你他媽以為自己是宜春院的紅姑娘啊？」

那龜茲肥佬也不惱，依舊伸著五根肉蘿蔔一樣的手指比劃道：「就五貫，多一個銅板都不行。」

任天翔氣得轉身就走，但走完幾條街後，他終於發現，要想將自己的寶劍賣上個比五貫更高的價錢，實在是千難萬難。摸摸飢腸轆轆的肚子，他只得一咬牙，重新回到那龜茲肥佬的地攤前，將寶劍遞過去：「照你說的，就五貫！」

那龜茲肥佬笑著搖搖頭，用結結巴巴的唐語比劃道：「五貫是方才的價錢，現在是四貫，賣不賣？」

任天翔第一次發現，這肥佬貌似愚魯的面容下，藏著一雙滴溜亂轉的小眼睛，透著與他那身肥膘不相稱的精明。

任天翔突然咧嘴笑了起來：「四貫就四貫，就當交個朋友。老闆怎麼稱呼？」

「阿普杜拉・達，你可以叫我阿普。」龜茲肥佬喜滋滋地將劍接過來仔細收好，然後

從褡褳中取出四貫銅錢。

任天翔接過一看，感覺每一貫都明顯比正常的要少，他不由笑問：「這錢數目好像不對吧？」

「小兄弟是剛來關外吧？」阿普笑呵呵地解釋道，「在關內一貫錢是一千個銅板，不過在咱們龜茲，一貫錢就只有八百，這是人所共知的規矩。」

「這是誰定的規矩？」任天翔耐著性子問。

「自從大唐軍隊進駐咱們龜茲，一直就是這規矩。」阿普笑呵呵地回憶道，「好像從貞觀年間就開始實行。你若覺著這規矩不妥，可以去安西都護府申訴。」

任天翔雖然不明原委，卻也能猜到個大概。想必當初佔領龜茲後，唐軍將領為了貪污朝廷軍餉，將八百個銅板當成一貫與當地人交易，上報朝廷時只說一貫，這樣每貫就可多報兩百個銅板，沒想到這規矩在民間也延續下來，一直到今天。

他無奈搖搖頭，笑問：「對不起，是我不知規矩，不過這種八百一貫的錢，跟關內的一貫應該有所區別吧？」

阿普笑嘻嘻地點頭：「一千的叫大貫，八百的叫小貫，我們這裏談價錢都是用小貫。並且貨物出門，概不退換。」

任天翔哈哈一笑：「阿普老闆多慮了，我可沒說要找你退換。咱們長安人做生意就是交朋友，我只是想跟你交個朋友而已。」

阿普明顯鬆了口氣，嘻嘻笑道：「公子真是信人，不知公子怎麼稱呼？」

「小弟任天翔。」任天翔估計這龜茲沒人知道這名字，也就沒有隱瞞。

「原來是任兄弟！」阿普熱情地指向對面的一座小院，「我家就在那裏，以後你若還有什麼東西要賣，儘管來找阿普，我一定給你個公道的價錢。」

任天翔心裏在暗罵奸商，臉上卻堆滿笑容：「一定一定，小弟在龜茲人地生疏，能遇到阿普大哥這樣的好心人，那是小弟的福氣。」

阿普拍拍任天翔的肩頭：「以後任兄弟遇到難處，儘管來找我阿普，只要幫得上忙，阿普定不會推辭。看樣子你還沒找到住處吧？城西的大唐客棧價錢公道，老闆實誠，老弟可以去那裏看看。」

「多謝阿普大哥指點，小弟這就去看看。」任天翔千恩萬謝要走，卻被阿普拉住。只見這龜茲奸商特意叮囑道：「我看兄弟初來乍到，就教你一個乖。在咱們龜茲有句話說得好，大唐人是呆子，波斯人是凱子，回鶻人是彪子，吐蕃人是蠻子……」

「那龜茲人呢？」見阿普欲言又止，任天翔連忙追問。

阿普肥肥的臉上第一次有些不好意思，嘿嘿道：「龜茲人都是騙子，不過我們只騙外人，不騙朋友！」

任天翔哈哈大笑：「多謝阿普大哥將我當朋友，我會永遠記得你。」

二人依依不捨地揮手道別，就像分別多年的老朋友。

離開阿普的地攤後，任天翔解下百十個銅板裝在衣袋中做零用，然後將剩下的三貫多銅錢纏在腰間藏好。其時經濟發達，物賤錢貴，三貫多銅錢也是一筆不小的鉅款，要拎在手上滿街走的話，定會引來路人側目。至於銀子，對普通百姓來說那實在是稀罕物，許多人一輩子都沒見到過。況且一兩銀子至少要值一整貫錢，在平常百姓的經濟往來中，實在用不上這樣大的鉅款，而且切割稱量也十分不便，因此銀子基本上只在大宗的交易中，才作為銅錢的替代品來使用。

在一家看起來還算乾淨的酒館，任天翔花了三十多個銅板，叫上一壺好酒、一大盤牛肉和一小盆羊肉，美美犒勞了自己一頓。離開長安後，他還是第一次如此奢侈，回想在長安時那些花天酒地的日子，恍惚就像是在夢中一般不真實。

酒飽飯足後，任天翔這才依照阿普的指點找到城西那家大唐客棧。客棧名字倒是威風，不過規模門面卻是十分普通，一看就是以行腳商販為主要客源的中低檔客棧，難怪阿普要說它價錢公道了。

「掌櫃，我要一間房！」任天翔來到櫃檯，看到掌櫃是同族，頓時覺著有幾分親切。就見那老者掃了他一眼，不冷不熱地道：「老朽是客棧的老闆周長貴，請問客官有何需要？」

掌櫃只是客棧的管理者，老闆則是客棧的所有者，身分自然不同。任天翔不由笑道：「原來是周老闆，失敬失敬，不知房價多少？」

周老闆不冷不熱地報道：「上房一百二，中房一百，下房八十，通鋪三十，客官要哪種？」

任天翔沒想到這裏的房價幾乎可與長安相比，而老闆又一點不熱情，正要打退堂鼓，就聽身後傳來一個柔柔的聲音：「公子，請用茶。」

任天翔回頭一看，眼前頓時一亮。

只見一個十六七歲的少女手捧茶盤，正嫋嫋婷婷地站在自己身後。少女生得溫婉纖秀，不施脂粉的臉上有一種天然之美。這種美雖不如明珠美玉般光彩奪目，卻如山間清澈的小溪，讓人油然而生親近之心。

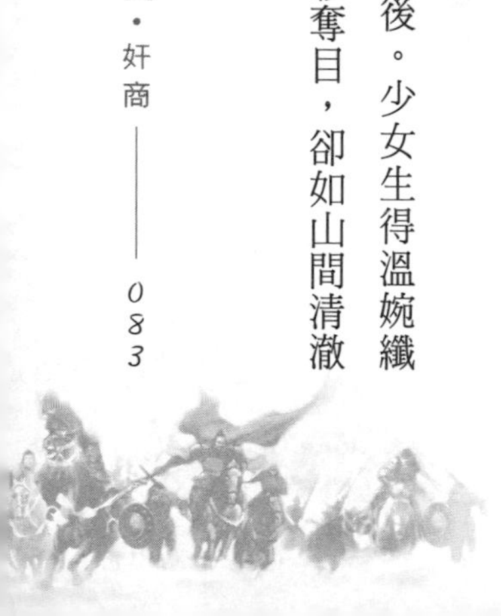

任天翔沒想到在這風沙漫漫的西域龜茲，竟還有標準的江南美女，不由看得癡了。

少女被任天翔火辣辣的目光一照，連忙紅著臉垂下頭。見任天翔只顧打量自己，卻沒有接茶，她走也不是留也不是。一旁的周老闆見狀，立刻對少女吩咐：

「小芳，既然這位公子不喝茶，你還愣著幹什麼？還不到廚下去幫忙？」

「是，爺爺！」少女放下茶盤趕緊走開，撩起門簾進後院時，卻又忍不住回頭望了任天翔一眼。她在這販夫走卒往來的客棧中，似乎也很少看到像任天翔這樣的翩翩少年。

「公子到底要不要住店？」

周老闆的態度實在令人不敢恭維，不過任天翔已無心計較。他摸摸腰間纏著的銅錢，只有不到三千，實在不敢奢侈，而與那些販夫走卒擠通鋪，想起來又無法忍受，遲疑半晌，只得道：「給我間下房吧，我先訂五天。」

「請交五百個銅板。」周老闆一副愛理不理的模樣。

「五天不是四百麼？怎麼要五百？」任天翔奇道。

「一百是保證金，退房時再還你。」周老闆一臉不屑，「客官是沒住過店吧？要是你將我房中的茶杯或夜壺順手偷走了，我找誰賠去？」

任天翔聞言，不禁啞然失笑，第一次被人當成賊一樣防備，他感到十分好笑，跟著又有些悲哀。一旦離開了長安，不再是義安堂的少堂主，他在別人眼裏，就跟那些販夫走卒沒有任何區別，這個世界原來就是這麼現實和殘酷。

將五百個銅板交給周老闆後，任天翔小聲問：「老丈，你這裏有沒有什麼工作適合我？」

周老闆意外地掃了任天翔一眼：「你會做什麼？」

任天翔一怔，一時不知該如何回答。回想自己這十八年來，文不會詩詞歌賦，武不會一招半式，除了吃喝嫖賭，竟沒幹過一樣正事。現在別人問起，還真不知道自己究竟會做什麼。

周老闆察言觀色，立刻就猜到個大概，便道：「我店裏還缺個跑堂打雜的夥計，你要不嫌棄可以先試試。一個月可以休息兩天，剛開始半年沒有工錢，只管一日三餐，後面那間馬廄可以免費住，你看怎樣？」

一想起馬廄中那股味道，任天翔就知道自己肯定受不了，不過能夠省下一日三餐的開銷，這對他來說也頗有吸引力，他想也沒想就點頭答應：「謝謝周老闆，我會好好幹。不過我還是住下房吧，房錢我照付。」

「先別急著謝，我醜話說在前頭，摔壞一個碗或打破一個碟，全都要照價賠償。」

「那是自然，我會非常小心。」

「那好，你明天就可以開始幹活，先去安頓下來吧。」周老闆說著衝裏面一聲高喊，「小芳，快領這位夥計去地字一號房。」

方才那少女脆生生答應著從裡間快步出來，低著頭將任天翔領到樓梯拐角處，打開那間樓梯下的狹窄小屋，她有些歉然地解釋：「這間房好久沒住人了，可能有些髒，你要好好打掃一下，需要什麼東西可以找我。」

任天翔仔細一看，還真是一間又黑又小的下房。不過，總算有了自己臨時的小窩，好歹也算安頓下來。看看左右無人，他涎著臉嘻嘻笑問：

「你叫小芳？大名不知叫什麼？」

少女遲疑了一下，還是猶猶豫豫地答道：「我爺爺姓周，我的名字叫惠芳。」

「周惠芳？真好聽。」任天翔臉上泛起促狹的壞笑，「我是不是缺什麼都可以找你？」

「是啊！」小芳自豪地道，「我從小就在幫爺爺打理這家客棧，許多事我都可以做主。」

「太好了！」任天翔故意打量了一下房間，然後一本正經地道，「我現在就缺一個老婆幫我打掃房間，不知道小芳姑娘可否幫忙？」

小芳一怔，臉上「騰」一下脹得通紅。雖然她天真單純，卻也明白任天翔是在調戲自己，不禁啐了一口，嗔道：「討厭，不理你了！」說完匆匆逃出門去。

這妮子還真是溫柔，要是對丁蘭說這樣的話，肯定一個大耳刮子就掄了過來。任天翔不禁將小芳和丁蘭在心中做了如此比較，很是慶幸自己留在這兒當夥計的英明。就算光幹活一個銅板不掙，有小芳在身邊，也足以值回工錢。

第二天天不亮，任天翔就被周老闆叫起，開始了他店小二的生涯。他終於開始理解「起得比雞早，睡得比狗晚；幹得比牛多，吃得比豬爛」是啥滋味，以前在長安有下人這樣抱怨，他還當成笑話來聽，沒想到自己終於也嘗到其中滋味。幸好小芳對任天翔也還頗有好感，不時從廚下偷點好吃的犒勞這個笨夥計，因此任天翔也就不覺得做店小二有多苦了。

就這樣糊裏糊塗過了一個多月，任天翔一個銅板沒掙著，還因打碎碗盞倒賠了不少。加上每天八十個銅板的房費，賣劍所得的四小貫銅板漸漸所剩無幾。不過這一個月來，他除了學會店小二的招呼應酬，天生聰穎的他，還在天天招呼南來北往各族商販的過程中，漸漸學會了他們的語言，無論龜茲語、回鶻語還是波斯語，他基本上已能應付自如。

在大唐客棧做店小二，不光要招呼應酬南來北往的客人，有時還要負責採買瓜果蔬菜、雞鴨魚肉等廚下用品。這天，任天翔像往常一樣，正在離客棧不遠的菜市場選購菜蔬，就見兩人兩騎風塵僕僕匆匆而來。二人俱是唐人打扮，看模樣像是父子，在熙熙攘攘的菜市場沒法騎馬，二人只得下馬，牽著馬慢慢前行。一路上，二人都在用吳越一帶的方言小聲爭吵著，這種方言在外人聽來如鳥語般艱澀難懂，所以二人也沒有刻意壓低聲音。湊巧的是，任天翔對這種方言非常之熟悉，因為他母親就是說的這種方言。

聽到兒時聽慣的方言，任天翔自然感到親切，不由留上了心，不知不覺跟在了兩人身後，二人的小聲爭吵不斷傳入了他的耳中。

「阿爹啊！我都沒見過那姑娘，你就帶我上門提親，萬一她要是個醜八怪，豈不害了孩兒一輩子！」兒子在小聲抱怨，他的模樣倒還有幾分俊俏，就是說話有點婆婆媽媽，像是個沒有主見的小男人。

「你懂個屁啊！」父親小聲呵斥道，「咱們這次被沙裏虎搶得精光，欠下一屁股閻王債，如果不趕緊想辦法還上，你想讓你爹跳井啊？」

「那你也不能拿兒子的終身大事去做買賣啊！」兒子嘟嘟囔囔地抱怨道。

「誰讓你在一棵樹上吊死？」父親苦口婆心地開導道，「萬一那姑娘不合你的意，也不妨礙你先將她娶過來。等咱們過了眼前難關，你要休了她另娶，或者再娶一房小，爹都依你。」

兒子似被說服，卻還是有些不放心地道：「就算兒子娶了那姑娘，也未必就能拿到她爺爺那份產業啊。」

父親嘿嘿一笑，小聲道：「那周老頭跟我是知根知底的鄉黨，往年爹爹販運貨物總要去他的客棧小住幾日。他早就想招一房上門孫女婿，將客棧留給孫女孫女婿打點，然後葉落歸根，回江南養老。那客棧好歹能值幾十貫錢，你若幫爹爹弄到手，爹爹定能東山再起！」

二人說話間已出了熙熙攘攘的菜市場，立刻翻身上馬，縱馬疾馳而去。

任天翔先前聽到母親的鄉音，原本還想上前認個鄉親，不想聽到二人對話，心中頓生鄙夷，不過卻也沒有多想，只在心中感慨：不知是誰家姑娘，被這兩個騙子給盯上了，但願她不要上當才好。

看看天色不早，任天翔趕緊買了菜蔬就往回走，還未到客棧門口，老遠就見門外的拴馬樁繫著兩匹馬，毛色十分熟悉，仔細一看，不正是先前在菜市場見過那兩個騙子的坐騎？

任天翔心中閃過一絲不祥的預感，急忙回到客棧，就見廚師兼跑堂的趙大廚正望眼欲穿地等在門口。

見他回來，趙大廚搶過菜籃就不滿地抱怨：「你買個菜要去多久？老闆在後堂款待一個遠道而來的同鄉，就等你的菜下酒呢！」

「是商旅打扮的父子倆？」任天翔急忙問，得到趙大廚的肯定後，他不禁在心中一聲冷笑，「這倆混蛋父子，居然敢來騙小芳，看我如何揭穿你們的嘴臉！」

自薦

第四章

任天翔目送著她的背影，突然明白了人微言輕的亙古真理。一個店小二無論說什麼話，在旁人眼裏都微不足道。我不能再做店小二了，不然我將永遠是個無足輕重的小人物，像螞蟻一樣卑微而勞碌地活著。任天翔在心裏暗暗下了決心。

任天翔將菜蔬交給趙大廚後，悄悄來到後堂，就見周老闆果然在款待那兩個騙子。周老闆高居主位，那倆父子分坐左右，而小芳竟在下首相陪。周老闆興沖沖地用鄉音招呼著那倆父子，那倆父子也在不住恭維著周老闆和小芳，從雙方熟絡程度看，顯然是多年的老朋友了。

任天翔自忖就這麼闖進去，只怕是空口無憑，無法讓周老闆相信自己聽到的那些話。他悄悄繞到周老闆身後的窗戶邊，向對面的小芳遙遙使了個眼色。小芳得到暗示，藉口去廚下催催酒菜，匆匆退了出來。

任天翔在後堂門外一把抓住小芳，不由分說將她拖到僻靜處，然後問道：「那兩個傢伙是誰？」

小芳掙脫任天翔的手，不悅地道：「那是胡伯伯跟他的公子，他們是我爺爺的同鄉，怎麼了？你幹嘛問這個？」

任天翔低聲問：「那姓胡的，是不是向你爺爺提親了？要將他的兒子入贅到你們周家？」

小芳臉上「騰」地一紅，急道：「你胡說什麼呢？沒有的事！」

任天翔匆匆道：「也許他們還沒來得及開口，不過他們肯定會向你爺爺提親。」

小芳奇道：「你怎知道？」

任天翔將先前聽到的對話草草說了一遍，最後嘆道：「那是兩個居心叵測的騙子，你千萬不要上當。幸虧讓我聽到他們的陰謀，不然，你爺爺要是糊裏糊塗答應下來，可就害苦了你。」

小芳怔怔地望著憂心忡忡的任天翔，突然問：「別人來跟我提親，你幹嘛這般緊張？」

任天翔一愣，跟著嘻嘻調笑道：「有人來跟我搶老婆，我當然緊張了。」

以前任天翔在長安時，與那些青樓女子老公老婆地調笑慣了，一向口沒遮攔，流落到這龜茲也沒改過來。而小芳在這各族商販往來的大唐客棧中，也沒少遇到那些愛討口頭便宜的浮滑之徒，所以早已應付自如。不過，唯有在任天翔的玩笑面前，她卻總是有些心如鹿撞。

她紅著臉瞪了任天翔一眼，幽幽嘆道：「你只是一個店小二，還是個啥也做不好的笨蛋小二，就算我爺爺再不計較，也不可能將我嫁給一個夥計。所以你對我說這些，又有什麼用？」

任天翔一時茫然，不由呆呆地問：「我對你說什麼了？」

小芳嘴邊泛起一絲無奈的苦笑：「天翔哥，我知道你喜歡我，所以要說胡伯伯的壞話，恨不得將他們趕走。可趕走他們又有什麼用？遲早還不是有其他人來向爺爺提親。」

任天翔愣了半晌才失聲道：「你不相信我說的話？不相信姓胡那傢伙是個居心叵測的騙子？」

小芳苦笑道：「胡伯伯與兒子說話剛好被你聽到，而這些話又正好與我有關，天底下哪有那麼巧的事？你要我如何信你？」

任天翔張口結舌，無言以對。他聽到胡家父子陰謀的過程確實也太巧了，巧到連他自己都有些懷疑，何況是小芳。再說從外表看，胡家父子一個面相忠厚，一個堪稱俊男，怎麼看都不像是奸詐之徒。更何況，他們還是周老闆的鄉親和老朋友，無論小芳還是周老闆，肯定是更相信他們，而不是自己這個來歷不明的外人。

任天翔還想解釋，後堂突然傳來周老闆的呼叫。小芳只得丟下任天翔趕緊回去。任天翔目送著她的背影，突然明白了人微言輕的亙古真理。一個店小二無論說什麼話，在旁人眼裏都微不足道，不管是實話還是假話。

我不能再做店小二了，不然我將永遠是個無足輕重的小人物，像螞蟻一樣卑微而勞碌地活著。任天翔在心裏暗暗下了決心。

「天翔，快來收拾桌子！」後堂傳來周老闆醉醺醺的高呼。大唐客棧招牌雖然響亮，卻只是個接待販夫走卒的中低檔客棧，所以沒有請多少夥計。除了掌勺的趙大廚和負責跑堂的李小二，就只有任天翔這個專門打雜的小夥計。

「來啦！」任天翔答應著來到後堂，就見酒宴已散，周老板正醉醺醺地要送兩個同鄉去客房。任天翔連忙將周老闆扶著坐下，然後示意小芳領姓胡的父子去客房。待他們一走，任天翔就忍不住小聲問：「周老闆，姓胡的向您老提親了？」

周老闆有些詫異，醉醺醺地望著任天翔笑問：「你怎知道？」

「你答應了？」任天翔急問。

「還沒有。」周老闆打了個酒嗝，「不過，我看那孩子挺精神，胡老弟跟我又是鄉黨，知根知底，家境也不錯，我看將小芳託付給他兒子是個好事，我也可以早點回江南養老。」

「什麼不錯，他們是衝著你這基業來的！」任天翔急道，「你要是將孫女嫁給他，可就害了小芳一輩子。」

周老闆斜著醉眼乜視任天翔片刻，突然失笑道：「你這小子，你那點小心眼以為老夫不知道？也不撒泡尿照照，你個一文不名的小夥計，居然敢打我孫女的主意？以後你要再

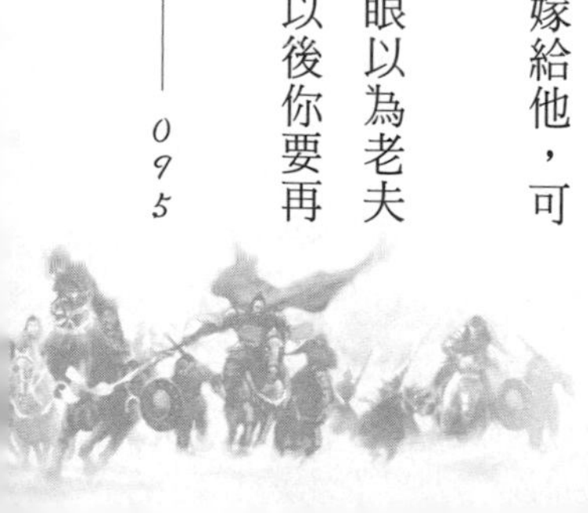

往小芳跟前湊，小心我打斷你狗腿！」

任天翔氣得滿臉通紅，不過知道喝醉的人，你要跟他計較就是笨蛋。他只得強壓怒火伺候周老闆茶水，想等他清醒些再向他揭露胡家父子的險惡用心。

「行了，這裏不用你了，去外邊招呼客人吧。」周老闆見酒菜已收拾乾淨，立刻就將任天翔攆了出去。最近客棧生意大好，外面就李小二是應付不過來的。

任天翔只好來到大堂，這時正是晚飯的時間，趙大廚和李小二正陸續將酒菜送到食客們的桌上。最近有不少客商滯留在客棧中，每日借酒澆愁時，據說是因為塔里木河附近有劫匪出沒，搶了不少行商，因此大家都不敢再走。以前任天翔對這事並沒放在心上，但這次無意間聽到兩個商賈提到一個老熟人的名字，頓時留上了心。

「聽說拉賈老爺已經請安西都護府出兵，護送咱們過塔里木河。」

「就算這次過去又如何？總不能每次都花錢請唐兵護送，那開銷算下來，只怕也不比被沙裏虎搶去的少。」

「唉，自從出了沙裏虎，在這條道上賺錢是越來越難了。」

「賺錢？沒丟命就算不錯了。前日有個大食商人，由於所有貨物被沙裏虎所劫，欠下一屁股債，只得上吊自殺了。」

眾人唏噓不已，紛紛咒罵沙裏虎，不過說到最後也只能搖頭嘆息，一籌莫展。

任天翔聽得眾人議論，心中突然閃過一個靈感，那是一個店小二決計想不到的靈感。他逕自來到後堂，對醉得昏昏欲睡的周老闆道：「周老闆，我在這兒已經幹了一個多月，還從未休息過一天，我要請兩天假。」

周老闆迷迷糊糊地嘟囔道：「這兩天客人這麼多，你辛苦一點，忙過這幾天再休息吧。」

任天翔咧嘴一笑，三兩把脫下店小二的可笑衣衫，扔到周老闆面前。他知道自己必須做出改變，不然就永遠是個一文不名的店小二，永遠也沒有出頭之日。甚至連說的話都沒有人相信，想幫小芳避開陷阱都不能夠。

「你這是幹什麼？」周老闆有些驚訝。

「我不幹了！」任天翔將身上所有店小二的標誌都扯了下來。

「這是為啥？我可以准你的假，你不用為這個衝動。」周老闆忙道，見任天翔不為所動，他不由急道，「你小子啥也不會，離開我你能做什麼？有種你永遠不要回來！」

任天翔哈哈大笑，回屋將自己的東西收拾好帶在身上。

正要出門，卻見小芳悄然進來，小聲問：「天翔哥，你是因為我那些話而賭氣離開？」

任天翔笑著搖搖頭：「當然不是，你啥時候見過你天翔哥如此小氣？不過，你說得也不錯，我要一直做個店小二，就永遠是個微不足道的小人物，連保護朋友的能力都沒有，所以我要做大人物。我不能忍受別人的輕視，更無法容忍喜歡的女孩往陷阱裏跳，自己卻完全無能為力。你放心，我還會回來，如果你信得過我，就千萬不要答應姓胡那傢伙的婚事，就算不能一口回絕，也要拖到我回來為止。」

他的眉宇間有一種從未有過的自信，跟以前那個熟悉的店小二截然不同。小芳有些驚訝地打量著他，情不自禁地微微點頭：「好！我等你回來！」

「我一定會回來！」任天翔說完大步出門而去，沒有片刻的遲疑。

天色已近黃昏，長街上，熙熙攘攘的商販正在收拾東西準備回家。任天翔照記憶找到那個龜茲奸商阿普的家，徑直上前敲門。不一會兒，一個女人打開房門，見是個陌生人，頓時滿臉戒備地問：「你找誰？」

「我找阿普大哥，他是我兄弟！」任天翔用熟練的龜茲語答道。

那女人將信將疑地打量著任天翔，遲疑道：「我沒見過你，好像也沒聽阿普提過你。」

任天翔臉上又泛起那種迷倒無數長安少女的微笑，柔聲道：「我跟阿普大哥做過生意，他幫過我大忙。現在我又有一樁賺錢的買賣想要找他幫忙，請你務必讓我見到他。」

任天翔的真誠笑容打動了那女人，她猶豫了一下，終於打開房門：「你先進屋喝杯奶茶吧，他就快回來了。」

任天翔欣然進屋，邊享受著女主人的款待，邊逗弄著兩個害羞的孩子。沒多久阿普收攤回來，見到任天翔十分驚訝。任天翔笑著迎上去，張開雙臂招呼道：「阿普大哥，一個多月不見，還認得我嗎？我今日突然拜訪，沒有讓你感到吃驚吧？」

阿普只得與任天翔招呼：「兄弟怎麼突然來找阿普？莫非又有什麼好東西要賣？」

任天翔哈哈笑道：「你主要收售一些來歷不明的東西賺錢，兄弟我又不是小偷，哪有那麼多好東西賣給你？」

阿普臉上一點不見尷尬，哈哈笑道：「你不賣東西，來找我做什麼？」

任天翔笑道：「我要向你買一張地圖，就是這龜茲附近的地形圖，越詳細越好。」

阿普奇道：「兄弟買地圖做什麼？這可是違禁品，沒有安西都護府的允許，任何人買賣地圖都要被抓起來，輕則罰錢，重則按奸細治罪。」

「行了，阿普大哥就別跟我裝了，我相信你這裏什麼都能買到。」任天翔親熱地攬住阿普肩頭，「你賣給誰不是賣？難道兄弟的錢就不是錢？」

一個多月不見，任天翔像變了個人，圓滑老練得與他的年紀完全不相稱。阿普只得收起敷衍的話，小聲問：「兄弟買地圖做什麼？這個價錢可是不低。」

任天翔笑道：「阿普大哥放心，我不是奸細，不會給你惹麻煩。至於價錢，我相信阿普大哥不會賣我高價，先將地圖拿出來我看看吧。」

阿普只得從隱秘處拿出一張地圖，低聲道：「這是當年龜茲國地圖的拓印件，比安西都護府所用的軍事地圖還要詳細精確。看在兄弟面上，只要一千個銅板。」

任天翔哈哈大笑：「一千個銅板是賣給凱子的價吧？」

阿普陪著笑點點頭：「八百，這個價很公道了。」

任天翔再次大笑：「這是賣給呆子的價吧？拓印一張地圖，不過就花幾個銅板而已。」

阿普不好意思地摸摸鼻子：「五百，不能再少了。你看我有老婆孩子要養，所以才冒險做這生意，萬一被官府抓到，那可是要坐牢的。」

任天翔親熱地攬住阿普的肩頭：「五百是賣給外人的價，咱們是兄弟，你肯定不忍心賣我如此高價。一百！大哥如果不幸坐牢，我也還有錢去幫你打點，讓你早一天出獄。」

阿普滿臉肥肉都哆嗦起來：「兄弟這個價實在太低了，簡直是在搶劫。我……」

「一百五！」任天翔笑道，「你不會再多要五十，傷害咱們兄弟的感情吧？」

阿普在妻子兒女面前，不好再爭，無奈道：「一百八，我可憐的孩子又要餓幾天肚子了。」

任天翔搶過地圖，數了一百八十個銅板交給阿普。阿普仔細收起來後，小聲問：「兄弟買地圖做什麼？莫非也想去跑買賣？」

任天翔笑道：「小弟正有此意。不知龜茲實力最強的商人是誰？」

「那當然是拉賈老爺！」阿普立刻道，見任天翔用探詢的目光望著自己，他繼續道，「他是波斯商人，全名叫拉賈・赫德。他主要走長安和撒馬爾罕一線，聽說在長安都有他的商行，是本地當之無愧的商行領袖，也是個老奸巨猾的傢伙。」

「他的莊園在哪裡？」任天翔問。

「在城東的富人區，他的莊園僅次於當年龜茲王的王宮，三歲小孩都知道。」阿普答

道。

「多謝阿普大哥，以後再有買賣，我會第一個想到你。」任天翔說著起身要走，阿普忙道：「現在天色已晚，兄弟就在我這裏住下吧。我隔壁還有一間客房空著，兄弟住只要五十個銅板。」

任天翔想想住客棧也要花錢，也就懶得再找地方，便答應下來。

阿普見狀大喜，連忙將任天翔領到隔壁客房，卻是一間漏風又漏雨的破屋。任天翔在心中暗罵這龜茲奸商，嘴裏卻道：「這裏挺好，有風有雨還有月亮。」

阿普不好意思地笑笑：「兄弟先將就一宿，明天我將屋子好好修整一下。」

「不必了，我住一宿就走。你要心痛兄弟，就給弄點吃的吧，我還沒吃晚飯呢。」任天翔說著將阿普推出房門，然後點上油燈，將剛買的地圖小心展開，仔細將龜茲周圍的地形牢記在心中，然後又數數賣劍剩下的銅板，大約只夠在舊衣店買身舊綢緞衣衫了。

第二天一早，任天翔找街頭賣字的書生寫了封拜帖，然後又去舊衣店買了身綢緞衣衫，這才往城東富人區走去。

拉賈老爺的玫瑰莊園占地極廣，十分好找。任天翔稍事打扮，又恢復了幾分豪門公子的風采。他施施然來到莊園門外，對守門的家丁不亢不卑地道：

「在下長安義安堂少堂主任天翔，特來拜會拉賈老爺，請替我通報！」

那家丁將任天翔上下一打量，頓時收起了幾分狂傲。任天翔那種豪門公子的氣概，普通人說什麼也裝不出來。那家丁也是眼光活絡之輩，忙接過拜帖道：「請公子在此稍候，我這就替你通報。」

少時那家丁出來，神情冷淡了許多，對任天翔示意：「請公子跟隨侍女進去，她會領你去見老爺。」

侍女是個肌膚如雪、金髮碧眼的胡姬，抬手向任天翔示意：「公子請！」

隨著侍女進入大門，即便見多識廣的任天翔，也不禁暗讚這莊園的華美。他最後被侍女領到一處偏殿的門外，侍女小聲道：「公子請在此稍候，聽到傳喚再進來。」

偏殿中有胡笳鼓樂之聲，以及舞姬的腳鈴那動人的脆響。任天翔從珠簾中望進去，就見一個年逾六旬的波斯商賈半躺半坐在繡榻之上，幾個妙齡侍女正為他捶足按摩，他卻百無聊賴地望著偏殿中央，那裏有幾個近乎全裸的胡姬，正抖動著腰肢在激情而舞，那渾圓的小腹隨著鼓點急速抖動，令人有種血脈賁張的感覺。

任天翔等了片刻不見傳喚，撩開珠簾便闖了進去，徑直來到幾個胡姬跳肚皮舞的舞池

中央。

幾個舞姬見有陌生人闖進來，一時亂了節奏，不由愣在當場。舞姬一停，樂師也不由自主停止了演奏，殿中一下子靜了下來，所有人的目光都落到了闖入的任天翔身上。

繡榻上的波斯商賈稍稍抬起身子，瞇起眼打量著任天翔，並沒有開口，他一隻手拈著頷下濃密的髯鬚，另一隻手插在一個侍女胸兜中蠕動把玩著，並沒有因意外而停止。

「拉賈老爺？」任天翔用波斯語淡淡問，與波斯人目光一對，他立刻感覺對方就像是一隻慵懶的狐狸，酒色過度的外表下，隱藏著一雙深邃精明的眼眸。

波斯人沒有吭氣，張嘴接過侍女遞來的酒壺，淺淺抿了一口，這才冷冷問：「義安堂少堂主？我只知道現在義安堂的老大是『碧眼金雕』蕭傲，他好像沒有兒子，不知又從哪裡冒出來一個少堂主？」說著，一把將拜帖扔了下來。

任天翔撿起拜帖，笑著一撕兩半：「這拜帖只是來見拉賈老爺的敲門磚，你老不必當真。」

拉賈一聲冷哼：「來見我做什麼？求我賞你幾個銅板？還是做我的門客吃閒飯？」

任天翔莞爾失笑：「拉賈老爺也實在太看得起自己了，在龜茲這偏遠不毛之地做個土皇帝，就以為天下人都要來巴結你？你也許正在焦頭爛額，一籌莫展，所以才如此煩躁易怒吧？」

拉賈掃了任天翔一眼：「你這話是什麼意思？」

任天翔淡淡笑道：「近日全城早已傳遍，自從悍匪沙裏虎縱橫大漠以來，這條通往長安，連接西域和大唐的商路基本阻斷。拉賈老爺是靠東西貿易才打下這偌大家業，如今財路被阻，所以只能在家看肚皮舞解悶了。」

拉賈一聲冷哼：「小小蟊賊，豈能斷我財路？我有安西都護府兵馬護駕，還怕那區區幾百號小匪不成？」

任天翔呵呵一笑：「安西都護府兵馬是保西域四鎮的平安，不是你拉賈老爺的私人衛隊，請他們護送商隊，代價恐怕也是不低吧？一次兩次還可承受，時間一長，就不知你是否還吃得消？」

見拉賈默然無語，任天翔便知點到了對方的死穴，不過，他並不急於說出自己的解決辦法。他知道只有沉著鎮定，才能將自己的智慧賣個好價錢。

果然，拉賈在沉吟了半晌之後，終於沉不住氣問道：「你今日前來見我，莫非是有什麼解決辦法不成？」

任天翔淡淡笑道：「拉賈老爺也實在太看得起我了，我不過是被義安堂拋棄的無用廢

物，自身的麻煩都無法解決，如今更是一文不名，哪有辦法為老爺解決這麻煩？」

拉賈也是在江湖上修煉成精的老狐狸，聽任天翔話裏有話，立刻一拍手，對下人果斷吩咐：「設宴，我要好好款待任公子！」

巨富就是巨富，不過盞茶功夫，各種美味佳餚就陸續傳遞上來，其中竟有不少是傳自中原的名菜，甚至還有產自長安的狀元紅。

拉賈指著酒菜示意道：「我知道在這龜茲不容易吃到正宗的長安菜，所以請了個長安會珍樓的名廚帶在身邊，請任公子品評。」

任天翔也不客氣，大大方方地在拉賈的對面盤膝坐下，立刻有侍女為他斟滿酒。就見拉賈舉杯道：「公子遠來是客，老朽權盡地主之誼，先敬公子！」

「不敢！」任天翔忙舉杯還禮，「咱們唐人是以長者為尊，應該我敬你老才是。」

二人舉杯相碰，一飲而盡。拉賈對樂師一招手，鼓樂又再次響起。幾名舞姬魚貫而入，又開始了那火熱撩人的肚皮舞。

拉賈指著舞姬笑道：「龜茲樂舞享譽西域，波斯舞姬更是天下馳名，將這兩者融為一體，只怕繁華如長安，也未必能看到吧？」

任天翔點頭讚嘆：「確實是人間至美，我在長安也未曾得見。」

二人只顧喝酒吃肉，大談風月，卻都不提方才的話題。直到酒至半酣，拉賈才對一名隨從低聲吩咐兩句。那隨從點頭而去，少時便捧著個大紅托盤進來，將托盤放到了任天翔面前。任天翔見托盤上蓋著紅布，奇怪地問：「這是什麼？」

拉賈拈鬚笑道：「這是今日一道主菜，希望公子喜歡。」

任天翔依言揭開紅布，就見眼前白花花一片閃亮，耀人眼目。定睛一看，竟是六個大銀錠，每個只怕有七八兩重，總共差不多有五十兩，價值五十貫錢，這對普通人來說，是一輩子也未必能賺到的鉅款。

「你老這是什麼意思？」任天翔不為所動，幾十兩金豆子都能隨手賞人，這點銀子在他眼裏自然不值一提。

「公子既然有辦法解決老夫的麻煩，這點錢不成敬意，算是老夫送給公子的見面禮。」拉賈見任天翔並未心動，不得不故作大方，白送給對方。

任天翔呵呵一笑：「如果這只是見面禮，那就太重了，在下愧不敢受；如果這是替你老解決麻煩的報酬，又實在太輕，在下也不能收。」

拉賈撫鬚打量著任天翔，冷冷問：「那你想要多少報酬？」

「半成！」

「半成？怎麼算？」

任天翔拿起托盤中的銀錠，擺在桌上解釋道：「這是龜茲，這是焉耆，中間是塔里木河。沙裏虎主要就是在龜茲和焉耆之間的沙漠中活動，這也是通往東方的必經之路。凡掛著拉賈老爺飛駝旗的商隊經過這一地區，都要付我相當於所有貨物價值半成的傭金，我保證貨物經過這一地區的安全。」

拉賈一怔，跟著哈哈大笑：「你的胃口也實在太大了，你知道我飛駝商隊每年運送的貨物總價是多少？半成又是多少？」

任天翔淡淡笑道：「我相信是筆鉅款，不過，與你請安西都護府出兵護送的開銷比起來，恐怕就微不足道了。」

拉賈盯著泰然自若的任天翔默然半晌，最後終於點頭道：「你先說說你的辦法，如果確實可行，那就照你開的條件，付你半成傭金。」

樂師和舞姬被拉賈揮手喝退，伺候二人飲宴的侍女也悄悄退了下去，殿中頓時靜了下來。任天翔開始用銀錠作為標示物，將地圖擺得更詳細一些，他已經將龜茲附近的地形圖完全記在胸中，所以很快就在桌上復原了地圖上所有的關鍵地點。

「這片沙漠是東去西來的必經之路，尤其是塔里木河流經這一地區，是沙漠中穿行不得不依靠的水源之地，所以沙裏虎將打劫的地點設在了這裏。」任天翔指著地圖侃侃而談，「由於這一地區如此重要，就算我們剿滅了沙裏虎，難保將來不會有另一股盜匪出現，就像鏟掉灰灰草，又長出駱駝刺一樣。因此，最好的辦法不是消滅沙裏虎這股悍匪，而是與他們結盟。」

「結盟？」拉賈一臉的莫名其妙。

「沒錯！」任天翔從容笑道，「這世上所有人在大多數時候，都是在為利而動，沙裏虎也不例外。如今由於他的出沒，東西往來的商隊不敢再輕易冒險，使這條商路基本中斷，這不僅損害了所有商隊的利益，同時也損害了以搶劫商隊為生的盜匪的利益。因此恢復這條商路的通行，不僅是商隊的願望，同時也是沙裏虎的願望。商隊與盜匪之間，在某些時候，其實有著共同的利益目標，這也是雙方結盟的前提和基礎。」

拉賈眼裏閃過若有所思的神色，微微頷首道：「說下去！」

任天翔點頭道：「如果拉賈老爺願意從商隊的利潤中拿出一部分，作為買通沙裏虎的贖金，我想沙裏虎定願意給予你安全的保證，當你的利益與他的利益綁在一起後，他甚至會成為你飛駝商隊的護衛和保鏢。」

「什麼？你讓我花錢將盜匪養起來？」拉賈怒道，「如果這就是你的辦法，這樣的辦法就連白癡都不會接受！」

任天翔微微笑道：「這辦法看似荒謬，其實非常合理。拋開對盜匪的痛恨不談，如今沙裏虎在這一地區早已尾大不掉，既然無法輕易剷除，就只有想辦法與之共存。他和他的手下那麼多人也要吃飯，除了花錢買路，恐怕沒有更好的辦法了。這辦法看起來你似乎有些吃虧，不過實際上你會從中獲利，甚至比你過去賺得更多。」

拉賈也是精明之輩，任天翔稍加提點他便有所領悟，立刻冷靜下來，忙道：「願聞其詳。」

任天翔微微一笑：「如果你老與沙裏虎達成秘密協議，你的飛駝商隊凡經過沙裏虎的地盤，都拿出一定比例的貨，比如一成，作為付給盜匪的安全保證金。在沙裏虎來說，商道因搶劫而中斷，不符合他的利益，如果兵不血刃，甚至不用冒著烈日在沙漠中守候，就能拿到一成的貨物作為報酬，細水長流自然比殺雞取卵要有利得多，他當然樂得坐享其成。在拉賈老爺這邊來看，雖然多花了一些路費，不過由於其他商隊在沙裏虎的威脅下，要麼放棄這條商道，要麼花錢租借你老的飛駝商隊旗幟，使你的商隊旗幟成為這條道上最安全的護身符。你僅靠租借商隊旗幟就可以彌補付給沙裏虎的損失，這還不算東西往來的貨物減少後，在長安和西域兩地造成的價格上漲帶來的額外收入。」

拉賈瞇起三角眼，像狐狸一樣露出了沉思的神情。他也是心思敏捷的老江湖，立刻看出這辦法的可取之處，不由捋鬚沉吟道：「這辦法最關鍵一點，就是雙方都得信守承諾。盜匪都是反覆無常、妄圖一夜暴富的小人，與他們打交道，怎麼能令人放心？」

任天翔笑道：「我與沙裏虎打過交道，就我看來，他也是個聰明人，知道怎樣才能使自己的利益最大化。如果他這次失信於拉賈老爺，那以後就不會再有人相信他。他或將面臨無商可劫的窘境，或將面臨安西都護府最嚴厲的征剿。畢竟這條商道是如此重要，一旦中斷太久，必將驚動朝廷，到那時，就是安西節度使也要吃罪不起。」

拉賈在心中盤算良久，終於頷首道：「一成，這是我能付給沙裏虎的最高價錢。」

任天翔點點頭：「我會照這個底線去跟沙裏虎談，請拉賈老爺明日為我準備三匹駱駝，馱滿烈酒和牛羊肉乾。」

「做什麼？」拉賈詫異問。

「我去見沙裏虎，總不能兩手空空啊！」任天翔笑著攤開手，「總得先送上點見面禮，才能表明你老結盟的誠意。」

拉賈想想也在理，點頭道：「沒問題，我這就令人去準備。今晚你就在我的莊園中歇息，容我略盡地主之誼。」說完一拍手，侍女舞姬又紛紛進來伺候。

正事既已談完，賓主雙方盡皆開懷暢飲。任天翔雖然表面輕鬆從容，但心裏卻還是有些忐忑。這是他在江湖上真正踏出的第一步，成功與否，將決定他今後的命運。到目前為止，這一步還僅僅成功了一小半。

天高地闊，萬里無雲，這是戈壁荒漠最常見的天氣。任天翔牽著三匹馱滿美酒和肉乾的駱駝，獨自踏上了龜茲往東那一望無際的大沙漠。這是一次帶有賭博性質的冒險，一人三駝在沙漠中就如滄海一粟，實在微不足道，也許走上十天半月也未必能找到沙裏虎。

別人出門都祈求千萬不要遇上盜匪，自己卻盼望著早遇匪徒。任天翔想到這就覺得有些好笑。雖然不帶嚮導使危險倍增，但任天翔不得不去冒這個險。他必須成為沙裏虎和拉賈之間唯一的聯絡人，才能保證自己不會被人替代，只要鉅賈和盜匪雙方都離不開自己，他的利益才會有真正的保障。

幸虧阿普賣給他的地圖足夠精確，任天翔在三天後又來到了塔里木河畔，這裏是上次蘭州鏢局遇劫的地方，也是商隊取水的必經之路，他相信沙裏虎的老巢離這裏不會太遠。

在河邊水草茂盛的地方紮下帳篷，任天翔開始耐心地等待。在茫茫大漠中像沒頭蒼蠅一樣去找幾百號人，不如守株待兔等候在河邊，他相信沙裏虎遲早會到河邊來取水。

夕陽將逝，天地昏黃，眼看一日就要過去，任天翔回到帳篷中。估計盜匪不會在這個時候出來，他便想早點養精蓄銳，等待新一天的到來。

帳外風聲呼嘯，吹拂著沙棘沙沙作響，任天翔正將睡未睡間，突然被一陣隨風飄來的駝鈴驚醒，他急忙出帳循聲望去，就見昏黃如血的天地間，一隊駱駝正魚貫而行，由西向東緩緩而來。

駝背上是些白巾蒙面的白衣男女，均穿著相同的服飾，看打扮，不是任天翔在龜茲見過的任何一個夷族，也不像是東去的商隊，駝背上並沒有滿載什麼貨物。

他們緩緩來到河邊，開始停下來取水。任天翔急忙迎上前，看他們膚色似乎是波斯人，便用波斯語好心提醒道：「你們這是要往東去麼？這一帶有大股盜匪出沒，就你們這幾十號人，實在是非常危險。」

在沙漠中偶遇同類，通常人們都會非常熱情和高興，但那些人對任天翔卻十分冷淡。只有一個取水的少女小聲答道：「你一個人都不怕，我們怕什麼？」

這少女白紗蒙面，僅留雙眼在外。任天翔見她眼眸碧藍如海，與之稍作對視便有沉溺的危險。他心中頓生好感，嘻嘻笑道：「我一個大男人，遇到盜匪最多綁我入夥。像你這樣嬌滴滴的小姑娘，遇到盜匪恐怕就只有做壓寨夫人了。」

「啥叫壓寨夫人？」少女睜著一雙無知的大眼睛，好奇地望向任天翔。

「壓寨夫人……就是土匪頭子的老婆。」任天翔笑道。

那少女想了想，問道：「比剛入夥的小嘍囉地位高些吧？」

任天翔一怔：「大概是吧！」

那少女莞爾一笑：「你做小嘍囉都不怕，我還怕什麼？」

任天翔見這少女如此有趣，頓時激起了他的輕薄之心，壓低聲音嘿嘿笑道：「其實我就是那土匪頭子，你想不想做我的壓寨夫人？」

那少女撲哧失笑，臉上的紗巾飄落下來，露出一張肌膚勝雪、美豔絕倫的一張小臉，看起來竟只有十五、六歲模樣。任天翔一瞥驚鴻，不由看得癡了。

「艾麗達，快回來，我們要上路了。」一個老者在駝背上招呼，眼神不怒自威。少女趕緊戴上面巾，提著水囊像小鹿一樣跑回了駝隊中。

艾麗達！任天翔在心裏默念著少女的名字，目送著駝隊繼續往東而行。

他幾次想上前與那些白衣人結識，不過對方那種拒人於千里之外的神情，以及自始至終透著的神秘氣息，終令他卻步，他只能目送著這隊來歷不明的白衣人，漸漸消失在塔里木河畔那稀疏的林木之中。

結盟

第五章

任天翔知道這是沙裏虎的高明之處。一方面由沙裏虎出面跟自己稱兄道弟，另一方面卻安排個冷面無情的傢伙跟自己談生意，一人唱紅臉一人唱白臉。還好主要條件已經談定，只要合作過程中不出岔子，應該會皆大歡喜。

待那幫白衣人走遠後，任天翔突然想到，這幫人目標更大，肯定比他更容易遇到沙裏虎！這樣一想，他心中頓時有些不安，立刻收起帳篷，向那幫白衣人消失的方向追去。

他並不是想跟著他們方便找到沙裏虎，而是在想，艾麗達萬一落到盜匪手中，自己無論如何也不能坐視。

天色漸暗，留在地上的駱駝腳印越來越模糊，任天翔追著腳印越走越遠，直到徹底在叢林中迷路。塔里木河畔的原始叢林，借著河水的澆灌沿河畔而生，雖然不及南方的原始叢林茂盛濃密，不過黑夜之中，也顯得有些陰森恐怖。

頹然在叢林中停步，任天翔不知道該如何是好。正為難間，突聽前方隱約傳來羯鼓之聲，像是來自地底一般的低沉啞悶。他循著鼓聲傳來的方向慢慢摸去，不知走了多久，就見前方叢林中透出隱約的火光，羯鼓聲正是從那裏傳來，除了鼓聲，還有無數人隱約的吟唱。任天翔將駱駝繫到一棵沙棘樹下，獨自往火光傳來的地方悄悄摸去。

此時已是深夜，無論是羯鼓還是吟唱，都透著一種見不得人的詭異和神秘，使人不得不小心行事。

慢慢爬到一叢灌木後，任天翔透過灌木的縫隙，終於又看到先前見過的那幫白衣人。只見空曠的河畔呈品字形點著三堆篝火，幾十個人正匍匐在篝火前，跟隨一名老者在低聲吟誦，老者邊吟邊敲打著羯鼓，那鼓點就像是在為眾人的吟誦伴奏。

任天翔聽不懂他們的吟誦，那不是波斯語也不是龜茲語，不過聽起來發音與波斯語有些相似，應是屬於同一語系。聽得多時，任天翔便被眾人的吟誦催眠得昏昏欲睡，雖然他不知道這些人在幹什麼，不過也知道定是在舉行某種儀式。江湖上有頗多禁忌，未經允許偷窺別人的儀式，後果可大可小，任天翔好歹也是在義安堂長大，也知道這個規矩，正想悄悄退回，就聽鼓聲陡然一變，變得急促高亢起來。隨著鼓聲的變化，匍匐的眾人也開始興奮起來。

一個白衣男子緩步來到品字形的篝火中央，慢慢脫去了身上的衣衫，直到渾身徹底赤裸。兩名蒙面少女從河中提來河水，為他清洗淨身，他張開雙臂任由她們施為，臉上並無任何羞澀或尷尬，只有興奮和虔誠的微笑。

兩名少女清洗完畢，又有兩個女子捧著陶罐，將罐子中的液體塗抹到那男子赤裸而健美的身軀上，仔細塗滿全身。微風將濃郁的香味帶到任天翔鼻端，那是一種油脂的味道。

一名白衣男子在三堆篝火合圍的中央，挖了個淺坑，那赤裸男子站進坑中，面向東方雙臂平展，開始大聲吟誦起來。挖坑的男子將土埋在他的腳上，最後將他膝蓋以下都埋了起來。

擊鼓的老者開始加快鼓點，就見眾人紛紛抱薪上前，往三堆篝火中添加柴禾。篝火越燒越旺，烤得那渾身赤裸的男子全身通紅，他卻依舊站在原地大聲吟誦，臉上洋溢著虔誠而狂熱的笑容。

終於，篝火的熱度點燃了他身上的油脂，他的身體立刻像支浸滿香油的火把，嗶嗶剝剝地燃了起來，他全身肌肉在火苗舔舐下不斷在顫抖，但他依舊勉力維持著原來的姿勢，雙手握拳平舉，下頷高高抬起，努力望向上方，就像一座燃燒的十字架。

眾人的吟誦漸漸進入瘋狂，直到那燃燒的男子停止了最後的呻吟，變成一具黑黝黝的殘骸。擊鼓的老者終於停止，面向那具黑黝黝的十字架殘骸跪倒，眾人盡皆匍匐於地，場中一片靜默。篝火也已燃盡，只剩下三堆灰燼。

東方漸白，朝陽開始在地平線緩緩升起，一干人開始騎上駱駝，繼續往東而行。直到他們再看不見蹤影，任天翔才膽戰心驚地從藏身處出來，小心翼翼地來到場中。若非那具幾乎只剩骨架的殘骸還立在原地，他差點要懷疑自己昨晚只是做了個噩夢。

他無法想像一個正常人，在沒有任何脅迫和強制之下，能讓人將自己活活燒死，並且在烈火的焚燒中不掙扎，不慘叫，甚至被燒死之後，身體還屹立不倒，這該需要多大的毅力和忍耐力？就算義安堂不乏視死如歸的硬漢，恐怕也沒有一個人能做到這一點。

打量著那具黑黝黝的人體十字架，任天翔激靈靈打了個寒顫，白日裏也感到心底發涼。他別開頭，強迫自己將昨晚看到的一切忘掉，努力壓下心底的好奇，儘快離開這詭異的地方。

一陣窸窸窣窣聲響驚動了任天翔，他轉頭望去，就見幾個灰衣漢子正緩步縱馬過來。任天翔一見之下大喜過望，他從服飾上認出他們就是沙裏虎的手下，正欲上前拜見，就見幾個漢子用驚恐的目光盯著任天翔身後那具燒焦的殘骸。

不等任天翔上前，他們已調轉馬頭，邊走邊驚恐地高呼：「十字人架！這裏有具十字人架！」

無數匪徒小心翼翼地圍了過來，將任天翔和那具燒焦的屍體圍了起來。一個彪壯漢子縱馬越眾而出，慢慢來到了任天翔面前。

「沙當家別來安好？」任天翔認出來人，不亢不卑地拱手一拜。

「是你？你怎麼會在這裏？」沙裏虎也認出了任天翔，眼中閃過一絲意外，揚鞭往那殘骸一指，「那是怎麼回事？」

任天翔本能地知道，最好還是不要將自己昨晚的偷窺之舉說出來。他聳聳肩：「不知道，我今早正順著河邊往東走，聞到燒焦的味道過來一看，就看到這具燒焦的殘骸，我比你們也就早到盞茶功夫。我方才好像聽到你的兄弟在叫什麼十字人架，啥叫十字人架？」

沙裏虎大手急忙一揮：「住嘴！別再提這檔事！小心他們還沒走遠！」

「他們是誰？」任天翔忙問。

「是……」沙裏虎眼裏閃過一絲恐懼，跟著面色一沉，「現在是老子問你！你他媽有啥資格問我？說！為什麼你會在這裏？你的同伴呢？」

任天翔笑道：「沙當家，我是來給你送禮的，我就一個人，沒有同伴。」

沙裏虎濃眉一皺：「送禮？什麼禮？」

任天翔往身後的樹林一指：「我的禮物就在那邊，請沙當家笑納。」

沙裏虎用眼神一掃，兩個匪徒立刻縱馬過去，不一會兒就傳來他們的歡呼：「這裏有三匹駱駝，馱的全是好酒好肉，足夠咱們所有人大吃一頓。」

沙裏虎用懷疑的目光打量著任天翔：「你這是什麼意思？」

任天翔笑道：「這禮物不是我的，而是拉賈老爺送給沙當家的見面禮。」

「那老狐狸安的是什麼心？」沙裏虎咧嘴一笑，顯然他也聽說過那富甲一方的巨賈。

「拉賈老爺想跟沙當家交個朋友，大家一起發財賺錢。」任天翔笑道。

沙裏虎瞇起眼，若有所思地摸著絡腮鬍沉吟道：「他要跟我一起發財賺錢？莫非是要跟我一起做沒本錢的買賣？」

任天翔大笑：「當然不是。其實是我看這條商路因沙當家中斷後，拉賈無錢可賺，沙當家也無商可搶，所以想撮合你們結成利益聯盟，利用各自的優勢共同發財。」

沙裏虎眼裏有些迷茫，腦筋一時還沒轉過彎來，不由道：「願聞其詳。」

任天翔遺憾地看看四周，笑道：「沙當家是不是該略盡地主之誼，請我去寶寨邊喝邊談？」

沙裏虎一聲冷笑：「沒問題，咱們山寨正好多日沒有酒肉，如果你這說客盡說些沒用的廢話，咱們就將你烤了下酒。」說完一招手，立刻有匪徒上前將任天翔綁了，蒙上眼檔在馬鞍上，縱馬疾馳而去。

任天翔在馬鞍上被顛得七暈八素，糊裏糊塗地跟著一干匪徒走了大半日，最後被扔到一間黑屋中關了起來，又忍饑挨餓過了好久，才總算有人打開房門，將他身上的繩索解開。

「走吧，去見我們老大。」兩個匪徒打開房門，一左一右將任天翔夾在中間。任天翔活動了一下發麻的手腳，這才在兩個匪徒挾持下向外走去。

外面天色如墨，看不清周圍情形，似乎是置身於一處建在綠洲中的營寨。任天翔來到

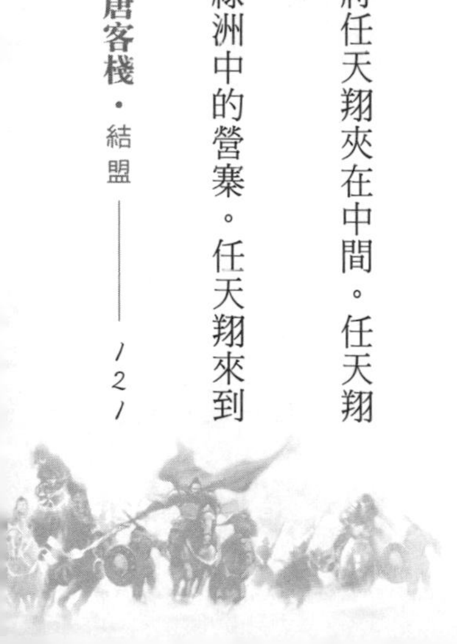

寨門外，正要往裏邁步，就聽有十幾個漢子齊聲斷喝：「低頭！」

話音未落，就見十幾把鋼刀兩兩相交，架成了一條由刀鋒組成的隧道，人在刀鋒下走過，不得不低頭。若是旁人，早已被這陣勢嚇得雙腿發軟，但任天翔從小在義安堂長大，知道這是幫會中最常見的殺威刀，目的正是要令初次進門的人感到恐懼和害怕。不過比起義安堂的森嚴紀律和凜凜殺氣，沙裏虎這幫匪徒的殺威刀就像是小孩扮家家。

任天翔淡然一笑，悠然整整衣衫，昂首從殺威刀下緩步走過，徑直來到篝火熊熊的聚義廳中。聚義廳中央的太師椅上，沙裏虎正與幾名兄弟在喝酒吃肉，看到任天翔神情不變地進來，他眼中有些意外，盯著任天翔沒有說話。他身旁已有人發聲高喝：

「見了咱們老大，還不趕緊跪下？」

任天翔淡淡一笑，負手傲然道：「沙當家，如果你是這樣對待給你送禮的客人，只怕以後不會再有人願意跟你打交道了。」

沙裏虎遲疑了一下，向身旁一名隨從微微示意，那隨從連忙搬了個凳子放到任天翔面前。待任天翔坐下後，沙裏虎又對隨從吩咐道：「賞酒！賞肉！」

隨從立刻拎了一小罈酒遞給任天翔，另一個頭目則從剛烤好的肥羊身上扯下一條腿，讓人送到任天翔面前。那撲鼻的烤肉焦香味，令任天翔突然想起昨晚那具燒焦的殘骸，胸中頓時一陣翻滾，差點將隔夜飯都嘔了出來。

「怎麼？嫌我們的東西不好？」沙裏虎冷冷問。

「不是。今早剛看過那具燒焦的殘骸，所以對一切烤肉都沒胃口。」任天翔歉然一笑，「真奇怪，那具屍體已經燒成那副模樣，還能直挺挺地立在地上。」

幾個匪徒眼裏頓時閃過噁心和恐懼交織的神情，有人甚至心虛的望了望四周，沙裏虎雙眼一睜：「別再提這事！若是再提，老子立馬把你烤了下酒！說，你究竟為何而來？」

任天翔喝了口酒潤潤嗓子，這才款款道：

「自從沙當家在這一帶開始做買賣，東西往來的商隊就越來越膽小，最後致使這條商路基本中斷，大家無錢可賺，沙當家也無商可搶。拉賈老爺原本是要請安西都護府出兵，征剿沙當家。不過幸虧被我勸住，才避免了雙方不必要的損失。」

沙裏虎咧嘴一笑：「你以為老子怕官兵？這片大漠沙爺瞭若指掌，就算所有官兵傾巢而出，也摸不到老子一根汗毛。你不是蘭州鏢局的小夥計麼？拉賈那老狐狸會聽你的？」

「在下任天翔，以前在長安義安堂混日子。」任天翔淡淡一笑，「衝著義安堂的面子，拉賈老爺對我也還算客氣。」

「長安義安堂？」沙裏虎濃眉一跳，「當年義安堂老大任重遠，實乃一代梟雄，沙某

佩服得緊。不過最近聽說已英年早逝，不知你可曾見過？」

任天翔微微頷首：「那是先父。」

「你是任重遠的兒子？」沙裏虎十分驚訝，對任天翔的態度頓時有些不同，「難怪難怪！真是虎父無犬子！這碗酒是我遙祭任堂主，請！」

任天翔只得舉碗相陪，心中暗自感慨：想不到任重遠去世多日，在這遙遠的西域大漠中，依舊還有人敬仰，做人做到這地步，也算是死而無憾。雖然我在他生前沒叫過他一聲爹，但在他死後，我卻還從他的名望中不斷受惠。即便我不受他的錢，不學他的武功，卻也剪不斷他對我的影響。

沙裏虎見任天翔神情怔忡，只當他在傷心父親的早死，不由安慰道：「任公子不用難過，任堂主有你這樣一個了不起的兒子，也當含笑九泉。」

「什麼了不起的兒子？」任天翔搖頭苦笑，「我文不會詩詞歌賦，武不會一招半式，除了吃喝嫖賭，完全一無是處。如今更被逼到這西域蠻荒之地，連隨身的寶劍也賣了糊口，就差淪落到乞討的境地。今日冒死來見沙當家，也是為生計所迫，想借沙當家的威名混口飯吃。」

這些話原本不在任天翔計畫之中，只是想起自己離開長安後的種種遭遇，不禁心中傷感，真情流露，沒想到這反而打動了沙裏虎。只見他將酒碗一頓：「大丈夫能屈能伸，就算淪落到乞討的境地又如何？想本朝開國大功臣秦瓊，不也曾淪落到賣馬求生的窘境？任老弟坐過來，將你的計畫跟我仔細說說看，看看有沒有實行的可能。」

任天翔依言坐到沙裏虎對面，將撮合商、盜雙方合作的設想仔細說了一遍，最後道：「沙當家是明白人，肯定會明白細水長流和殺雞取卵，哪個對彼此更有利？」

眾盜匪聽說不用殺人越貨，也不用鞍馬勞頓就有錢可收，都有些動心。只有沙裏虎有些遲疑，摸著濃密的髯鬚沉吟道：「你說的辦法確有可行之處，不過咱們如何才能知道拉貫的商隊馱運的貨物價值？總不能每一支駝隊每一件貨物都一一清點吧？」

任天翔笑道：「不知沙大哥是否信得過小弟？」

沙裏虎哈哈一笑：「任老弟年紀雖輕，卻是頭腦精明，說一不二，沙某當初在劫蘭州鏢局的貨時就有所領教。我相信老弟是幹大事的角色，絕對言而有信！」

任天翔感激地一拱手：「多謝沙大哥讚譽。如果大哥信得過小弟，這點貨估價的瑣碎事，就交給小弟來辦，大哥可以差個精明的兄弟協助我。每批貨我都給你報個數，待貨到長安換成錢後，按一成的比例給大哥和眾兄弟分紅。大哥所要做的就是保證飛駝商隊在這一地區的安全，且不讓任何其他駝隊經過你的地盤，保證飛駝商隊對這條商路的壟斷！」

沙裏虎哈哈大笑：「搶劫我最拿手，這一點兄弟儘管放心。只要有我在這裏，就不容沒掛飛駝旗的駱駝越雷池一步。」

任天翔淡淡問：「是嗎？昨日好像就有支駝隊經過了這一帶，大哥是否知道？」

沙裏虎一怔：「兄弟是指……」

任天翔貌似隨意地笑道：「昨日我獨自來見大哥，途中曾遇到一支三十多人的駝隊，他們人人身著白袍，白巾蒙面。我原本想跟他們結伴走一程，誰知他們卻拒人於千里之外。這支駝隊一路向東，肯定會經過大哥的地盤，不知大哥見到過沒有？」

沙裏虎有些緊張地追問：「所有人都身穿白衣，胸前繡著個燃燒的十字架？」

任天翔原本沒注意到這點，經沙裏虎這一提醒，頓時想起，連連點頭道：「沒錯！不過胸前繡十字架的，好像就只有少數幾個人。」

沙裏虎眼中閃過一絲恐懼，微微頷首道：「正是他們，那具十字人架也是他們留下。幸虧他們只是路過，不然……」

「不然什麼？」任天翔見沙裏虎欲言又止，連忙追問。這除了對那些人的好奇，也是忘不掉那個叫艾麗達的波斯少女，所以旁敲側擊想打聽那些人的底細。

「兄弟不要再打聽了，知道多了對你沒好處。」沙裏虎心事重重地拍拍任天翔肩頭，

「說來不怕兄弟笑話，這世上令沙某害怕的人不多，而那些人正是沙某最不想招惹的人。不過幸好他們人數不多，且行蹤隱秘，常人實在難得一見。並且他們從不涉足商道，所以不必擔心他們影響咱們的合作。」

「既然如此，那還管它作甚？」任天翔朗聲一笑，暫時收起好奇，舉碗道，「就讓我敬沙大哥一杯，預祝咱們合作成功！」

沙裏虎哈哈一笑：「大哥是粗人，做事一向爽快。這事就這麼定了，細節問題你就和我二當家陰蛇商議。他原本只是姓陰，後來被他咬過的人多了，陰蛇就成了他的名字。你跟他打交道得當心點，千萬別引起他的誤會。」

陰蛇是個四十出頭的乾瘦男子，臉上乾癟得沒有二兩肉，一雙綠豆小眼像蛇一樣冷漠無情。見任天翔望向自己，他淡淡道：「跟咱們合作最好別耍什麼心眼，不然任公子會後悔生到這個世界上來。」

任天翔知道這是沙裏虎的高明之處。一方面由沙裏虎出面跟自己稱兄道弟，另一方面卻安排個冷面無情的傢伙跟自己談生意，一人唱紅臉一人唱白臉。還好主要條件已經談定，細節問題只是枝節，只要合作過程中不出岔子，應該會皆大歡喜。

三天後，任天翔帶著沙裏虎的刀回到了龜茲，那是沙裏虎答應合作的信物，協議細節則由任天翔轉達。畢竟是見不得人的協議，雙方都不想落下字據。

七天後，拉賈的飛駝商隊開始出發，第一次只帶了少量商品作為試探，畢竟是與盜匪打交道，誰知道對方是否會言而無信？當第一批貨物安全到達玉門關的消息傳來，拉賈懸著的心終於放下，立刻令第二支飛駝商隊出發上路。

看到飛駝商隊源源不斷踏上旅途均平安無事，別的商隊也都冒險出發，誰知卻在離開龜茲不出三天就被盜匪所劫，一來二去人們漸漸明白，只有掛著飛駝旗的商隊才能平安無事。便紛紛去求拉賈老爺，希望得到飛駝旗的庇佑。拉賈趁機坐地起價，要收兩成貨物作為報酬，有的人無可奈何之下只得答應，有人則做假飛駝旗妄圖蒙混過關，誰知沙裏虎就像是有火眼金睛，能識破所有假旗。

有拉賈在龜茲做耳目，任何商隊的行蹤，沙裏虎都瞭若指掌，因此所有不掛飛駝旗的商隊皆難逃被劫的命運，幾無漏網之魚。這條商道漸漸被拉賈的飛駝商隊壟斷。

任天翔在一個月後收到了他的第一筆傭金，雖然只占飛駝商隊第一批貨物的半成，也有八十貫之巨。他將錢換成八錠十兩重的銀子，然後揣上銀子，興沖沖來到大唐客棧，他說過一定要回來，今日終於可以履行諾言了。

客棧還是過去老樣子，甚至連在大堂中招呼應酬的李小二，還像是昨天才見過那懶散模樣。看到他，任天翔在心中暗自慶幸，幸虧自己沒有繼續在這混下去，不然今天依舊還在這裏伺候著南來北往的客人，用寶貴的生命做著瑣碎而卑微的工作，像小草一樣任人輕視甚至踐踏。

他心情複雜地來到櫃檯前，敲敲桌子對店小二道：「李二哥，麻煩給我叫一下周老闆。」

江湖常說錢能增勢，如今任天翔身懷鉅款，氣勢與當日在這裏做小夥計時完全不同。李小二剛開始根本沒將眼前的客人與當初的任天翔聯繫起來，聽他一開口，才終於認出是一個月前離去的同伴，不由一聲驚呼：「是任兄弟啊！這一個多月你都去哪兒了？看起來是發達了？您稍待一會兒，我這就去叫老闆！」

李小二說著匆匆去了後院，片刻後將周老闆領了出來。周老闆見是一個多月前賭氣而去的小夥計，不由調侃道：「喲！是小任啊！多日不見，在哪裡高就啊？」

任天翔笑道：「像我這樣沒用的傢伙，誰肯雇我啊？」

周老闆臉上泛起「果不其然」的笑容，大度地擺擺手：「你要沒找到工作，還可以回大唐客棧。我這個人非常大度，只要肯認個錯，我也就不計前嫌。」

任天翔呵呵大笑：「我還真想回來，不過不是做夥計，而是要做老闆。」

見周老闆有些茫然，似乎沒有聽懂，任天翔從懷中拿出一張事先寫好的買賣協議，然後又拿出六錠銀子往櫃檯上一頓：「你這家店大概值四十貫錢，也就是四十兩銀子。現在這裏有六十兩銀子和一張買賣協議，只要你簽上大名，這六十兩銀子就是你的了。我知道你一直想回江南安度晚年，所以幫你寫好了買賣協議。」

周老闆將信將疑地捧起銀子，仔細擦了又擦，一錠錠看了又看，確信不假後才結結巴巴地道：「你……你哪來這麼多銀子？」

任天翔微微一笑：「這是我的問題，你無需操心。現在你只需考慮賣還是不賣？」

周老闆舔舔乾裂的嘴唇，澀聲道：「這客棧我開了近二十年，實在……」

任天翔不等周老闆說完，又從懷中拿出一錠銀子，與櫃檯上那六錠銀子並放在一起：「我再加十兩，並讓你當掌櫃，繼續替我打理這家客棧，賺到的利潤與我這個東家五五分賬，直到你不想幹為止。你若還是捨不得，我只有收起銀子走人，不再奪人所愛。」

「答應！我答應！」周老闆連忙點頭，如此優厚的條件，天底下只怕沒有人會拒絕。

周老闆翻來覆去看了看協議書，確信無誤後，小心簽上了自己名字，然後趕緊將銀子收入懷中，卻又有些疑惑地問道，「這客棧其實不值這麼多錢，你為何要高價買下來？還讓我繼續做掌櫃，跟我平分利潤？」

任天翔微微一笑，沒有回答周老闆的問題，卻反問道：「胡家父子還在不在？你答應他們的提親沒有？」

周老闆一怔：「小芳這孩子，死活不答應這門親事，說是要等過了十八歲生日再說。再過幾天就是小芳生日，胡家會上門正式向我提親，到時候還要借客棧款待他們父子。」

任天翔心中一塊石頭落地，哈哈笑道：「沒問題，這點小事你這掌櫃當然可以做主。以後客棧的生意，你只需每個月向我報一次賬就行。我另外還給你派了個賬房，分擔一下你老的工作，希望他能幫到你。」

任天翔說著向門外招招手，就見一個肥嘟嘟的中年漢子小心翼翼從門外探頭進來，卻是那個龜茲小販阿普杜拉。他驚訝地打量著任天翔和周老闆，激動地問道：

「你真將這家客棧買了下來？真請我做這家客棧的賬房？」

任天翔拍拍阿普的肩頭笑道：「你比誰都會算計，做賬房再合適不過，除非你不願幫我。」

「願意！當然願意！」阿普連連點頭，與朝不保夕的小販比起來，做大唐客棧的賬房可算是一步登天了。

任天翔見自己來了這麼久，一直沒看到小芳，忍不住小聲問周老闆：「對了，怎麼一直沒看到小芳？這客棧以後還少不得要她幫忙呢。」

周老闆面色一沉，不冷不熱地道：「小芳過幾天就要正式訂親，你別再打她的主意。雖然你小子現在有錢了，還買下這客棧做了東家，不過，你要敢纏著小芳，我依然會打斷你的狗腿！」

「為什麼？我比那姓胡的小子差在哪裡？」任天翔心有不甘地質問。

周老闆冷冷地盯著任天翔反問：「你能保證一心一意對小芳好嗎？你能保證一輩子對小芳不變心嗎？」

任天翔啞然無語。雖然他很喜歡小芳的溫柔善良，但卻還沒到為一棵小樹就放棄整個森林的地步。今後幾十年如果都守著同一個女人過日子，這種生活想想就覺得恐怖，何況年未弱冠的他，還從未想過要成家立業，更沒想過要娶妻生子。面對周老闆的質問，他不禁期期艾艾地道：「我……我還很年輕，終身大事還從沒認真想過。」

「所以你最好離小芳遠一點！」周老闆冷冷警告，「小芳年紀已不小，她需要的是一個可以依靠終身的丈夫，而不是一個甜言蜜語的登徒子。」

任天翔低下頭，他知道自己還沒有做好成為別人丈夫的心理準備，確實不應該再耽誤小芳。不過胡家那小子更不是東西，他不能眼看著小芳落入胡家父子的陷阱，所以他要回來，要花高價買下這家客棧。

見周老闆丟下自己進了後院，任天翔悻悻地負手來到客棧門外，仔細端詳著門楣上大唐客棧的匾額，一個新的想法漸漸浮現在腦海中，他的眼中閃出異樣的光芒，就像登徒子看到了美女一般爍爍放光。

阿普新升任這家客棧的賬房，立刻興沖沖將客棧整個轉看了一遍，然後過來向新老闆稟報：「這客棧最多就值四十兩銀子，兄弟卻花了七十兩銀子，實在太虧了。要是讓阿普來砍價，最多花三十五兩就能買下來。」

任天翔哈哈大笑，指著門楣上的匾額道：「這客棧只值四十兩銀子，不過這名字卻是無價。大唐客棧，多有氣勢！我喜歡這名字。我要在西域每一座城市，都開一家信譽卓著、安全溫馨的大唐客棧！我要讓自己的名字，傳遍整個西域！」只有「任天翔」這名字傳遍西域，可兒才會知道自己已來到龜茲。任天翔心中一直沒有忘記兒時的承諾。

見阿普一臉茫然，他笑著拍拍龜茲小販的肩膀：「對不明白的事不必去白費腦子。現在你替我去請最好的工匠，我要讓客棧裏裏外外徹底變樣，讓它真正體現出我大唐帝國的煌煌氣象。」

「沒問題，我這就幫你去找工匠。」阿普答應而去後，任天翔興沖沖地圍著客棧轉了一大圈。先前他買下客棧還只是想揭開胡家父子的嘴臉，以免小芳落入他們的陷阱。而現在，他已在心中盤算著如何將大唐客棧的招牌，在整個西域徹底打響。

「天翔哥！你……你真的回來了？」身後傳來一聲驚喜交加的歡呼，任天翔應聲回頭，就見小芳婷婷嫋嫋地站在自己身後，手裏提著新買的菜蔬。一個多月不見，她依舊是那般溫婉賢淑。

「我回來了。」任天翔臉上泛起自信的微笑，「我說過的話一定會做到。」

小芳在最初一刻的驚喜過去後，眼中漸漸泛起一絲矛盾，低聲道：「過兩天，胡家就要正式上門提親，你回來又有什麼用？」

任天翔淡淡一笑：「我巴不得他們明天就來，我要讓你看看他們的真實嘴臉。」

七天之後是小芳的生日，胡家父子果然帶著媒人和聘禮正式上門提親了，加上送給小芳的生日壽禮，一共雇了七八頭騾子來馱負，浩浩蕩蕩地來到大唐客棧。

任天翔帶頭迎了出來，他已知道胡家父子分別叫胡大成和胡二娃，所以老遠便抱拳熱情地招呼：「不知大成叔和二娃兄親自登門，小侄未能遠迎，還望恕罪。」

胡家父子以前從未見過任天翔，見他如此熟絡，而周老闆卻又緊跟在他身後，不知道是什麼來歷。

胡大成連忙翻身下馬，抱拳遲疑道：「這位小兄弟眼生得很，不知怎麼稱呼？」

任天翔笑而不答，他身後的周掌櫃連忙上前為二人介紹：「胡老弟，這是大唐客棧的老闆任天翔任公子，他跟小芳情同兄妹，聽說今日小芳正式下聘，所以特意趕來見親家。」

「他是大唐客棧的老闆？」胡大成十分意外，「這客棧不是你老的基業麼？」

「早就不是了！」周掌櫃躲開胡大成質疑的目光，雖然他勉強答應任天翔，要試試胡家父子的誠意，但像這樣當面說瞎話欺騙同鄉，他還是有些愧疚，趕緊抬手示意，「客棧今日已設下酒宴，專門款待貴客，裏面請。」

胡家父子狐疑地隨著周掌櫃進得客棧，糊里糊塗地在酒宴上坐下。不等開席，胡大成就忍不住問周掌櫃：「方才你說自己早就不是這客棧的老闆，這是怎麼回事？」

周掌櫃愧然道：「客棧經營不善，早已入不敷出，所以一年前就抵給了債主，也就是這位任公子。蒙任公子賞臉，留我在這裏繼續做掌櫃，所以我們祖孫倆才有個棲身之地。」胡大成聞言愣在當場。

這時，又聽任天翔笑道：「是啊！難得你們重金聘娶小芳姑娘，周老伯也才有錢回鄉

養老。」

「怎麼會這樣？」胡大成質疑道，「這客棧周老闆經營了許多年，怎麼可能輕易易主？」

任天翔微微一笑，從懷中掏出地契，向胡家父子展開道，「你們看清楚，地契上是我任天翔的名字，這可是在官府備了案的，任誰也做不了假。」

胡大成仔細一看，頓時呆若木雞。他兒子胡二娃更是拍案而起：「這麼說來，這客棧跟周掌櫃半點關係沒有？我就算入贅周家，也別想得到這客棧一片瓦？」他說著轉向乃父，「那咱們還留在這裏做什麼？莫不成要白送給周老兒一大筆聘禮？」

周掌櫃聞言，氣得滿臉鐵青，沒想到胡家父子上門提親，真是衝著自己這點基業而來。他不禁怒指大門：「誰稀罕你們的聘禮！你們給我滾！快滾！」

望著胡家父子帶著禮物狼狽而逃，任天翔不禁哈哈大笑，很高興自己幫小芳識破胡家父子的嘴臉。誰知笑聲未落，就見小芳從內堂衝了出來，端起一碗酒就潑了他一個滿頭滿臉。

她恨胡家父子把她看得不如一間客棧，居然在登門下聘時又臨時變卦，讓她成為街坊四鄰的笑柄。她更恨造成這一切的可惡傢伙，讓她丟了這麼大一個臉。

借刀

第六章

阿晉有些吃驚地打量著任天翔，
他第一次在任天翔稚氣未脫的臉上，
看到了不屬於他這個年紀的堅毅和冷酷。
尤其是任天翔那種眼神，阿晉以前只在一個人身上看到過，
他不由激靈靈打了個寒顫，心底無端地生出一絲畏懼之意。

阿普在龜茲是地頭蛇，三教九流都認識不少，很快就找齊了工匠。任天翔還剩十兩銀子，作為裝修的工錢是綽綽有餘。半個多月以後，大唐客棧在鞭炮聲中重新開業，掌櫃是原來的老闆周長貴，跑堂的還是李小二，趙大廚繼續做飯，小芳負責打雜，只是多了個賬房阿普，專門替任天翔監督客棧的運作。

周長貴將客棧賣了個好價錢，原本有回江南安享晚年的念頭，卻抵不住任天翔以客棧一半利潤挽留的誘惑，答應再做幾年掌櫃，待生意興隆後再走。雖然他知道任天翔的挽留是為了他的孫女，但看到大唐客棧裏裏外外煥然一新，他也有些捨不得立刻就走。

看到街坊四鄰都趕來祝賀客棧重新開張，任天翔有些志得意滿。開張大吉的好日子，正好是任天翔十九歲的生日，他已在客棧中安排下了幾桌酒席，在款待前來祝賀的街坊四鄰和各路行商的同時，也為自己的生日暗自慶祝。

作為新老闆，他親自到門外迎接前來祝賀的賓客，而陸續趕來的客人，無不對這位來歷不明又年少多金的新老闆充滿了好奇。

看看已到午時，賓客差不多已到齊，任天翔正待吩咐趙大廚開席，就見幾個挽著袖子、斜披大褂的漢子大搖大擺地過來。領頭的漢子只有二十多歲，生得尖嘴猴腮，一臉蠻橫，一看就是橫行不法的街頭混混。

「喲喝！周老闆，幾天不見，生意做大了？」那混混老遠就在招呼。

周長貴面色微變，忙向那混混陪笑道：「馬哥太看得起老朽了。老朽已經不是這客棧的老闆，大唐客棧現在是這位任公子的產業，老朽現在只是做個掌櫃。」

那混混斜眼打量著任天翔：「這位小哥好年輕，怎麼稱呼？」

「小弟任天翔，馬哥好！」任天翔雖然不明底細，卻也猜到個大概。在長安，他也是橫行不法的主兒，論級別，起碼高出這種小混混好幾個檔次。

「好說，原來是任老闆？知道規矩吧？」那混混傲慢地問。

任天翔將目光轉向周掌櫃，老掌櫃只得紅著臉小聲解釋：「以前客棧每個月都要給馬哥三百個銅板的例錢，這也是這條街上的規矩。」

任天翔知道周掌櫃當初只想將客棧賣個好價錢，自然要將這點隱瞞下來。他理解地點點頭：「你去櫃上取三百個錢給馬哥，請馬哥進去喝杯薄酒。」

周掌櫃很快從櫃上去來三百個錢，陪著笑臉遞過去。那混混卻不伸手來接，只打量著新裝修的客棧笑道：「這客棧裏外一新，一下子提高了不止一個檔次，生意怎麼說也要翻番吧？以前訂的數恐怕有些不合適。再說你新店開張，怎麼著也得請我們兄弟喝杯喜慶酒吧？這裡外裡算下來，這次就交一貫大錢好了，以後例錢改成每月六百。」

任天翔原本想息事寧人，沒想到對方得寸進尺。以前在長安之時，一向只有他欺人，何曾受過這等氣？他面色一沉，冷冷道：「我這客棧還沒開始賺錢，馬哥就要先叼一口，是不是太急了一點？」

那混混一聲冷笑：「你小子是新來的吧？不知道我馬彪在這條街上一向說一不二？你這生意是不是不想做了？」說著一揮手，幾個手下立刻就將大門兩旁掛的燈籠紅花給扯了下來，小芳想上前阻攔，卻被幾個混混趁機調戲，嚇得直往任天翔身後躲。

阿普一看任天翔要吃虧，急忙上前對馬彪連連打躬作揖道：「馬哥，我這兄弟不知道馬哥的大名，多有冒犯，還請恕罪。錢是小問題，我這就讓我兄弟照付。」說完，回頭對任天翔連使眼色。

任天翔也是精明冷靜之輩，心知硬碰硬必吃眼前虧，他也不想在開張大吉之日節外生枝，何況今天還是自己生日，犯不著為這點小事壞了自己心情。這樣一想，他便強壓怒火，對周掌櫃示意道：「周伯，就照馬哥說的數照付。」

周掌櫃搜盡櫃上所有銅板，總算湊夠一貫錢，這才將一干混混打發走。見小芳驚魂未定，他心生愧疚，低聲道：「對不起，讓你受驚了。」

「我沒事，倒是你以後千萬不可魯莽。」小芳反而小聲安慰任天翔道，「這幫地痞在龜茲橫行不是一天兩天了，你不知道他們的底細，千萬不要跟他們衝突。」

認輸服軟從來不是任天翔的性格，但方才自己連一個女人都保護不了，還有什麼臉說大話？任天翔一言不發冷著臉入席，強裝笑臉舉杯感謝眾街坊和行商的光臨。

好不容易挨到酒宴結束，待送走最後一個賓客後，他壓抑了半日的怒火終於爆發。一把掀翻桌子，他咬牙切齒道：「那混蛋居然敲到了我頭上，我要不讓他加倍吐出來，就不叫任天翔！」

阿普趕緊勸道：「兄弟千萬不可魯莽，不可為這一點錢就得罪馬彪那地頭蛇。」

任天翔瞪著阿普喝問：「這種混混我見得多了，都是些欺軟怕硬的傢伙。他手下有多少人？五十？一百？我不信多花些錢，還收拾不了這小潑皮！」

阿普連連擺手：「這不是錢的問題！馬彪是鄭德詮手下的兄弟，他背後的靠山是安西都護府的郎將鄭德詮，他收的錢起碼有一半要孝敬姓鄭的。」

「一個從五品的郎將，竟敢指使爪牙魚肉鄉鄰？難道就沒有人管？」任天翔一聲冷笑。

阿普小聲道：「兄弟有所不知，這鄭德詮雖然品級不高，但卻是安西節度使高仙芝將軍乳母的兒子，與高將軍情同兄弟，出入高將軍私宅都不必通報。常人就算不怕馬彪，不怕鄭德詮，難道還不怕節度使大人不成？」

周掌櫃也插口道：「是啊！去年開飯店的張老闆，因不堪馬彪的欺壓而報官，結果反而被問了個誣告之罪，吃了四十大板。張老闆回來後怒氣攻心，加上身上的傷，沒過三天就含恨而去。從那以後，這條街上就再沒有人敢得罪馬彪一夥了。」

「有這等事？」任天翔十分驚訝。

「公子來自天子腳下的長安，哪知咱們邊遠之地的民生疾苦啊。說起來，做個老闆好像很風光，其實在各路豪強眼裏就如同肥羊，都想來咬上一口。這也是我賣掉經營多年的客棧，安心領份工錢的原因。」周掌櫃嘆道。

任天翔聞言拍案道：「我不信一個小小潑皮，竟然能一手遮天！」

阿普看到任天翔眼中的殺氣，連忙勸道：「兄弟千萬不可衝動，就算你能對付馬彪，難道還能對付鄭德詮？以及跟他情同兄弟的安西節度使高仙芝？」

任天翔無言以對。安西節度使鎮守西域，不僅擁有絕對的兵權，還有絕對的行政和司法大權，就連地方官吏都可以隨意任免，堪稱一方土皇帝。尤其這高句麗名將高仙芝，分別在天寶六載和天寶八載出兵遠征小勃律和竭師國，長途奔襲數千餘里，翻過飛鳥難逾的蔥嶺天塹，大破吐蕃兩個邦國，威名震動天下，不僅深得朝廷信任，更被吐蕃和大食諸國譽為山地之王，聲望一時無二。

任天翔在長安時就聽說過他的大名，尤其他兩次千里遠征的壯舉，在長安更是傳得神乎其神，被朝廷視為鎮守西域的中流砥柱。面對這樣一位威鎮一方的名將，任天翔第一次感到了自己的渺小。

見任天翔低頭不語，阿普拍拍他的肩頭安慰道：「兄弟不用難過，這世界就是這樣，弱肉強食，勢大者王，從古到今，一向如此。那馬彪見你是外鄉人，所以要給你個下馬威。明天咱們備點禮物去求求他，說說好話服個軟，多半能將每月的例錢降下來一些。」

小芳也柔聲勸道：「阿普大哥說得在理，你就聽他一回吧，千萬莫再跟那幫潑皮衝突。」

「不去！」任天翔斷然道。如果讓他跟一個小潑皮陪笑臉，他寧可關了大唐客棧。

阿普勸道：「兄弟若是拉不下這個臉，就由我替你出面，我看兄弟出身富貴，確實也受不得這些窩囊氣。」

「你也別去，咱們就按每月六百的例錢照付！」任天翔冷冷道。

阿普有些不解，小聲提醒道：「如果照每月六百的例錢，恐怕客棧就沒錢可賺了。」

任天翔嘴邊泛起一絲若有若無的冷笑：「你放心，我保證馬彪收不了幾回錢！」

阿普有些吃驚地打量著任天翔，他第一次在任天翔稚氣未脫的臉上，看到了不屬於他這個年紀的堅毅和冷酷。尤其是任天翔那種眼神，阿普以前只在一個人身上看到過，他不由激靈靈打了個寒顫，心底無端地生出一絲畏懼之意。

「明天起，客棧就由你和周掌櫃打點，我要離開幾天。」任天翔淡淡吩咐。

「兄弟要去哪裡？有什麼需要我幫忙？」阿普忙問。

「你替我照顧好客棧的生意就行。」任天翔似乎不願多說，對周掌櫃和阿普叮囑了幾句，對小芳的詢問也避而不答，便獨自出門而去。

拉賈老爺的莊園是龜茲有名的去處，為了不引人注意，任天翔直到天黑才登門拜訪。不過就算是這樣，依舊引起了那老狐狸的不快。

僕人將任天翔領進偏廳後，拉賈便在抱怨：「沒有什麼事最好不要來找我，咱們要儘量少見面才是。」

任天翔陪笑道：「我遇到點麻煩，思來想去，整個龜茲也就只有拉賈老爺可以討教，所以冒昧前來打攪。」

拉賈不悅地嘀咕道：「遇到麻煩應該自己解決，我又不是你爹，有什麼責任幫你？」

任天翔笑道：「我願意讓出下一次傭金的一半，向您老討教。」

拉賈神色不變，淡淡道：「全部！」

任天翔在心中暗罵這奸商，臉色笑吟吟地道：「七成，這是我的底線，你總得給我留點錢吃飯吧。」

拉賈微微頷首：「成交。不過，我只負責給你出主意，你的事跟我沒一個銅板的關係。」

「那是自然，我不會讓您老陷入麻煩。」任天翔笑道。

「那好，你說，是什麼事？」拉賈端起面前的葡萄酒，淺淺地抿了一口。

「不知道您老是否知道安西都護府的郎將鄭德詮？」任天翔問，見拉賈微微頷首，他又問，「不知您老跟他是否有交情？」

拉賈眼中閃過一絲輕蔑：「一個靠著老娘的奶水作威作福的小人，跟我會有什麼交情？」

任天翔放下心來，淡淡道：「我想除掉這個人，想請您老指點。」

拉賈皺了皺眉頭：「你想怎麼做？是走白道還是黑道？」

「當然是走白道。」任天翔笑道，「如果是走黑道，我也無需來麻煩您老。我要正大光明地除掉他，我也不想因為這點小事，就惹上一身的麻煩，無法在龜茲立足。」

拉賈沉吟良久，緩緩道：「在這龜茲，能殺鄭德詮的除了高仙芝，就只有封常清。不過，封常清為人剛直，又精明強幹，要借他的手殺掉鄭德詮，必須要有充分的理由和證據。除此之外，你還得見到他才行。」

封常清是高仙芝的得力助手，當年高仙芝尚未得勢時，出身貧寒的封常清便慧眼識英雄，毛遂自薦想投到高仙芝身邊做一隨從，由於封常清相貌醜陋且左足微跛，因此被高仙芝婉拒，但封常清卻不死心，一連在高仙芝府邸外苦守了十餘日，終以誠意打動了高仙芝，最後留在身邊做了個隨從。

他的才幹漸漸顯露，為高仙芝後來的崛起立下了汗馬功勞，最終成為高仙芝最為倚仗的助手和心腹，每當高仙芝領兵出征，都讓封常清任留守使，專司後勤保障和地方治安，可見高仙芝對他的信任。

任天翔對封常清也有所耳聞，忙問：「如何才能見到封常清？還請您老教我。」

拉賈想了想，抬手從腰間解下一塊玉佩，遞給任天翔道：「當年封常清尚未發跡前，曾得到過我的資助，相信他看到我這塊玉佩，定會見你。不過他是否會為此就得罪頂頭上司和恩人，誰也不敢保證，一切全憑你的運氣，就不知你敢不敢賭？」

任天翔接過玉佩笑道：「我這人最是好賭，尤其還會出千！」

拉賈點點頭：「那好！我就預祝你賭運亨通。」他又補充了一句，「玉佩只是暫借，用完後記得要還我。」

任天翔收起玉佩笑道：「沒問題，我不會讓您老破費。」

每逢初一、初十和二十，是拉賈的飛駝商隊出發的日子。為了分散風險，拉賈總是將一批貨分拆成三次或四次來運送，以免在經過沙裏虎的地盤時，因沙裏虎的背約而被一搶而空。將駝隊分散開來，能將損失控制在可以承受的範圍，他顯然並不完全相信那些匪徒，不會將自己的命運寄託在匪徒的承諾上。不過這樣一來，也就增加了點貨的麻煩，每隔十天半月，任天翔都要到龜茲郊外一處商隊驛站，幫沙裏虎派來的陰蛇點貨。

拉賈的商隊通常來自大食、波斯等國，帶來西方的地毯、工藝品、香料和葡萄酒等，商隊先在龜茲郊外的驛站，將貨物清單交給陰蛇和他的手下核對，由於貨物數目太多，通常只能進行抽檢。確信無誤後，陰蛇會在清單上簽字畫押，作為沙裏虎收受買路錢的憑據。商隊將貨物送到長安後，再從長安帶回絲綢、瓷器、茶葉、藥材等商品，經過龜茲依舊要交一次買路錢。由於東西商品往來的利潤巨大，一成的買路錢對拉賈來說，完全可以承受。

這天又是商隊發貨的日子，任天翔幫陰蛇和他的手下點完貨後，天色已是擦黑，他貌似隨意地對陰蛇笑道：「陰兄，咱們與拉賈的合作已走上正軌，沙大哥也收到了第二筆分紅，你們掙那麼多錢，在沙漠中怎麼花啊？」

合作順利，陰蛇心情也輕鬆了很多，嘴邊第一次泛起一絲微笑：「怎麼花？除了要買必要的給養，還不就是喝酒賭錢。」

「難道就不想女人？」任天翔曖昧笑問，見陰蛇臉上有些尷尬，任天翔湊過去小聲道，「近日城內的不夜巷來了個金髮碧眼的胡姬，聽說是來自西邊極其遙遠的羅馬。她無論相貌還是身材，都比龜茲和波斯女人還要迷人，陰兄有沒有興趣去嘗嘗新？」

陰蛇看看龜茲城方向，神情有些猶豫。畢竟是盜匪，進城對他們來說是一種無謂的冒險。任天翔察言觀色，看出對方心中的猶豫，便笑著安慰道：

「陰兄不必擔心，前日安西節度使高仙芝已領兵遠征石國，城中留守的兵將不僅少了大半，守衛也鬆懈了許多。再說有兄弟領路，你還怕什麼？」

陰蛇的兩名隨從也附和道：「是啊，二當家，咱們就跟任公子去開開眼界吧。整天憋在大漠中，咱們都快憋成太監了。」

陰蛇想了想，望向任天翔問道：「你能保證咱們的安全？」

任天翔坦然一笑：「那是自然，你們若有閃失，我還不跟著掉腦袋？」

陰蛇遲疑片刻，終於點頭答應：「那好！就麻煩公子帶個路，如果有什麼差池，陰某唯你是問。」

任天翔笑道：「放心，城裏沒你們想的那般森嚴，只要陰兄換身衣服，稍作打扮，絕對沒任何問題。」

有了任天翔的保證，陰蛇放下心來。在任天翔指點下，三名匪徒收起長兵刃，只帶短刀防身，然後扮作三名販馬的客商，牽起坐騎隨任天翔進了龜茲城。

不夜巷是龜茲最有名的銷金窟，雲集了無數酒樓、賭坊和妓寨，由於是唯一得到都護府特許通宵營業的區域，不夜巷因此而得名。

在任天翔帶領下，四人來到那家名叫春風樓的風流去處，老鴇將四人迎進門，院內果然是來自西域各族的各色美女，其中尤以來自羅馬的金髮美女最為性感迷人。雖然她既不會唐語也不會波斯語，無法與客人交談，但這並沒有影響陰蛇的興致，毫不猶豫就選定了她。跟兩個兄弟草草交代幾句，陰蛇便摟著金髮美女上了樓。

陰蛇那兩個兄弟也是急色鬼，很快就選了兩個胡姬上樓快活。任天翔將他們都安排妥當後，這才來到門外，對黑暗處吹了聲口哨。一個十幾歲的半大小子從黑暗中出來，悄悄來到任天翔跟前，任天翔對他小聲耳語了幾句後，他立刻飛奔而去。

半個時辰後，任天翔見那小子飛奔而回，得意地對自己點了點頭。任天翔立刻飛奔上樓，敲著陰蛇的門小聲叫道：「陰兄不好了，有人點水，官府派人來抓你們了。」

門裏響起一陣忙亂之聲，須臾陰蛇開門忙問：「怎麼回事？」

任天翔急道：「現在來不及細說，快先離開這裏再說。」

三個匪徒在任天翔帶領下匆匆出得春風樓，正望黑暗處急奔。就聽前面有人高呼：「就是他們！」

陰蛇抬頭一看，就見四個漢子提著棍棒迎了上來，領頭的是個尖嘴猴腮的年輕漢子，手拎一柄解腕尖刀，一臉凶悍地高呼：「站住！想在馬爺面前逃脫，沒那麼容易！」

陰蛇見對方只有四個人，想也沒想就拔刀而出，一刀自刺對方心窩。

那漢子似乎沒料到陰蛇出擊的突然和狠毒，幾乎沒做出任何反應，就被刺了個對穿。

陰蛇一刀得手，立刻轉向第二人，同時發聲輕呼：「殺！」

兩個匪徒應聲而動，各自撲向一個對手。他們搏殺的經驗明顯比幾個對手高出不止一籌，只片刻功夫，三個漢子就先後中刀倒地，甚至來不及出聲呼救。

任天翔躲在暗處看得目瞪口呆，直到陰蛇回頭呼喚，他才從藏身處出來，低聲道：「跟我來，我知道從哪裡可以出城！」

龜茲城雖然入夜後四門緊閉，不過也並非無路可逃。任天翔將三人帶到城牆邊，牆邊有大樹高達十餘丈，他指著大樹對陰蛇道：「陰兄，從這棵大樹可以盪上城牆，城上守衛的兵卒大約盞茶功夫才過來巡視一遍。你們趁隙登上城牆，將腰帶連起來便可以墜到城外。我相信以你們的身手，定能平安脫身。」

陰蛇看看大樹，再看看城牆，漸漸有所醒悟，突然一把抓過任天翔喝道：「今晚的事是你暗中安排好的吧？借我們的刀幫你除掉那小子。那小子根本就不像是官府的捕快，不然沒那麼容易中招。」

任天翔知道瞞不過，只得陪笑道：「陰兄息怒，這事回頭再說，你們先出城要緊！」

陰蛇恨恨地推開任天翔：「回頭再跟你算賬，咱們走！」

目送著三個匪徒依次爬上樹梢，借力盪到城牆之上，最後消失在城牆外，任天翔暗自舒了口氣。這幾天的心血沒有白花，他以後都不必再受馬彪的窩囊氣了。

他知道馬彪的死很快就會被官府發現，緊接而來的就是全城大搜查，所以趕緊來到城東的貧民區，就見先前那送信的半大小子在街口張望，見他過來忙迎上前，驕傲地問道：「公子，我做得怎樣？」

「做得非常好！我會加倍付你報酬！」任天翔笑道。

「咱們是兄弟，錢不錢都無所謂，只要公子以後帶著我小澤就行。」那小子少年老成地擺擺手，一副老江湖的做派。

任天翔啞然失笑，拍拍他的肩頭道：「沒問題，你以後就跟著我混。咱們就算不能同年同月同日死，也要有福共用，有難同當！」

那少年感動地與任天翔伸手一握：「沒錯！有福共用，有難同當！」

這少年年歲不大，但舉手投足間卻透著股早熟和機靈，幾天前，任天翔在賭場上遇到他時，正是看上了他這股機靈勁。當時他還在賭場中跑腿，幫賭客們添茶沖水掙點打賞。任天翔知道要瞭解馬彪的底細，賭場無疑是最好的去處，一來二去便跟跑腿的少年小澤熟絡起來。得知馬彪也經常帶人到這賭場來玩，小澤不止一次被輸了錢的馬彪毆打洩憤，任天翔便刻意結交籠絡，小澤心生感激，所以願意幫任天翔對付馬彪。

任天翔從小澤口中得知春風樓的老鴇正是馬彪的乾娘，馬彪和他那幾個兄弟也兼做春風樓的打手和保鏢，一個大膽的計畫便在任天翔心中清晰起來。

他先用春風樓的頭牌羅馬美女將陰蛇引來，然後讓小澤去給馬彪送信，就說有人在春風樓鬧事。馬彪一向在街頭橫行慣了，立刻提著傢伙趕來春風樓，在任天翔巧妙安排下，剛好迎上奪門而逃的陰蛇。

馬彪以前只是在街頭橫行，哪見過陰蛇這樣的悍匪？一言不發就直取人性命。他到死都不知道，自己是因何送命。

任天翔為了計畫順利進行，少不得要籠絡小澤。小澤也是機靈人，見任天翔出手大方，為人豪爽，看出任天翔必非常人，所以刻意巴結。任天翔便也樂得收下這個機靈早熟的少年，便道：「明天你就到大唐客棧來找我，不過你暫時只能做個客棧的小夥計，不知你願不願意？」

「沒問題！只要能跟著公子，做什麼都無所謂。」小澤興沖沖地道。二人在街頭分手作別，約好第二天在大唐客棧再碰面。

任天翔回到大唐客棧，不顧周掌櫃和小芳的追問，徑直來到一間客房。周掌櫃早已給他這個新東家準備好了一個專用的房間，佈置得舒適整潔。他回房後就蒙頭大睡，以補償這幾日的勞心勞力。

一覺睡到自然醒，窗外天光已近正午。任天翔開門而出，立刻就有夥計過來稟報：「門外有個少年一大早就要見公子，我不敢打攪公子好夢，就叫他在門外等著。」

「快讓他進來，我這就出去。」任天翔猜到是小澤，匆匆洗漱後便迎了出來。就見小澤神采奕奕地等在樓下，見到任天翔，立刻過來請安。

任天翔將小澤帶到周掌櫃跟前，介紹道：「他是我新收的夥計，大名叫趙澤，你就叫他小澤好了。他年歲不大，卻十分機靈聰穎，以後周伯要多教教他。」

周掌櫃看出任天翔對這少年的偏愛，忙笑道：「沒問題，老朽定不讓別人欺負他。」

正說話間，就見阿普匆匆進來，臉上透著壓抑不住的興奮和緊張，壓著嗓子小聲問：「你們聽說了嗎？昨夜馬彪被人做了，聽說凶手是三個來歷不明的外鄉人。」

周掌櫃一聽這消息驚得目瞪口呆，任天翔卻是神色如常。阿普見狀恍然醒悟，意味深長地笑問：「兄弟是不是早就得知了這消息，所以一點不奇怪？」

任天翔淡然一笑：「多行不義必自斃，馬彪橫行街頭，包娼庇賭，欺壓鄰里，橫死是早晚的事，有什麼奇怪？」

阿普心領神會地點點頭：「沒錯，這傢伙早該死了，現在總算是老天開眼。」

幾個人正說話間，就見門外來了幾個兵丁，領頭的是個校尉，進門便問：「誰是這家客棧的老闆任天翔？」

眾人的目光不由望向任天翔，他只得上前一步：「正是在下，不知軍爺有何指教？」

那校尉將任天翔上下一打量，對兵士一揮手：「綁了，帶走！」

幾個兵卒蜂擁而上，不由分說就來拿任天翔。阿普和小芳急忙上前阻攔：「你們憑什麼抓人？任公子犯了什麼罪？」

那校尉一聲冷笑：「這是歸德郎將鄭將軍的命令，在下只是奉命行事。諸位有何不服，去都護府申訴好了，別跟本校過不去。」說完對兵卒一揮手，「帶走！」

在如狼似虎的兵卒面前，周掌櫃和阿普皆束手無策。任天翔倒是十分從容，對二人和小芳笑道：「你們不用擔心，我去去就回。如果我沒有回來，你們就拿這塊玉佩去找留守使封常清將軍，相信他會為我做主。」說著，便將拉賈借給他的那塊玉佩，塞入了阿普手中。

話未說完，他已被兵卒強行帶走。

半個時辰後，他被帶到一座軍營大帳，就見案後一名將領正在喝酒吃肉，那將領身材魁梧，滿臉橫肉，年紀在四旬上下，一看就是個狂傲驕縱的人物。任天翔從他的服飾認出

他的官階，是從五品歸德郎將，立刻就猜到對方正是安西節度使高仙芝乳母的兒子，也就是馬彪的後臺老大鄭德詮！

此時正是午飯時間，鄭德詮只是顧自喝酒吃肉，旁若無人。直到吃飽喝足，他才一擺手，立刻有兵卒上前撤去酒菜，並將任天翔按倒在他的面前。

「你就是大唐客棧的老闆任天翔？」鄭德詮有些懷疑地打量著任天翔，似乎有些驚訝於對方的年輕。

「正是。」任天翔坦然答道。

「知道為何將你抓來？」

「草民不知。」

鄭德詮一聲冷笑：「看來要先給你鬆鬆骨，你才會老實。」說著向帳下伺候的兵卒一擺手，「拖出去重打二十軍棍，看看是他的嘴硬還是老子的軍棍硬。」

幾名兵卒立刻將任天翔拖出帳外，按在地上就是一陣亂棍毆打。任天翔長這麼大，何曾吃過這等苦楚，頓時痛得暈了過去。兵卒用涼水將他潑醒，重新拖回了帳內。

「想不到你小子這麼不經打，枉我還當你是條漢子。」鄭德詮一聲冷笑，「既然敢找人做了馬彪，就要敢作敢當，別給老子裝糊塗。你若痛痛快快地承認，老子說不定還可放你一馬，你若繼續給老子裝傻，老子定叫你生不如死。」

任天翔勉力抬起頭來，吃力問道：「將軍為何一口咬定，是我找人殺了馬彪？」

鄭德詮冷笑道：「我看你是不見棺材不掉淚。把人帶上來！」

兩個兵卒從帳外帶進來一人，卻是春風樓的老鴇。鄭德詮向任天翔一指：「你看清楚，昨晚是不是他帶人做了馬彪？」

老鴇看了看任天翔，立刻哭喊道：「就是他！昨晚是他帶了三個人來春風樓，那三人個個一臉凶相，一看就不是善類。後來他們匆匆離去，第二天一早就有人發現，我的乾兒子死在了離春風樓不遠的小巷中。我那可憐的……」

鄭德詮拍案打斷了老鴇的哭喊，轉向任天翔冷笑：「你還有何話說？」

任天翔嘆了口氣，心中很是同情鄭德詮那簡單的頭腦。如果他不是過早亮出底牌，任天翔還不知該如何辯白，現在任天翔已知對方並未拿到真憑實據，心中大寬，不由嘆道：

「我昨日不過是領了幾個行腳商人去春風樓快活，誰知半夜他們有事要走，我只好送他們離開，在春風樓外就跟他們分了手。自始至終我都不知道馬彪被人殺害，更不相信那幾個行腳商人會殺人。」

「那三個傢伙呢？」鄭德詮追問道。

任天翔苦笑道：「我跟他們也只是萍水相逢，根本不知他們底細，自然也不知他們去向。」

鄭德詮一拍文案：「你他媽當我是傻瓜，不知道你是不甘心交例錢，找人做了馬彪？今天你既然落到我手裏，還想蒙混過關，活著出去？」說著向左右揮手，「給我打，打到他交代幾個凶手的底細為止！」

幾個兵卒正要動手，就聽帳外有人高聲稟告：「封將軍到！」

一干兵卒俱慌了手腳，鄭德詮倒是滿不在乎。帳簾撩起，就見一個其貌不揚，甚至有些醜陋的中年將領負手進來。他的左腳有些跛，每走一步身子都要往左側傾斜一下，使他瘦削的身子像站立不穩般在空中搖晃，他的三角眼還有些斜視，看人的時候總是側著頭。

「封將軍！」幾個兵卒慌忙拜見，只有鄭德詮裝作視而未見。

來人目光在帳中一掃，最後停在鄭德詮身上，淡淡問：「這是怎麼回事？」

鄭德詮憤然道：「這小子勾結盜匪，殺害了四個善良百姓，如今我已是證據確鑿，正要將他送到留守使府上。」

來人一聲冷哼：「我若不來，你是否就要將他就地正法？你一個小小郎將，有何資格緝拿、拘押、審訊人犯？又有什麼權力私設公堂，刑訊逼供？」

鄭德詮惱羞成怒，拍案喝道：「封常清，你不要欺人太甚！我兄弟死在這小子手裏，我為他討還公道，有什麼不對？這等雞毛蒜皮的小事，我原本不敢勞煩留守使大人，既然大人要管這事，就請大人秉公斷案，還我的兄弟一個公道。」

「我會給你一個公道。」封常清說著，對隨從一揮手，「把人帶走！」

見封常清將任天翔帶走，鄭德詮氣得一把掀翻了桌子，全然不顧封常清尚未走遠，便遙指帳外怒罵：「封跛子，當年若非我仙芝大哥賞識你，你他媽不知還在哪個角落要飯呢。如今趁我大哥不在，竟在老子面前耍官威，我看你能威風到幾時！」

左右慌忙阻攔，不過，這些話已經傳到了尚未走遠的封常清耳中。封常清身邊的兵卒皆有些憤懣，而他卻若無其事，充耳不聞。

回到都護府，封常清先令人給任天翔送上酒菜，待他吃飽喝足，這才開始審問。他斜眼打量著任天翔，淡然問道：「你叫任天翔，是大唐客棧的老闆？昨夜在離『春風樓』不遠的小巷中，有四個人被殺。據說凶手正是跟你一路的三個外鄉人，你有何話說？」

任天翔笑道：「不知將軍是要聽假話還是真話？」

封常清有些疑惑，淡淡問：「假話怎麼說？」

任天翔坦然道：「假話就是那三個外鄉人跟我只是萍水相逢，大家一起到春風樓尋快樂，之後就各自分手，他們後來幹了些什麼我一無所知。」

封常清微微頷首：「真話呢？」

任天翔笑道：「真話就是我請了三個刀手，幹掉了馬彪和他三個手下，僅此而已。」

封常清沒想到任天翔會如此開門見山，直承其事，倒令他有些意外，不由細細打量著任天翔問道：「相信你也知道殺人要償命，可你為何還要這樣做？又為何要直承其事？你可知這樣一說，幾乎就是判了自己的死刑？」

任天翔坦然道：「馬彪魚肉鄉鄰，強收商鋪、客棧、酒肆的例錢，若是不給就要砸人店鋪，甚至將店主打殘打死。我剛接手一家客棧，第一天開張就被他敲詐了一貫錢。此事封將軍只消派人問問那些店主，便知在下所言不虛。草民是急於義憤，才雇請刀手，將橫行鄉鄰的潑皮除掉。」

封常清拍案喝道：「混賬！若受潑皮敲詐，你該立刻報官才是。若都如你這般冤冤相報，還要官府做什麼？你眼裏還有沒有王法？」

任天翔哈哈大笑：「封將軍高高在上，哪知民間疾苦？報官？那馬彪乃是都護府郎將鄭德詮的手下，他敲詐的錢財一多半要交給姓鄭的。而鄭德詮連封將軍都不放在眼裏，就算報官，誰又能奈何得了他？以前曾有做飯店生意的張老闆，因不堪馬彪欺壓而報官，結果不僅無人敢管，還被官府以誣告之罪打了個半死，最後鬧得家破人亡。我若報官，豈不是跟他一樣下場？」

封常清十分驚訝：「有這等事？」

任天翔正色道：「封將軍只需派人去街頭查訪，便知草民所說是否屬實。若有半句虛言，草民願以死謝罪。」

封常清捋鬚沉吟道：「我會派人去查訪，待有了結果，此案再行審理。」說完對左右揮手示意，「將他暫時收監，讓獄卒好生對待，不得欺凌打罵。」

殺人

第七章

封常清停下腳步，轉頭望向任天翔，目光有些驚訝和異樣。
見任天翔並無一絲畏縮或膽怯，他漸漸有所醒悟，
沉聲問：「你今日這番言語，才是來見我的真正目的吧？
你想借我之手替你除掉鄭德詮，這一切都是出自你的計畫和安排！」

任天翔第一次被關入大牢，心中沒有多少害怕，反而充滿了好奇。牢房雖然條件惡劣，不過有封常清的叮囑，獄卒倒也沒有為難他。更讓他開心的是，小芳給他送來了親手做的飯菜，還帶來了阿普和爺爺在外邊為他打點的消息。

「真是瞎操心，你們根本不用打點什麼，本公子安全得很。」任天翔一臉自信，他已經仔細打聽過封常清的稟性和為人，如果沒有足夠的把握，他也不敢冒險走出這一步。

小芳哪知道這些細節，憂心忡忡地問：「外面謠傳你是買凶殺人的罪名，這可是殺頭的死罪，你怎麼能如此冒險？害大家擔心。」

任天翔調侃道：「如果只是做個店小二，倒是不會有這樣的危險，可惜卻討不到老婆。我若做個店小二你也嫁給我，我保證以後安安穩穩過日子，絕不再冒這樣的風險。」

小芳臉上一紅，嗔道：「都這個時候了，你還沒半句正經，人家可是急得要死。」

任天翔哈哈一笑：「你放心吧，我絕不會有事。萬一我要有危險，也會有貴人來保我。現在我的安危關係著他巨大的利益，他暫時還離不開我。」

小芳雖然不知道任天翔口中的貴人，就是龜茲巨富拉賈老爺，但見任天翔如此自信，她也受到了感染。她很奇怪當初那個什麼都做不好的笨小二，為何能在短短一兩個月內，成為大唐客棧的新老闆，而且在受到潑皮敲詐欺辱之後，做出更多令人目瞪口呆的大事。

她發覺自己越來越不瞭解這個熟悉的笨小二了。

三天後，任天翔再次被封常清提審，不過，這次封常清對他的態度已明顯有所改變。

「看來你沒有說謊，」封常清跛著腳在房中踱步，「雖然你雇凶殺人，不過也算是為人所迫，情有可原，又有主動認罪的事實，可從輕處罰。既然你已吃了二十軍棍，也算受到懲戒，可即行釋放。」

任天翔嘆道：「將軍還是將我繼續收監吧。」

封常清有些不解：「你還想坐牢？」

任天翔苦笑：「我要是離開了封將軍庇護，只怕立馬就要死在鄭德詮手中。封將軍若是放我，那就是要判我死刑啊！」

通過這幾日的調查，封常清對鄭德詮的劣跡已有所瞭解，心知任天翔所言不虛。他想了想：「我會將鄭德詮收監，待高將軍回來再處理，定要給所有受害的百姓一個公道。」

任天翔搖頭苦笑：「相信封將軍也知道，高將軍重情重義，對同吃一個奶水長大的乳母兄弟，一直視同手足，就算鄭德詮犯下天大的罪，只怕高將軍依然難下壯士斷腕的決心。以前就有人告狀告到高將軍那裏，最後又是什麼下場？高將軍在西域威望卓著，甚得民眾愛戴，卻因包庇鄭德詮而屢屢受人誹議，實在令人惋惜。」

封常清在廳中徘徊，眉頭深鎖緊皺。任天翔見狀淡淡道：

「封將軍貴為留守使，代行節度使之責，那鄭德詮尚不放在眼裏，我等小民還不是任他打殺？聽說高將軍視封將軍為知己和心腹，若傳言不虛，封將軍就該為高將軍除此疥癬之疾。俗話說成大事者不拘小節，封將軍若連這點魄力也沒有，就請將草民收監吧，千萬別放我。」

封常清停下腳步，轉頭望向任天翔，目光有些驚訝和異樣。見任天翔並無一絲畏縮或膽怯，他漸漸有所醒悟，沉聲問：「你今日這番言語，才是來見我的真正目的吧？你想借我之手替你除掉鄭德詮，這一切都是出自你的計畫和安排！」

任天翔坦然點頭：「封將軍目光如炬，草民不敢隱瞞。這一切確實出自草民的計畫，不過這不是為我自己，而是為了龜茲的安寧，以及高將軍和封將軍的前途和命運。」

封常清嘴角泛起一絲譏誚：「說是為龜茲的安寧，也還勉強說得過去。說是為我和高將軍的前途命運，本官倒有些糊塗了。你若說不出個所以然，別怪本官問你個危言聳聽之罪！」

任天翔坦然笑道：「安西地區民族眾多，民風彪悍，各種矛盾錯綜複雜。高將軍鎮守安西多年，除了知人善任，用兵如神，更為人稱道的是處事公正，愛民如子，所以甚得安西四鎮各族百姓擁戴。如今鄭德詮欺壓商戶，借高將軍之名進行勒索，在龜茲危害多年，若得不到都護府公正的處罰，恐怕會使民眾寒心。民心若失，高將軍要想在強大的吐蕃勢力環伺之下，保得安西四鎮安全，恐怕不再是件容易事。雖然鄭德詮之惡在高將軍眼裏，或許只是疥癬之疾，但千里之堤，毀於蟻穴。封將軍既然是高將軍心腹肱股，當替高將軍下此決心。」

封常清神情木然地靜了半晌，眼中漸漸泛起一絲決斷，猛然轉頭對門外高呼：「來人！去請鄭將軍過來陪審。」

門外兵卒應聲而去，少時門外傳來將校的高聲通報：「鄭將軍到！」

封常清親自迎出門去，笑著對進來的鄭德詮示意：「任天翔買凶殺人的案子已水落石出，今日特請鄭將軍過來陪審，定要給你一個公道。」

鄭德詮笑道：「封將軍不必客氣，你是我仙芝大哥的心腹，你我就不是外人。自家兄弟，一切都好說。」

二人相挽進了都護府，每過一道門，封常清便示意兵卒關門，過了三道門後，二人來到府衙後廳。封常清坐回案後，對左右兵卒一聲斷喝：「將鄭德詮拿下！」

眾兵卒一擁而上，將鄭德詮按倒在地。他掙扎著抬頭喝問：「封常清！你這是什麼意思？」

封常清一聲冷哼：「鄭德詮！你利用街頭潑皮敲詐地方百姓，多次致人家破人亡，實屬罪該萬死！除此之外，你還藐視上官，欺壓同僚，實為軍中一害，不殺無以振軍威，不殺無以面對一方百姓。」

鄭德詮凜然不懼，破口大罵：「封跛子，你他媽好大膽，竟敢對我動手？」

封常清冷笑道：「軍法面前，人人平等。你所犯罪孽，任何一條都是死罪，如今還敢辱罵上官，咆哮公堂。來人！拖下去亂棒打死！」

眾兵卒早就看不慣鄭德詮的張狂，一聽這話轟然答應。眾人將鄭德詮按倒在地，行刑的兵卒亂棒齊出，頓時將鄭德詮打得慘叫連連。剛打得數棒，就聽門外有兵卒惶急地稟告：「封將軍，高夫人在門外要人！」

封常清側耳一聽，就聽二門外有高仙芝母親在高聲呼叫，還夾雜著另一個女人的哭號，顯然就是鄭德詮的母親，也正是高仙芝的乳母。封常清不為所動，斷然道：「任何人不得開門！給我繼續打！」

打得數十棒，鄭德詮的慘呼漸漸停息，直到這時，封常清才示意兵卒開門。就見高夫人和鄭德詮的老母搶步而入，急忙上前查看，卻見鄭德詮早已七竅流血，一命嗚呼。鄭母不禁昏倒在地，高夫人則向封常清怒喝：

「封常清！你竟敢打死德詮？你、你……」

封常清從容道：「王子犯法，尚與庶民同罪，何況一小小郎將？」

「還我兒命來！」此時鄭德詮老母也已醒轉，一聲嚎叫，悲憤地以頭撞向封常清。封常清猝不及防，被撞了個踉蹌差點摔倒，隨從一看，連忙上前攔住鄭母，封常清這才趁亂帶著任天翔逃離了都護府。

在一干隨從保護下，二人逃過鄭母的糾纏來到門外大街，封常清示意隨從為任天翔脫去鐐銬，然後將玉佩遞還給他道：「替我向玉佩的主人問聲好，從此我和他兩不虧欠。」

任天翔接過玉佩笑道：「我會替封將軍轉達，以後希望還有機會再見。」

封常清點點頭，仔細審視著任天翔道：「你的心計和膽色，絕非尋常客棧老闆可比。高將軍愛才如命，你何不投到都護府為朝廷效力？既可造福一方百姓，也可為自己掙個光宗耀祖的前程。」

任天翔笑道：「多謝封將軍抬愛，不過草民一向狂傲不羈，受不得半點拘束，所以只

好辜負封將軍錯愛了。」

封常清心有不甘地勸道：「以你之才若只做個客棧老闆，只怕太過屈才。男兒漢就該建功立業，既然是我大唐子民，就該為朝廷效力，建功邊關才是啊。」

任天翔微微一笑：「我既想建功立業，又不想受官僚拘束。若封將軍許我一個特殊的身分，我倒有心為安西四鎮的安寧，略效犬馬之勞。」

封常清饒有興致地笑問：「你想要個什麼身分？又如何為安西四鎮的安寧效勞？」

任天翔在地上撿了塊石頭，在地上邊畫邊道：

「安西四鎮遠離中原，鎮守在絲綢商道的中央地段，是東西往來的必經之路。四鎮的四周皆是蠻夷之國，其中不少對我抱有敵意。比如突厥殘部、吐火羅、吐谷渾、大、小勃律以及吐蕃，其中又以吐蕃勢力最為強大，為安西四鎮最大威脅。當年文成公主下嫁吐蕃贊普松贊千布，只是使大唐與吐蕃和平了幾十年，如今文成公主與松贊千布已成為歷史，吐蕃也成為安西四鎮乃至整個大唐帝國的心腹大患！」

封常清有些驚訝道：「想不到你一個客棧老闆，竟然對西域形勢瞭若指掌！」

任天翔笑道：「做生意就是要借勢而為，若連周邊環境都不瞭解，說不定連命都要賠掉。」

封常清捋鬚微微頷首：「話雖如此，但真正有你這等心胸的生意人實在寥若晨星。聽你言下之意，是有辦法解除吐蕃的威脅？」

任天翔搖頭嘆道：「吐蕃為患西域數十年，要徹底解除它的威脅，那是多少名臣猛將窮其一生而不可得的目標，在下哪敢如此狂妄？我只是想以個人之力，為這目標稍稍盡點心而已。」

「哦？說來聽聽！」封常清饒有興致地道。

任天翔以石為筆，在地上邊畫邊解釋道：

「吐蕃地廣人稀，氣候條件惡劣，這也鑄造了吐蕃人彪悍勇猛的民族性格。不僅人如此，馬也如是。產自吐蕃的高原馬雖然體型矮小，其貌不揚，但卻有最好的耐力和最強的惡劣環境適應能力，是吐蕃人縱橫西域的一大法寶。要想削弱吐蕃人戰鬥力，可先削弱其馬，吐蕃由於環境惡劣，馬匹產量有限，賣一匹便少一匹，所以若能大量收購吐蕃馬，便可兵不血刃地削弱吐蕃人的實力。」

封常清皺眉問：「馬匹對吐蕃人既然如此重要，他們能輕易賣掉嗎？」

任天翔笑道：「自從大唐與吐蕃反目以來，雙方貿易基本斷絕。而吐蕃貴族像世上所有俗人一樣，對各種奢侈品都有著孜孜不倦的追求。比如產自中原的絲綢、織錦、瓷器、名茶等等，都是吐蕃貴族最為渴望的東西。以前這些奢侈品都是經由波斯、大食等國輾轉繞道進入吐蕃，價格高昂得令人咋舌。如果我以貨易貨，用這些奢侈品向吐蕃貴族交換馬匹，他們定然求之不得。這些奢侈品直接從安西四鎮進入吐蕃，比經由波斯和大食路費要少一半以上；而吐蕃的馬匹是高原上最好的戰馬，既可以賣給安西都護府，也可賣到鄰近的北庭都護府或隴右都護府，這樣一來，既可削弱吐蕃戰力，又可增強我邊關諸鎮的力量，何樂而不為呢？」

封常清露出深思的神色，捋鬚沉吟道：「聽起來好像有點道理，不過吐蕃與大唐是敵國，對敵貿易可是叛國之罪啊。」

任天翔笑道：「所以我需要將軍給我一張免罪鐵券，萬一我被人以叛國罪逮捕，能出示將軍的免罪鐵券救命。至於對敵貿易，若能削弱敵方勢力，增強我方力量，又何妨略作變通？」

封常清想了想，又問：「你想要都護府投入多少資金？」

任天翔搖頭道：「我不要都護府花一個銅板，相反，我還會每月向都護府上交盈利的一成做為稅金。只要將軍保證我在邊關的自由往來，且是唯一對吐蕃的貿易商，我保證每月至少向安西都護府上交一百匹吐蕃馬作為稅金。」

做為專司安西軍後勤保障的封常清，一直就為廣開財路而頭痛，尤其那種產自雪域高原的吐蕃馬，就連頂頭上司高仙芝將軍都十分眼饞，如今一文錢不用花就有進項，還能源源不斷得到最好的高山良駒，他已有所心動。

沉吟良久，他徐徐道：「免罪鐵券只有朝廷才有權頒發，你就不要想了。不過我可以保證你在邊關能自由通行，且是唯一對吐蕃的貿易商，但每月須上繳盈利的兩成和兩百匹吐蕃馬做為稅金。」

雖然封常清將稅金提高了一倍，卻也還在任天翔心理承受範圍之內。他苦笑道：「為邊關出力，是每一個大唐子民的責任，即便無錢可賺我也要做下去，多謝將軍成全。」

封常清微微一笑：「你小子雖然年少，但精明狡詐卻超過了很多老練商賈。要說你會做虧本生意，你以為我會相信？不過，看在你敢於冒險的心勁上，我給你這次機會。你先回去籌措資金，並將計畫呈報給我看看。希望你好好把握這次機會，不要令我失望。」

「多謝將軍信任，我絕不會令你失望！」任天翔拱手一拜，興沖沖與封常清作別。

轉過街口就見阿普和小澤迎了上來，二人方才見封常清在場，因懼怕所以不敢上前。待封常清進了府門，二人才急忙上前，爭相問候：

「這些天，我們一直守在都護府門外，總算等到了公子，公子你沒吃什麼苦頭吧？」

阿普這一問，任天翔頓感屁股和大腿陣陣劇痛，幾天前挨的軍棍還未痊癒，方才的走動又使傷口裂開，痛徹心脾。他不禁揉著屁股罵道：「你們他媽挨幾軍棍試試，就知道啥叫苦頭了。還不快攙著我，想看我笑話啊？」

二人連忙上前攙起任天翔，雖然二人與任天翔相識不久，卻也習慣了他的性格，知道他這樣說話的時候，多是心情大好，二人也十分開心。

阿普邊攙著任天翔往回走，邊小聲問：「方才我見封將軍與你相談甚歡，想必這場官司是過去了吧？以後那姓鄭的還會不會為難兄弟？」

任天翔微微一笑：「他倒是想為難我，只是沒那機會了。」

阿普見任天翔說得蹊蹺，還想再問，卻被前方一陣刺耳的銅鑼聲打斷。就見前方一繁華街口，有個滿臉憨態的胖子在打著銅鑼，邊敲邊扯著嗓子高聲吆喝：

「走過路過的老少爺們，停一停，看一看啊！傳至中原的蓋世神功表演，頭頂開磚、掌劈青石，腿斷木棍，刀削髮絲……」

街上的閒人圍了過去，那胖子見人群聚得差不多了，便停下銅鑼四下抱拳道：

「龜茲的老少爺們，兄弟是來自青州的行腳商人，因在龜茲附近遭了盜匪，貨物被搶，盤纏也花了個乾淨，回不了家鄉。不得已，只好向龜茲的父老鄉親們求告，希望爺們資助點盤纏幫咱們度過難關。待會兒，我這兄弟會為大家露上一手傳至中原的神功和拳法，大家要看得高興，就隨便賞幾個小錢，如果沒錢，就請鼓幾下巴掌，也算是對我們兄弟的支持。謝謝！謝謝！」

胖子的打扮和模樣，確實不像是跑江湖賣藝的角色，不過機變靈活卻不亞於許多老江湖。他身後立著個身材高大的壯漢，神情雖然有些木訥，不過緊身的青衫下那鼓凸的肌肉，顯示著他與普通人的不同。

胖子場面話交代完畢，回頭對那青衫漢子道：「兄弟，現在看你的了。先給龜茲的父老露一手功夫，讓他們看看傳至中原的真本事。」

那青衫漢子也不說話，從地上撿起一塊事先準備好的青磚，也不見如何拿張做勢，便一掌劈成兩段。由於動作太快，許多人都沒看清，所以也沒幾個人叫好。

胖子見狀，忙示意繼續，青衫漢子也就揮掌再劈，三兩掌就將一尺見方的青磚劈成了七八塊。接著，他又拿起一塊青磚，一聲輕喝拍在自己腦門上，青磚碎成幾塊，他的腦門卻渾然無事。

眾人轟然叫好，有人還好奇地撿起劈開的青磚查看真假。

任天翔被那漢子堅硬如刀的手掌吸引，也擠進人叢跟著叫好。小澤更是少年心性，鼓噪著高叫：「好本事！再來一個！」

胖子得了眾人鼓勵，興奮地四下一拱手：「單掌開磚不算本事，接下來，我兄弟還要練一手刀削髮絲。怎麼練？就是將一根頭髮頂在我鼻尖上，看清楚，就是這裏。」

胖子在自己鼻尖上比劃，「我兄弟用刀一刀劃過去，運氣好，頭髮絲斷成兩截，刀鋒卻不傷我半根毫毛；若是我兄弟手腕稍微抖一抖，這一刀就可能削下我的鼻子。可憐我至今尚未娶親，如果我這賽似潘安的面容被削去了鼻子，只怕今生就再也找不到媳婦。希望大家看在我冒著受傷致殘的危險博大家一笑的份上，資助我幾個醫藥錢，小弟定會終身銘記！」

眾人聽這胖子說話風趣，紛紛慷慨解囊，銅錢頓如雨點般落到場中。

胖子見狀滿臉欣喜，連連對眾人拱手道：「多謝大家慷慨相助，既然你們資助了我這麼多醫藥費，我說啥也要冒著失去鼻子的危險，博老少爺們一笑。」說著，扯下一根頭髮，雙手舉起四下示意，待鼓噪聲完全停息後，他才小心翼翼地擱到自己鼻尖上，並將臉高高揚起，以免頭髮掉下來。

在眾人屏息凝神、鴉雀無聲之際，就見青衫漢子突然拔出腰間佩刀，雙手緊握一揮而出。刀鋒帶著厲嘯從胖子鼻尖上一掠而過，他的鼻尖完好無損，鼻尖上的髮絲卻飄飄蕩蕩飛了起來，一左一右分成了兩段。

「好！」眾人盡皆鼓掌，他們雖然看不出其中門道，卻也知道要將三尺多長的鋼刀使得如此精妙，沒十年以上的苦功肯定不成，這種功夫很難在江湖賣藝的人身上看到。

胖子睜開眼，故作驚魂未定地摸摸自己的鼻子，驚喜地叫道：

「真是上輩子燒高香，祖墳上冒青煙！我的鼻子還在！謝謝！謝謝啊！」

眾人被胖子的風趣逗得哄堂大笑，胖子趁著功夫開始撿起地上的銅錢，他將銅鑼翻過來裝盛，滿滿當當竟是不少。

胖子滿心歡喜，正待向眾人道謝，卻見人叢中擠進來幾個衣冠不整的漢子，一言不發便將胖子手中的銅鑼踢翻，銅錢頓時灑了一地。

領頭的漢子一臉凶惡，抬手就給了胖子一巴掌，冷笑問道：「知道這是誰的地盤？不燒香不拜碼頭就在這摟錢，還真沒將咱們放在眼裏啊？」

青衫漢子見胖子挨打，立刻握刀過來。那漢子卻也不懼，瞪著他喝道：「你刀很快是不是？老子還就不信這個邪，有本事將我一刀殺了，我就說你是條漢子！」

青衫漢子眼眸一寒，抓住刀柄就要拔刀。胖子連忙壓住他的手，轉頭對那地痞陪笑道：「咱們在江湖上奔波，還不是想掙點辛苦錢養家糊口，哪能隨便得罪各路朋友？咱們初來貴地，不懂規矩，還望大哥恕罪。」

這話既是對那地痞在說，也是在規勸跟他一路的青衫漢子。青衫漢子聞言，悻悻地放開刀柄，眼裏滿是憤懣和不甘。

地痞見胖子服軟，拍拍他的臉點頭笑道：「算你懂事，我也就不為難你們了。將地上的錢都留下，滾吧！」

胖子看看周圍情形，見沒有一個人站出來說句公道話，他無奈嘆了口氣，拉起同伴就走。二人轉過一個街口，見有三個人跟了上來，他沒好氣地道：「我所有錢都給你們了，你們還想怎樣？」青衫漢子也回頭怒視跟來的三人，眼底似有壓抑的火山。

任天翔連忙拱手道：「二位誤會了，在下任天翔，是前面大唐客棧的老闆。我也是來自中原，所以見到你們便有幾分親切。如果你們不嫌棄，可到我的客棧暫住幾日，讓任某略盡地主之誼。」

胖子將信將疑地打量著任天翔，遲疑道：「咱們非親非故，你為何如此好心？」

任天翔笑道：「我初來龜茲時，也沒少受地痞的欺壓，方才見你們受欺，心中十分同情。既然大家都來自中原，怎麼說也算是同族同胞，同胞有難，自然要施以援手。」

胖子遲疑道：「咱們可是腰無分文。」

任天翔呵呵大笑：「那你更不用擔心我謀財害命啊！」

胖子釋然一笑：「說得也是，在下青州褚然，一向往來中原和西域，做點小本生意。」說著指向青衫漢子，「這是我本家兄弟褚剛，自幼好武，練得一身好本事，所以跟在我身邊做個保鏢。不想這次遇到悍匪沙裏虎，貨物被搶不說，還差點命喪匪徒之手，幸虧有我這兄弟拼死保護，才逃得大難。不曾想在這龜茲賣藝掙點盤纏，也被地痞欺辱，說來實在慚愧。」

褚然說起貨物被劫和死裏逃生的經歷，竟始終面帶微笑，若無其事，其豁達大度令任天翔暗自佩服。他抱拳道：

「在下原是長安人氏，流落到龜茲也是情非得已，今日遇到兩位也算有緣。我的客棧就在前面不遠，二位若是不棄，可移步一敘。」

褚然見任天翔雖然年少，但舉手投足間卻自有一種大家風範，尤其他身邊那奸商模樣的龜茲胖子和那機靈的少年，對他竟是恭敬有加。褚然不敢輕視，忙拱手道：「任老闆客氣，咱們淪落之人，有口飯吃已是萬幸，豈敢推拒。」

二人隨任天翔來到大唐客棧，小芳等人見任天翔平安歸來，自然是又驚又喜，紛紛上前問候。周掌櫃忙令趙大廚準備酒菜，為任天翔接風洗塵。

任天翔先讓李小二為褚氏兄弟準備一間上房，這才拉著二人入席，並對二人道：

「你們儘管在這裏安心住下，房錢飯錢均不用擔心，只要我這客棧還沒關門，就不會讓你們淪落街頭。」

褚然遲疑道：「公子好意褚某心領了，只是無功不受祿，公子的恩惠令褚然心中不安。」

任天翔知道像褚然這樣的江湖老油子，如果不把話挑明，他也許永遠都不會安心。任天翔摟過褚然肩頭笑道：

「褚兄不用不安，我如此待你，自然不是要白養你們一輩子。實話說吧，我正在籌劃一樁大生意，但身邊實在缺乏這方面的人手。我見褚兄在血本無歸，且淪落街頭受地痞之辱的情況下，依舊能開朗豁達，笑對劫難，可見褚兄經歷過大風大浪。尤其在受地痞敲詐之時能審時度勢，忍辱負重，這份冷靜和理智絕非常人可有。而且你在淪落潦倒之時，身邊還有褚剛這等高手追隨，可見褚兄必非常人，定可以大事相託。」

褚然沉吟道：「公子過譽了，咱們只是一面之緣，公子何以對咱們兄弟如此信任？」

任天翔笑道：「我雖然年少，卻有幸見過不少做大事人物，所以對自己的眼光還有幾分自信。對於人才，我會盡我所能與他們合作，跟他們一起賺錢。因為我自己除了吃喝嫖賭，實在沒什麼本事。」

褚然呵呵笑道：「如果公子將自己歸為沒本事的人，那褚某只好自認是傻瓜了。既得公子抬舉，褚某敢不從命。不知公子是要做什麼生意？」

任天翔笑道：「褚兄不用心急，待我籌劃妥當，自然會告訴你。在這之前，褚兄儘管在我這裏住下，無論你將來是否願意與我合作，都不妨礙咱們成為朋友。」

褚然也是老江湖，知道做生意的諸多禁忌，也就不再多問，舉杯道：「請容我借花獻佛，敬任公子一杯，謝謝你對我倆兄弟的另眼相看。」

任天翔連忙舉杯道：「照咱們中原的規矩是年長為尊，應該我敬兩位才是。」

三人客氣一回，這才各飲一杯。

任天翔轉向沉默寡言的褚剛笑道：「褚剛大哥的手掌堪比利刃，切磚斷石也是輕描淡寫，不知這是什麼功夫？可否教教小弟？」

褚剛憨憨一笑：「這是傳自少林的大力金剛掌，與滄州的開碑手並稱外家第一掌。公子若有興趣，在下願傾囊相授。」

少林寺有習武的傳統，尤其是在大唐開國之初，少林武僧曾救過當時還是秦王的李世民。太宗皇帝登基之後，特意冊封了少林寺大小僧眾，少林武功也因此揚名天下。

任天翔雖然對武功一竅不通，卻也聽說過少林寺大名，聞言頓時來了興趣，忙問：「不知這大力金剛掌要怎麼修練？練多久才能像褚兄這樣切磚斷石？」

褚剛笑道：「其實也不複雜，先學口訣心法，然後每日以掌拍樹，要選那種合抱粗的參天大樹，並輔以特製的藥水浸泡雙掌。三年後樹斷根死，改用青磚礪掌，通常三年就能達到掌斷三磚的境界，然後改用鵝卵石，通常又用三年就能達到以掌斷石的境界。不過這只是小成，大力金剛掌的最高成就，可以做到傷人內腑而肌膚無痕，這就需要悟性而不只是時間了。」

任天翔聞言，大失所望，低頭暗忖：前後要用九年時間，才能達到切磚斷石的境界，就算練到如此地步，也不過是多了種賣藝的本事而已。遇到對手人多勢眾，還不是只有撒丫子逃命。這種笨功夫，學了也不過給人做保鏢護衛，古來成大事者，誰是靠以力服人？

褚剛見任天翔低頭不語，忙笑道：「任公子不用擔心，只要你有心學武，我定傾囊相授。明日一早咱們就可以開始，只要每日堅持練上兩個時辰，我包你三年見效，九年小成。」

任天翔呵呵一笑：「多謝褚兄好意，小弟一向懶散慣了，要我每天清晨就起來練武，那實在比殺了我還痛苦。我還是乖乖做個手無縛雞之力的小老百姓吧，只有像褚兄這等有恆心有毅力的奇男人，才能成為真正的武林高手。」

褚剛忙道：「兄弟不用擔心，只要你拜我為師，我會認真督促，絕不容你偷懶。我看兄弟骨格清奇，實乃練武的好材料。為兄在江湖上飄泊半生，至今未遇到個值得一教的弟子。難得咱們今日巧遇，也算是緣分，你拜在我褚剛門下，就是少林大力金剛掌的嫡系傳人，將來在江湖上行走，遇到麻煩只要提起少林寺三個字，別人也會給幾分面子。」

任天翔啞然失笑：「方才褚兄被幾個潑皮欺負，為何不提少林寺三個字？」

褚剛臉上頓時有些羞赧，尷尬道：「龜茲偏僻蠻荒，幾個無知潑皮，哪知我中原武林聖地的威名，不提也罷。」

任天翔笑著點點頭：「既然在這龜茲學少林武功也沒啥大用，我還是再等等吧，說不定還有更好的武功呢。」

褚剛忙問：「公子想學什麼樣的武功，我在武林中還有些朋友，說不定可以幫你推薦。」

任天翔想了想，憧憬道：

「首先，這武功必須非常高明，比如遇到百十號敵人，即便打不過也可以輕易脫身，就如同傳奇小說中寫的紅線娘、虯髯客那般，一躍而上屋頂，丟下百十號敵人望著我飄然

遠去的背影，個個目瞪口呆；其次，這武功不光可以傷人，還要能將人巧妙制服，比如點中某個穴道可以令人聾啞，點中另外穴道能讓人全身僵硬，甚至能讓敵人失去神智，要他幹啥就幹啥；最後，這門武功還不能太耗費時間和精力，最好一夜之間就神功在身，脫胎換骨，讓我不必苦練幾十年就成為絕頂高手。」

褚剛聽得目瞪口呆，喃喃道：「世上要有這樣的武功，我也想學！」

任天翔哈哈一笑：「所以啊，在遇到這等武功之前，我無論如何是不會輕易拜師的。」

褚剛聽出任天翔在調侃，紅著臉搖頭道：「任公子原來是在調侃為兄，世上哪有這等神奇的武功？可嘆公子天生資質過人，竟不肯學我傳自少林的絕世神功，實在是令人惋惜。」一說著連連搖頭，遺憾惋惜之情溢於詞表。

任天翔見褚剛生性忠厚，倒不好意思繼續玩笑，忙舉杯道：

「多謝褚兄好意，可惜小弟實在受不了這等辛苦。相信褚兄將來定能找到合心的弟子，今日你們安心在我這裏住下來，今後小弟勞煩二位哥哥的地方還多得很呢。」

褚剛只得收起收徒之心，與族兄一起舉杯向任天翔致謝。

這一場酒宴直到初更時分方才散去，任天翔讓周掌櫃將褚氏兄弟安頓好後，這才回到自己的房間，讓阿澤準備紙墨筆硯。阿澤十分奇怪，不過還是立刻準備停當。

任天翔將眾人打發走後，獨自關上房門，面對著空空的白紙，胸中有激情在熊熊燃燒。龜茲的地圖就鋪在他的面前，他的目光在安西四鎮與吐蕃的交界線久久凝視，酒意化作激情和靈感，在他的腦海中奔湧不息。他靜默良久，提筆在宣紙上揮毫寫下——與吐蕃通商及削弱吐蕃實力的方略！

這是他有生以來認真寫下的第一篇文章，他要以自己的激情和設想打動封常清，他要取得封常清的鼎力支持，成為對吐蕃貿易的唯一合法商人！

第二天一早，任天翔便去見波斯巨富拉賈。憑著與拉賈的特殊合作關係，他很快就見到了這位龜茲的商界老大。

「說過多少次，沒事別來找我。」拉賈一大早被任天翔從被窩中叫起，心中十分不快，一邊揉著惺忪睡眼，一邊嘟嘟囔囔地抱怨。

任天翔沒有說話，只將昨夜寫成的計畫書遞了過去。拉賈跟唐商做過多年生意，早已精通唐文。看到任天翔的計畫書他沒有出聲，不過朦朧的雙目卻漸漸泛起熠熠的光華。

看完計畫書，他望向任天翔問道，「這是寫給高仙芝的？」

任天翔笑道：「是寫給封常清的。」

拉賈將計畫書還給任天翔：「這麼大的事沒有高仙芝首肯，只怕辦不成。」

任天翔自信道：「我既然能說動封常清，也就能說動高仙芝。在看得見的利益面前，每個人都會做出正確的選擇。」

「年輕人，別太自信。」拉賈揉揉鼻梁，含含糊糊地嘟囔道，「不是每一個人，都如你想像的那般好說話。」

任天翔點頭道：「所以我才將這份計畫先請您老過目，請您老指點，看看能否打動高仙芝？」

拉賈沒有回答，卻反問道：「這只怕不是你的真正目的吧？」

任天翔臉上泛起敬佩的微笑：「您老真是目光如炬，在下不敢再繞圈子。實話實說，這麼大的生意，我一個人吃不下來，所以想找您老合作。」

拉賈嘴邊泛起一絲嘲諷：「合作？你有多少資金？」

任天翔搖頭攤開雙手：「幾乎沒有。」

拉賈一聲輕嗤：「你是想借我的母雞去為你生蛋？」

任天翔搖頭笑道：「我不是要找您老借錢，而是想找你老合作。」

「這有什麼區別？」拉賈笑問。

任天翔耐心解釋道：「這樁生意初期投入很高，而且有一定風險，若是讓您老獨自承擔，我會於心不安。我只要您老預支我今後一年的傭金，作為對我的投資，一年後我若賺錢，會按比例給你老分紅。」

「預支？」拉賈一聲冷笑，「誰能保證與沙裏虎的合作一年之內不出意外？再說，按照飛駝商隊目前的規模，你一年的傭金也不過一千貫錢。這點錢要幹如此大事，只怕是杯水車薪。」

「你老說得也是。」任天翔點點頭，「考慮到與沙裏虎合作的風險，一年的傭金你可以折成五百貫，然後在某個公開的場合『借』給我。」

拉賈眉梢一跳：「這是為何？」

任天翔坦然道：「我在龜茲默默無聞又幾乎無根無業，要想找人入股或借錢，那是千難萬難。不過，如果本地商界老大公開借錢給我，對我個人的信譽是一種無形的提升。龜茲雖不如中原繁華，但東西往來的鉅賈富賈不在少數，相信其中有人會對我的計畫感興趣，有意入股或借錢給我。有拉賈老爺帶頭，會打消他們最後的顧慮。」

拉賈捋鬚瞑目不語，就在任天翔以為他又睡著了時，突聽他輕聲道：

「我可以將一年的傭金折成五百貫錢，在公開場合以借的方式預支給你，不過，我要在你的盈利中占五成的收益。除此之外，你若生意失敗虧本，將以傭金的八成作為賠償，也就是說，你以後只能收取我百分之一的傭金。」

任天翔在心中暗罵拉賈的奸詐，若照他開出的條件，無論自己將來對吐蕃的生意是否賺錢，他都能從中獲利。任天翔不由苦笑：

「您老的條件是不是太苛刻了？實在讓人難以接受。」

拉賈悠然笑道：「生意場上有句老話，叫做不可替代就是無價。我給你的不止是五百貫本錢，還有我拉賈・赫德的信譽支持，這對你來說，就如同你作為我與沙裏虎之間的中間人一樣，都是不可替代，所以咱們都沒有討價還價的本錢。當初你開出的條件我只有答應，同樣，今天我開出的條件你也只能答應。」

任天翔心知拉賈抓住了自己的弱點，他的條件雖然極端苛刻，但自己實在太需要他的資金和信譽支持了。任天翔沉吟片刻，無奈伸出手：「成交！」

拉賈伸手與任天翔一擊，淡淡笑道：「君子一言，快馬一鞭！相信咱們定會合作愉快。」

任天翔點頭苦笑道：「您老似乎總能在談判中佔據主動，無論在什麼情況下，你都能將自己的利益最大化，令在下佩服之至。」

拉賈微微一笑：「這並不是因為我的本事，而是實力的緣故。當你的實力達到一定的程度，各種機會就會主動送上門來。權力、名望和財富就像是磁石，可以吸引這世上絕大多數的東西，無論是金錢、美女、人才還是機會，都難以抵禦它的吸引。你可以用最挑剔的眼光選擇自己感興趣的東西，如果那是你談判對手僅有的財富，你自然能以滿意的價格將它買下來。當你有一天達到我這樣的地位，就會體會到這種坐享其成的感覺。」

任天翔若有所思地點點頭，拱手一拜：「多謝前輩指點，晚輩受教！」

拉賈擺擺手，感慨道：「我老了，這世界終究是屬於你們年輕人。跟我這樣的老人合作不要怕吃虧，因為我們的經歷和感悟，對你們來說就是一筆無形的財富。」他頓了頓，又道，「三天後是我一個寵妾的生日，我會宴請本地的富商巨賈，並將你介紹給他們。我會當著他們的面借你五百貫錢，你能從他們手中籌到多少錢，那就要看你自己的本事了。」

任天翔大喜過望，連忙拜道：「多謝您老提攜，我不會浪費這次機會。」

借錢

第八章

「好了！我對義安堂沒有興趣，咱們還是來談談借款的問題。」

拉賈見眾人開始被任天翔的話打動，連忙岔開話題，「你要以月息一分向我借款，用什麼做抵押？」

任天翔從容道：「就用我任天翔這名字！」

三天後，拉賈在自己的莊園為一個寵妾祝壽，擺下了奢華的壽宴。

如今拉賈的飛駝商隊幾乎壟斷了東去長安的商道，凡經過龜茲的商隊莫不借飛駝旗庇護才能平安過境，因此各路商賈紛紛趕來巴結，壽宴尚未開始，莊園內就已經熱鬧非凡。

「長安義安堂少堂主任天翔前來祝賀！」門房在通報著新來的賀客。

隨著他的通報，風流倜儻的任天翔帶著小澤大步而入。有商賈認出了任天翔，連忙向身旁的人嘀咕道：

「咦！這不是東城大唐客棧的小老闆麼？他是義安堂少堂主？」

「義安堂的勢力竟然滲透到西域了？」

「他跟拉賈老爺是什麼關係？」

……

在眾人的竊竊私語中，就聽拉賈的管家高聲道：「請任公子內殿入席！」

由於前來祝賀的客人太多，宴席分為內外兩處，內殿中的客人不是龜茲商界的頭面人物，就是東西往來的鉅賈富賈，按說一個客棧的老闆是沒有資格與他們同席的，不過，如果是義安堂少堂主，情況自然又有所不同。

內殿中正在表演熱辣的舞蹈，幾個波斯舞孃正隨著音樂翩翩起舞，隨著急促的鼓點聲，舞孃們劇烈地抖動著腰肢，那蛇一般的蠕動和戰慄，令人嘆為觀止。在內殿四周，有十多個各族商賈分坐飲宴，每人各據一席，正在欣賞龜茲樂舞與波斯舞孃的完美結合。

任天翔的到來分散了眾人的注意力，他們都奇怪拉賈竟然讓一個稚氣未脫的少年與他們同席。

主位上的拉賈拍了拍手，幾個波斯舞孃應聲退了下去。拉賈指著任天翔向眾人介紹：

「這位是來自長安的義安堂少堂主，以前我在長安沒少得任堂主照顧，他的兒子就是我的子侄，請大家不要見外。」

眾商家恍然大悟，紛紛向任天翔問好。一個大食商人若有所思地問道：

「聽說任堂主過世後，義安堂的老大是『碧眼金雕』蕭傲。任公子這少堂主的稱謂，是不是有些不實啊？」

任天翔點頭道：「你老說得沒錯，家父去世後，蕭叔叔做了義安堂的大龍頭，在下則被幾位叔叔送到江湖上歷練，輾轉來到龜茲。晚輩初來乍到，還望幾位前輩多多提攜。」

這些商家也都是老江湖，一聽這話，便猜到任天翔在義安堂已經失勢，對他的態度立刻就冷淡了許多。有人乾脆轉開話題，轉向拉賈問道：

「聽說今日的女壽星不僅國色天香，還精通龜茲樂舞，何不請出來讓大夥兒開開眼界？」

拉賈哈哈一笑：「賤內自然是要出來感謝諸位的祝賀。」說著對身後的侍女招招手，讓她立刻去請壽星出來答謝眾賀客。任天翔在拉賈示意下，在末席悄然入座。

樂師奏起了悠揚舒緩的龜茲古樂，隨著這流水淙淙的輕緩鼓樂，一個紗巾遮面的龜茲女子邁著風情萬種的舞步，緩緩由後堂來到了大殿中央。

那女子有一頭耀眼的金髮，襯得牛奶般的肌膚越發潔白無瑕，雖然半透明的紗巾遮住了她口鼻，但依然能看到她的鼻子瘦削高挺，像美玉雕鑄的藝術品一般精緻，她那深藍色的眼眸猶如大海一樣深邃，又如磁石般充滿了一種神奇的魔力，深深吸引了每一個人的目光。

她隨著音樂的節奏在緩緩舞動身體，柔若無骨的雙臂讓人不由自主聯想到春風中的楊柳，曼妙多姿的腰肢猶如水中漫游的長蛇，凸凹有致的身材令人目醉神迷，赤裸的腳腕上那兩串細小的銀鈴，隨著她的舞步發出悅耳的聲響。

她那裸露的小腹平坦而結實，橢圓的肚臍上裝飾著晶瑩的鑽石臍環，隨著她腰肢的扭動，在燈火下閃爍著晶亮的光芒，猶如最亮的星星一般耀眼。

眾商賈轟然叫好，盡皆鼓掌歡呼。

就見那女子並沒有因眾人的唐突有絲毫慌亂，依舊隨著音樂在大殿中翩翩而舞，時而如蝴蝶一般蹁躚，時而又如小鳥一般輕盈。鼓樂漸漸轉急，她的舞姿也隨之加快，翩然若飛鳥在林間穿梭，當她像陀螺般在大殿中央急速旋轉時，陣陣馨香隨著她的舞姿在殿中瀰漫，那絕不是任何香水的味道。

「好！果然是國色天香！」有商賈高聲讚嘆，「原本以為天香之體只存在於傳說之中，沒想到今日竟親眼目睹，實乃平生大幸。」

「啥叫天香之體？」有人好奇問。

「天香之體，就是天然生就的一種體味。」方才那商賈不由賣弄起來，「傳說絕美的女子身體有一種天然的異香，或如玫瑰般濃郁，或如茉莉般清雅，又或如蘭麝般醉人。這種女子萬中無一，實乃上天賜予人間的天使，沒想到今日竟在拉賈老爺府上得見，真是人生大幸！」

說話間，鼓樂突停，那女子也舒緩地伏倒在地，長裙四下散開，如一朵盛開的睡蓮。眾人爭相向拉賈誇讚恭維，波斯巨富捋鬚大笑，對那女子吩咐道：

「快代我敬眾位貴賓一杯，謝謝他們對你的誇獎。」

有侍女立刻捧上酒壺杯盞，那女子倒滿美酒，一一捧到眾人面前。眾商賈見她如此乖

巧識禮，少不得又是一番誇讚。她最後來到末席，手捧玉杯將酒遞到了任天翔面前。

任天翔沒有接杯，卻直愣愣地盯著那女子的眼眸，突然問：

「可兒，你是可兒？」

那女子渾身微顫，眼眸中閃過一絲驚訝，深望了任天翔一眼，立刻低頭避開任天翔的目光，悄聲道：「賤妾名叫黛妮，公子是不是認錯了人？」

任天翔堅定地搖了搖頭。從外貌上，他確實不能肯定眼前這女子就是可兒，可兒的容貌在他的記憶中早已經模糊，但他卻永遠記得可兒身上那獨特的異香，每當她翩翩起舞的時候，她的體香甚至能將蝴蝶引來。所以他堅信，眼前這天香之體的女子，一定就是十二年後的可兒！

「可兒！你一定就是可兒！只有可兒才有這種天然的體香！」任天翔心中一熱，突然伸手捉住了那女子的手。

只見她神情一陣慌亂，急忙抽回手，低頭退後兩步，對任天翔微一鞠躬，然後像逃一樣退回了裏屋。

眾人的目光都落到任天翔身上，眼中俱露出鄙夷不屑之色。

拉賈若無其事地問道：「任公子，你好像是認識賤內？」

任天翔從方才的衝動中回過神來，他深吸口氣定了定神，從容道：

「對不起，方才我將尊夫人認成了一個過去的朋友，所以失態，請拉賈老爺見諒。」

大堂中頓時響起一陣竊竊私語：「這世上還有女人跟拉賈的寵姬一般漂亮？實在令人難以置信。」

「聽說姓任的在長安就是有名的花花公子，一向見色忘性，莫非是老毛病又犯了？」

「這小子膽子也太大了，眾目睽睽之下，竟敢調戲拉賈老爺的心肝寶貝！」

……

拉賈對眾人的竊竊私語置若罔聞，手拈髯鬚若無其事地問道：

「任公子，你前日好像說過要跟我借錢，月息是一分，不知想做什麼？」

任天翔一怔，沒料到拉賈突然提起這事，不過，他也是心思敏捷之輩，稍一沉吟便道：「沒錯！義安堂派遣我到西域發展分舵，但我所帶資金不夠，所以想得到您老和各位本地豪紳的支持。」

與吐蕃人貿易畢竟還只在計畫中，若無官府允許就是通敵，是殺頭的罪名，所以任天翔不能以此為公開的借款理由。

「義安堂是個什麼樣的幫會？」一個大食富商問道。

任天翔想了想，從容道：

「義安堂最早創立於隋朝末年，在隋末群雄並起、天下大亂之際，義安堂開堂祖師以『義安天下』為宗旨，在各地秘密發展幫眾，團結各階層人士，保護大家免受官府和盜匪的侵害，並協助各路義軍討伐荒淫無道的隋煬帝，曾經名噪一時。後來李唐興起，天下初定，各路義軍及江湖勢力或被招安，或被剿滅。義安堂也因此沒落，漸漸不為世人所知。再後來武則天篡奪李唐江山，天下又見亂象，家父任重遠與一干兄弟重舉義安堂大旗，協助當今聖上奪回李唐江山，平定了韋皇后和太平公主的宮闈之變，重開開元和天寶盛世，為大唐王朝的復興立下了汗馬功勞。所以成為朝廷默許可以公開活動的幫會。」

「義安堂在西域發展，對我們有什麼好處？」一個龜茲商人問。

任天翔從容道：「我們都知道，社會必須有秩序，百姓才能安居樂業，商人也才有錢可賺。但官府作為社會秩序的維護者，總有力量無法企及的地方，因此就需要像義安堂這樣的幫會作為補充。簡單說來，長安因為有義安堂，任何盜匪都不敢輕易涉足；龜茲沒有義安堂，所以才會任由像沙裏虎這樣的盜匪坐大。」

「這麼說來，義安堂倒成了保護鄉鄰的天使？」一個大食商人調侃道。

「義安堂不是天使。」任天翔款款道，「它就像百姓在面對盜匪威脅時，自發組織起來保護家園的民間團體。有人說它義薄雲天，也有人說它無惡不作，其實這都是誤解。它無論為善為惡其實都有底限，它最大的作用還是維護一方秩序，以保護自己和鄉鄰的利益為己任。」

「好了！我對義安堂沒有興趣，咱們還是來談談借款的問題。」拉賈見眾人開始被任天翔的話打動，連忙岔開話題，「你要以月息一分向我借款，用什麼做抵押？」

任天翔從容道：「就用我任天翔這名字！」

拉賈一聲冷哼：「任堂主若還在世，他公子的名字倒還值幾個錢，現在這名字卻是一錢不值。不過，看在你過世爹爹的份上，我給你一個機會。」拉賈說著，示意侍女倒上滿滿一碗酒，然後指著酒道，「一碗酒一百貫，你能喝多少我就借你多少。」

任天翔一看那酒碗的大小，不禁面有難色。那一碗酒差不多有小半斤，如果向拉賈借五百貫，那得喝五碗酒，就算他酒量過人，恐怕也是非醉不可。

他還在猶豫，眾商賈已紛紛鼓噪起來。沉悶的酒宴上如果有個可以戲耍、灌醉的對象，無疑會讓酒宴的氣氛活躍許多。

任天翔知道拉賈是因為惱怒方才自己的失禮，故意借機報復。他一咬牙，端起酒碗道：「多謝拉賈老爺賞酒。」說完一飲而盡。

在眾人的叫好聲中，任天翔連喝了五碗烈酒，頓感到腹中火燒火燎，眼前一片眩暈，所有人看在眼裏都有些朦朧。他拼命告誡自己要堅持，絕不能這麼快就倒下。

「呵呵，獨樂樂不若與眾樂樂！」拉賈呵呵大笑，環視眾人問道，「你們有誰也想借錢給他，一百貫一碗。咱們打個賭，看看誰能將他灌倒。最後的勝利者可以從我的舞姬中挑兩個帶走！」

眾商轟然叫好，爭相道：「我借他一百貫，這碗酒定要將他灌倒！」

「我借兩百貫！這是我的兩碗酒。」

「我借三百……」

一百貫在常人眼裏是筆鉅款，但在這些富商眼裏不過九牛一毛。眾人爭相倒酒，一賭今日的運氣。任天翔知道這是拉賈在故意給自己出難題，報復自己方才對他寵妾的唐突。任天翔只得咬牙應承，來者不拒，一連乾了十幾碗烈酒，最後轟然醉倒，不醒人事。

任天翔醒來時，已是第二天下午，睜眼一看，卻發現置身於大唐客棧自己的房間。他晃晃依舊暈沉沉的頭，掙扎著開門下樓，卻見客棧中空空蕩蕩，就只有周掌櫃和小芳二人在店中。

「你終於醒過來啦？」小芳連忙捧著茶水過來問候，「昨晚你可嚇死大夥兒了，醉得不省人事，被人用馬車送回來都不知道。」

任天翔努力回憶了片刻，只記起自己為了借錢拼死豪飲的情形，之後的記憶完全一片空白。他接過茶水一口而乾，然後揉揉依舊還有些痛的太陽穴問道：

「送我回來的人，沒留下什麼話？」

「哦！對了！」小芳連忙去櫃檯後拿出一疊文書，遞給任天翔道，「送你回來的人留下話說，借條已經替你寫好，你簽上名按上手印後，就可以拿借條去拉賈老爺府上提錢。」

少女臉上有著莫名的擔憂，「你幹嘛要借那麼多錢？我這輩子都沒見過這麼大的數目！」

老掌櫃也過來問道：「公子，你要用錢可以先向我們借，幹嘛要去借高利貸？月息一分的高利，萬一要還不上，可就要傾家蕩產了。」

「有多少？」任天翔急忙接過借條，草草點了點，竟有一千一百貫之巨！加上拉賈的五百貫，也就是說，他已籌到一千六百貫，比他預計的要好多了。他興奮地一彈借條，「太好了，我終於可以大展拳腳！」

周掌櫃憂心忡忡地問：「公子，月息一分，一年後連本帶利全部要還清，做什麼生意能賺到那麼多錢？要是一年後還不上，只怕……」

「你別擔心，我自有分寸。」任天翔打斷了周掌櫃的話，環顧空蕩蕩的客棧問道，「他們人呢？都到哪兒去了？」

「哦！是高仙芝將軍遠征歸來，今日午時就要入城。」小芳連忙解釋道，「客人和夥計們都去街頭看熱鬧。聽說高將軍俘虜了不少石國和突騎施貴族，所以大家都爭相去迎接大軍凱旋，我只好和爺爺留下來看門。」

任天翔聞言，不由皺起了眉頭：「石國和突騎施好像都是咱們大唐屬國，一向按時朝貢，對朝廷恭敬有加，高將軍為何要征伐他們？」

周掌櫃看看左右無人，壓著嗓子低聲道：

「聽住店的商販私下議論，說石國人善於經商，又正好處在東西往來的交通要道，因此舉國上下極其富庶，就連王宮的大門都鑲金嵌銀，極盡奢華。高將軍是覬覦石國財富，找個藉口進行搶劫，這事西域諸國商賈幾乎人人皆知。至於征伐突騎施，不過是順手牽羊罷了。」

「有這等事？」任天翔十分驚訝，「高仙芝如此背信棄義，濫用武力，豈不是四面樹敵，將大唐的盟國都趕到勁敵吐蕃那邊？」

周掌櫃嘆道：「軍國大事，咱們小老百姓也不知就裏，只聽商旅們議論，大多是在指責高將軍的不義。」

「我也去看看，見識一下這個傳說中的西域之王！」任天翔說完，丟下周掌櫃和小芳，匆匆出得客棧，朝人多的地方趕去。

隨著人流來到西長街，就見原本熱鬧非凡的長街中央早已清空，數萬百姓正守候在長街兩旁，既興奮又焦急地等待著大軍的到來。

任天翔擠進人叢，正想找找小澤和客棧的夥計，就聽一陣馬蹄聲，兩名打前哨的遊騎，縱馬由西向東馳過長街，邊打馬邊高呼：

「高將軍率軍入城了，閒雜人等快快退後！」

街道兩旁維持秩序的兵卒立刻將圍觀者往後又趕了趕，留出個兩丈多寬的甬道。沒過多久，就見一彪人馬絡繹不絕，入西門向東緩步而來。

領頭的是個身材修長、面容俊美的中年將領，看模樣只有四十出頭，劍眉朗目，鼻直口端，濃密的髯鬚修剪得短而工整，顯得人十分的精神。那半開半合的眼眸中偶有精光射出，即便面帶微笑，也令人不敢直視。

真是難得一見的美男子！

人叢中的任天翔從那將領的甲冑認出了他的身分，不由在心中暗讚。雖然早聽說過高仙芝的大名，但真正看到才知道，這樣的人僅從外貌來看，就已經是萬中無一，難怪被朝廷倚為安西四鎮的中流砥柱。

在百姓的夾道歡呼聲中，數萬安西兵列隊緩緩入城。雖然他們經歷了幾個月最嚴酷環境下的征戰殺伐，但臉上依舊洋溢著凱旋而歸的自豪和驕傲。安西軍在高仙芝率領下已經在西域征戰多年，是一支被西域諸國視為不可戰勝的鐵軍。

隊伍一撥撥緩緩而過，走在最後的是被俘的石國大臣，以及突騎施可汗移撥及其部眾。無論國王還是大臣，盡皆衣衫襤褸，神情呆滯，完全沒有一點國君的威儀。任天翔看到他們的模樣，心中也不禁生出一絲惻隱。尤其那些被俘的公主和王妃，更是讓他心生憐惜。

凱旋的安西軍終於走完，夾道歡迎的百姓也陸續散去。任天翔想起封常清所要的計畫書，便匆匆趕到都護府。就見都護府門外人來人往，卻是高仙芝凱旋而歸，龜茲各方頭面人物紛紛趕來祝賀。

任天翔知道現在不是去見封常清的好時候，正在門外猶豫，突聽身後戰馬嘶鳴，跟著是一聲暴喝：「呔！你小子鬼頭鬼腦在都護府外探望什麼？」

任天翔嚇了一跳，回頭一看，就見一郎將身裹甲冑，倒提陌刀，帶著兩個隨從勒馬立在自己身後。

那郎將雖然坐在馬鞍上，依舊能看出其身量高大，眉目彪悍威猛，令人側目。任天翔忙道：「在下是要去見封常清將軍，但見都護府人來人往，所以遲疑。」

那郎將有些驚訝，將信將疑地打量著任天翔：「你是什麼人？」

任天翔坦然答道：「在下是城西大唐客棧的老闆。」

那郎將越發狐疑起來：「你一個客棧老闆，怎麼會認識封將軍？又見封將軍做甚？」

任天翔不亢不卑地笑道：「這就是我的問題了。將軍若是有空，還勞煩你替我通報一聲，將軍若有軍務在身，在下也不敢麻煩將軍，請將軍自便。」

那郎將沒想到任天翔竟敢拒絕自己的盤問，臉色不由一沉。不過，任天翔的談吐氣質讓他猜不到底細，他不敢魯莽，忙轉頭對一名隨從吩咐道：「老張，你去通報封常清將軍，就說門外有個叫……」說到這突然想起還不知道別人的名字，便將目光轉向了任天翔。

「在下任天翔，一說這名字封將軍肯定知道。」任天翔答道。

隨從領令而去後，那郎將卻沒有走開，他緊盯著任天翔，那目光就像是在盯著一個奸細。任天翔被盯得渾身不自在，不由笑問：「還沒請教將軍大名，不知可否見告？」

那郎將臉上閃過一絲自傲：「本將軍就是陌刀將李嗣業，專門負責高將軍的安全。」

任天翔啞然失笑：「難怪你如此警惕，果然是個稱職的護衛將領。」

說話間，就見方才那隨從快步而回，向李嗣業稟報：「封將軍速請任公子進去，任何人不得阻攔。」

任天翔對李嗣業拱拱手，大步進了府門。

都護府後堂中，封常清看完任天翔呈上的《與吐蕃通商及削弱吐蕃實力的方略》，不由讚許地點了點頭：「這計畫確有可行之處，尤其是以貿易代替戰爭來削弱敵方實力，暗應了不戰而屈人之兵的古訓！走！我這就帶你去見高將軍。高將軍剛剛凱旋歸來，心情正好，看到這計畫必定會全力支持。」

任天翔隨著封常清來到都護府後院，高仙芝卻正在沐浴，二人只得等在浴室外。

半個時辰後，才見高仙芝披著浴袍出來，早有丫鬟已在廊下鋪上涼榻。

高仙芝在涼榻上慵懶地躺下來，淺淺抿了口涼茶，這才目視封常清。封常清連忙上前兩步：「請恕卑職打攪將軍沐浴，我是看到一篇有利於對付吐蕃的計畫書，所以忍不住將計畫書和它的作者帶來見將軍。」

任天翔在封常清示意下，連忙上前一步，拱手一拜：「草民任天翔，拜見高將軍。」

高仙芝木無表情地打量了任天翔一眼，一聲冷哼：「你就是任天翔？」

任天翔點了點頭，忙將手中的計畫書呈過去，並將其主要內容簡單說了一遍，最後道：「我希望與高將軍合作，用貿易手段來削弱吐蕃實力，增強安西軍的遠征優勢。只要將軍特許我與吐蕃通商，我將用絲綢、瓷器、名茶、美酒等奢侈品，為你換來高原上最好的吐蕃馬。」

高仙芝接過計畫書，看也不看便扔到身後的池塘中，對一臉愕然的任天翔冷冷道：「你是什麼東西？有什麼資格跟本將軍談合作？」

任天翔意識到自己的輕狂，連忙改口道：「請將軍恕罪，草民是求高將軍給我這次機會，為您老效勞。」

高仙芝一聲冷笑，傲然指指自己腳下：「既然是來求我，就先給我跪下！連這點誠意都沒有，我怎麼答應你？」

任天翔愣在當場，長這麼大，他只跪過母親，連父親去世他都沒跪拜過。要他向高仙芝下跪，他說什麼也做不到，哪怕這關係著他今生最大一次機會。

他正在猶豫，突然看到高仙芝眼眸中的調侃和戲謔，猛然醒悟。高仙芝根本無意給自己這次機會，鄭德詮的死因，想必高仙芝已經一清二楚，礙於封常清的面子，他不找藉口收拾自己就已經是萬幸，怎麼會答應與仇人合作？

想通這一點後，任天翔無奈嘆了口氣，對高仙芝拱手一拜：「我一向對將軍敬仰有加，這才毛遂自薦來見將軍，卻沒想到將軍如此待人，我只好遺憾告退。」

任天翔無視封常清的眼色，過去撈起池塘中的計畫書，仔細收入懷中藏好，然後對高仙芝和封常清拱拱手，傲然大步而去。

任天翔這一走，封常清神情十分尷尬，遲疑片刻方道：「高將軍，鄭德詮的事……」

「你不用解釋！」高仙芝抬手打斷了封常清的話，「我已經知道事情原委，你做得很對，鄭德詮死有餘辜！從今往後，我不希望有人再在我面前提起這事！」

封常清眼中閃過一絲感動，拱手道：「多謝將軍理解，這事是卑職所為，將軍何必要遷怒於任公子？」

高仙芝不悅地瞪了封常清一眼：「我剛說過不想再聽到此事，你是不是當本將軍的話只是耳旁風？」

「不敢！」封常清連忙低下頭，「那……卑職告退！」

徜徉在熙熙攘攘的街頭，任天翔心情異常鬱悶。滿腔激情想幹一番大事，卻被人兜頭潑了一瓢冷水，那感覺就如赤裸裸墜入冰窟，讓人渾身涼透。高仙芝是西域之王，對吐蕃通商這等大事，如果沒有他點頭，封常清也不敢越雷池一步，任天翔對此一清二楚。但要他向高仙芝下跪懇求，他無論如何也做不到。

在街頭溜達了不知多久，不知不覺天色已近黃昏，任天翔抬頭一看，發現自己來到了拉賈的莊園。想起前日借下的那些錢，如果對吐蕃通商的計畫落空，那每月一分的利錢他無論如何也承受不起。幸好這些錢他還沒拿到手，借條也還沒有摁手印，現在反悔也還來得及。

在莊園偏殿中見到拉賈時，這波斯商賈正在用他的晚膳。面前的案几上堆滿了瓜果美酒和各種糕點，一旁有廚師在烤著一隻肥羊，刺鼻的香味讓任天翔突然想起自己已半天沒吃東西。拉賈卻並沒有讓任天翔入座的意思，只不冷不熱地問：「見我何事？」

幾個姬妾在伺候著拉賈吃喝，其中並沒有可兒，任天翔心中稍安，囁嚅道：「我的計畫出了一點意外。」

拉賈抬頭掃了任天翔一眼：「是被高仙芝否決了？」

任天翔有些驚訝拉賈的敏銳，跟著意識到，這結果早已被拉賈料中，這老狐狸不加阻止甚至積極支持，就是要讓自己去碰這個南牆，然後再回頭去求他。任天翔心中暗讚拉賈的老奸巨猾，無奈點頭道：「沒錯。」

「錢的事你不用擔心。」拉賈用刀叉了塊烤羊肉塞入口中，邊咀嚼邊嘟囔道，「那些借款現在還在我這裏，你還沒有提走，借條也還沒有按上手印，我明天就將那些款子送回去。一月一分的利錢，確實不是一般人可以承受。」

任天翔很感激拉賈的大度，正待道謝，突然發現拉賈隱藏在眉稜下的三角眼中，閃過一絲隱約的得色。任天翔心中一驚，突然意識到自己差點又中了這老狐狸的圈套。拉賈若幫自己將那些高利貸退回去，雖然可以避免財產上的損失，但從今往後，自己在龜茲甚至整個西域的信譽就一錢不值。一個不講信譽出爾反爾的小人，任何商人都不會再跟他打交道，自己將徹底失去進入龜茲上流社會的機會，以後都只能托庇於拉賈的羽翼下，做個仰人鼻息的可憐蟲。

想通這點，任天翔頭上冷汗涔涔而下。在官府力量薄弱，各民族矛盾複雜的西域，維繫各族商賈間合作和交往的基礎就是信譽，所以很多人都將它視為生命。錢虧了還能再賺，信譽破產恐怕就很難再翻身。

任天翔很快就想通了其中的利害關係，他哈哈一笑：

「多謝拉賈老爺好意，不過，任某雖然年少，卻也知道言出必踐的道理。那些錢既然大家都已經借給了我，所缺的不過是最後的手續而已，我豈能反悔？我今天來就是通知您老一聲，請您老預備好那筆款子，我隨時會拿借條來提錢。」

拉賈眼中閃過一絲狐疑：「如果對吐蕃通商的路子被堵死，你拿什麼來還如此高利？」

「那是我的問題，您老不必替我操心。」任天翔一臉的自信。如果將這筆款子拿去搏一搏，最壞的結果也就是傾家蕩產、聲名狼藉，再難在西域立足。如果就這麼退回去，雖然可以保住自己現有的財產，但信譽破產後，自己也別想再在西域出人頭地了。

強壓下想見可兒一面的衝動，任天翔默默離開了拉賈的莊園。他知道自己在拉賈面前還只是個無足輕重的小角色，要想見可兒一面，那是千難萬難。

強迫自己暫時忘掉可兒，任天翔心中稍感輕鬆。他已經暗下決心，無論如何也要在龜茲有所建樹，成為龜茲乃至西域的風雲人物，只有這樣才有可能再見到可兒。不過，要想儘快在西域有所作為，靠開客棧和做東西往來的商人肯定是太慢，只有與吐蕃通商才是捷

徑，而打通對吐蕃通商的各種障礙，這既是挑戰，也是機會。高仙芝如果那麼好說話，這機會也輪不到他任天翔。想通這些，任天翔心情豁然開朗，心中充滿了面對挑戰時的興奮和衝動。

任天翔回到大唐客棧時，天已黑盡，先前出去看熱鬧的褚然、褚剛兄弟，以及小澤等人都已回來，正議論著高仙芝凱旋入城時的威儀，言語中不無羨慕。

眾人見任天翔回來，紛紛上前問候。任天翔草草與眾人打過招呼，然後將小澤帶到自己房間，對他道：「你在龜茲還有沒有朋友？」

小澤連連點頭：「有！我在賭坊跑腿的時候就有好多朋友，既有街頭小混混，也有大戶人家的小廝，還有在賭場和青樓跑腿的小夥計。」

「太好了！」任天翔拍拍小澤的肩頭，「你去櫃檯上支一貫錢，然後去找你那些朋友。記住，要找嘴巴牢、講義氣和信得過的朋友，讓他們幫我打探高仙芝的一切情況。比如家裏都有些什麼人，最喜歡什麼人，又最怕什麼人。總之，與高仙芝有關的一切人和事都不要放過。你不用心疼錢，不夠就去櫃檯支取，只要能讓你那幫朋友盡心幹活，請他們喝酒吃飯賭錢都可以。」

小澤雖然年少，卻也是個眼光活絡、心有七竅的聰明人，立刻知道這事的重要，連忙點頭：「沒問題，我明天就去辦！」

「你現在就去！」任天翔看看窗外天色，「這個時辰很多賭場才剛開始營業。你帶上錢去賭場轉轉，找到朋友就請他們玩兩把，然後把這事託付給他們。」

「明白了！我這就去辦！」小澤應聲而去，沒有再多問一句。任天翔很喜歡小澤這一點，既能很快領會自己的意圖，又不過多地追問其中的秘密。

小澤離去後不久，周掌櫃就苦著臉進來，低聲問：「公子，你讓小澤在櫃上支了一貫錢？」

「是啊，有什麼問題？」任天翔問。

周掌櫃搓著手遲疑道：「客棧自從重新修繕後，生意並不比以前好多少，雖然省下了應付馬彪他們的例錢，每月卻也沒什麼結餘。現在又加上吃閒飯的褚氏兄弟，客棧基本已無錢可賺。如果公子還時不時讓人在櫃上支錢，恐怕遲早要入不敷出了。」

「客棧的生意不好？」任天翔皺起眉頭。

「相當不好。」周掌櫃嘆道，「如果沒有這些額外的支出，還能勉強維持，現在恐怕……」

「好了，我知道了。」任天翔打斷了周掌櫃的訴苦。

客棧的經營情況他也心知肚明，比他當初預計的差了很遠，他不禁在心中暗嘆：看來要想客棧生意有所好轉，光靠修繕客棧內外還不夠，還得從根本上作出改變才行。除此之外，周掌櫃顯然也只是個合格而不是優秀的經營者，不然大唐客棧經營了這麼多年，也不至於才到現在這樣的規模。不過，現在他還沒有精力來處理客棧的生意，只能安慰周掌櫃兩句後，將他打發出去。

小澤不愧是個消息靈通的小地頭蛇，三天後就帶回了不少與高仙芝有關的消息。其中一條尤其引起任天翔的注意，原來高仙芝是個孝子，對母親高夫人言聽計從，而高夫人篤信佛教，每逢初一和十五，都要到龜茲郊外的紅蓮寺上香拜佛。任天翔立刻從中看到了一個機會。

「快去打探紅蓮寺的情況，任何消息都不要錯過。」任天翔立刻向小澤發出了新的指示。

做法

第九章

三人來到大雄寶殿外，往裏望去，就見在誦經的眾僧之中，
一個背影單薄的白衣少年跪在如來神像前，
雙手合十一動不動，雖不見其面目，也可想見他的虔誠。
在如來神龕前的供桌上，一高一矮立著兩塊牌位，
那就是眾僧要超度的亡靈了。

紅蓮寺位於龜茲近郊，是當年龜茲的國寺，也是整個西域屈指可數的佛家寺院，香火曾盛極一時。不過自從唐軍佔領龜茲後，紅蓮寺就衰敗下來，直到高仙芝主管安西四鎮軍務，將母親高夫人接來龜茲，在篤信佛教的高夫人幫助下，紅蓮寺才稍稍恢復了往日的盛況。

這日又逢十五，高夫人像往常一樣，一大早就乘馬車來到紅蓮寺。她雖然貴為安西節度使的生母，卻沒有半點豪門貴婦的驕橫和自負，從小就熟讀經典史籍的她，知道太多因富貴而淫，最終悲慘收場的典故，因此，她要借佛門的慈悲，化解兒子在征戰殺伐中造下的罪孽，尤其兒子遠征石國歸來，帶回大量金銀珠寶和石國王公貴族俘虜，更令她心生忐忑，所以一大早就來到紅蓮寺，想為兒子求上一籤，問個吉凶。

馬車在寺門外停下，隨行的護衛見廟門緊閉，正想上前拍門，就見一個小沙彌從邊門快步迎了出來，對剛下馬車的高夫人打了個稽首：

「對不起高夫人，因為今日寺中要做一場法事，所以關閉正門不接待外客。不過，夫人是本寺的老施主，所以方丈特意叮囑我在此等候高夫人，請夫人隨我走側門進寺。」

高夫人尚未開口，隨行的護衛首領李嗣業就不悅地喝道：「誰他媽做法事這麼大的排場，居然要咱們老夫人走側門？」

李嗣業不光身量高大，嗓門也大，把小沙彌嚇了一跳，吶吶地說不出話來。

高夫人連忙喝住這粗人：「李將軍，別嚇壞了孩子！方丈既然派人來領咱們進寺，已經是天大的面子，走哪道門又有什麼關係呢？」說完轉向小沙彌，「既然寺中今日在做法事，老身就帶一個丫鬟進寺吧，以免給寺中添亂，請小師傅前邊領路。」

二人隨著小沙彌從側門進入紅蓮寺，就見大雄寶殿上眾僧林立，俱在瞑目誦經，人人無暇他顧。

高夫人在小沙彌帶領下來到後殿一間偏堂，就見老方丈普陀大師顫巍巍迎了出來，稽首而拜：「老夫人大駕光臨，貧僧未能遠迎，還望恕罪。」

「方丈大師言重了。」高夫人連忙還拜，由於每月至少要來紅蓮寺兩次，她與方丈早已相熟，所以毫無顧忌地問道，「不知今日是誰在寺中做法事，竟包下了整個寺院，讓所有師傅都在為他誦經？」

老方丈將高夫人迎入殿中，令小沙彌奉上香茶，這才嘆道：

「是一個年未弱冠的少年，說是夢見亡故的母親在雨中啼泣，所以堅持要在紅蓮寺為母親做法，超度亡故的母親。老衲見他態度誠懇，情真意切，這才無奈答應下來。沒想到卻給老夫人造成了不便。」

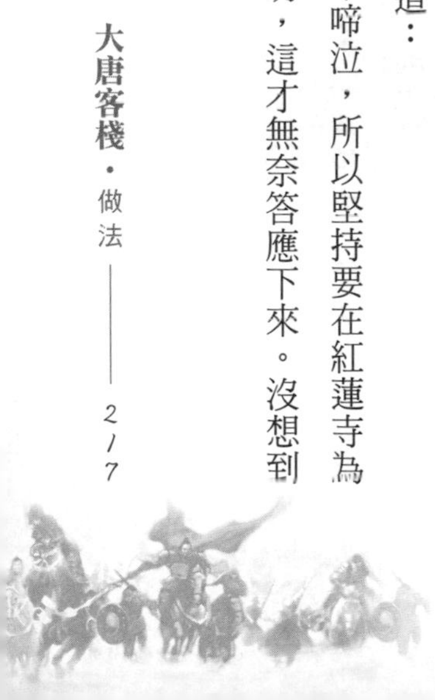

高夫人聞言，擊掌嘆道：「像這樣的孝子，世上實在不多了，別說是大師，就是老身面對這樣的孝子，也是無法拒絕。不知這孩子叫什麼名字？」

「好像是姓任，名字叫做……什麼翔。你看老衲這記性！」普陀大師懊惱地敲敲自己腦袋，轉而問道，「老夫人還是像往常那樣，在觀音大士跟前上炷香，然後去佛堂聽講經？」

高夫人點點頭：「老身還想求支籤，不知方便麼？」

「沒問題！」普陀方丈忙道，「老衲知道老夫人今日要來，特意令弟子將觀音堂留了出來。那裏清靜無人，無論上香、許願還是求籤都沒問題。」

高夫人在丫鬟攙扶下，隨著普陀方丈來到觀音堂。雖然堂中的和尚都去了大雄寶殿做法事，不過有普陀方丈親自為高夫人敲鐘擊磬，也算是給足了她面子。

高夫人在慈眉善目的觀音大士面前點上三炷香，然後三拜九叩，合十許願。做完這些繁文縟節，她才手捧籤筒，在心中默念：大慈大悲的觀世音菩薩，我兒高仙芝這次遠征石國，雖大勝而歸，但擄掠殺戮無度，造下莫大罪孽。望大士看在我兒為國心切的份上，不加怪罪，弟子來年當為大士重塑金身。除此之外，還望大士為化解我兒身上的罪孽，指點一條明路。

隨著籤筒的搖動，一支竹籤慢慢從籤筒中升起，最後清脆地落到地上。高夫人心情緊張地撿起一看，卻是一個下下籤！

普陀大師接過竹籤，然後憑著記憶寫下了四句偈語，高夫人接過一看，卻不甚了了，忙問：「這籤是什麼意思？」

普陀大師沉吟道：「那就要看夫人問的是什麼了。」

高夫人想了想：「我想問我兒未來幾年的吉凶。」

普陀大師面色凝重地拈鬚不語，高夫人見狀急道：「這偈語怎麼解，大師但講無妨。」

普陀大師沉吟良久，終於嘆道：「高將軍殺戮太盛，未來幾年只怕……」

普陀大師話雖未說完，高夫人也知道定不是好事，她不敢再細問，忙道：「就不知可有解？」

普陀大師想了想，沉吟道：「若是夫人日行一善，堅持一年半載之後，或許可解。」

高夫人稍稍鬆了口氣，日行一善雖然說起來容易，但要堅持卻實在不是件容易事，不過高夫人已下定決心，無論如何也要堅持下來，用自己的功德為兒子贖罪。

二人正在閒坐，就見小沙彌匆匆而來，對普陀大師稽首道：「師傅，前邊的法事已正式開始，任公子定要方丈師傅親自主持。」

普陀大師只得讓小沙彌留在殿中伺候，自己則親自去主持法事。高夫人在殿中枯坐良久，聽得前殿眾僧的誦經聲，終按捺不住好奇，讓小沙彌在前邊領路，然後讓丫鬟攙扶著去看個究竟。

三人來到大雄寶殿外，避在廊柱後往裏望去，就見在誦經的眾僧之中，一個背影單薄的白衣少年跪在如來神像前，雙手合十一動不動，雖不見其面目，也可想見他的虔誠。在如來神龕前的供桌上，一高一矮立著兩塊牌位，那就是眾僧要超度的亡靈了。

高夫人仔細一看，立在高處的牌位上寫的是——生母蘇諱婉容之靈位，立在矮處的靈牌寫的卻是——安西都護府歸德郎將鄭諱德詮之靈位。

高夫人一見之下，心中十分詫異，鄭德詮已被封常清打死多日，雖然高夫人一心想為鄭德詮討個公道，要兒子重處封常清，但高仙芝卻始終只在口頭敷衍，甚至連為鄭德詮平反的意思都沒有，逼急了，甚至說他是罪有應得，為此高夫人一直耿耿於懷。沒想到今日竟然有人在此為鄭德詮做法事超度。

高夫人心中既是好奇又是寬慰，很想上前問個究竟，但又怕驚擾了亡靈，她最終還是沒有動，只對小沙彌小聲叮囑兩句後，這才悄然退去。

這場法事一直到黃昏時分方才結束，那少年立刻被方丈領到了高夫人面前。高夫人細細打量半晌，依稀覺著有些面熟，卻想不起在哪兒見過，便問道：「公子是長安人？」

對方臉上立刻閃過少年人特有的胸無城府的驚訝：「夫人怎麼知道？」

高夫人微微一笑：「長安人最是多禮，見到長輩總是不忘鞠躬問好，不像別的地方通常只是拱手作揖。」

少年頓時釋然，連忙鞠躬一拜：「長安任天翔，見過老夫人！」

高夫人笑著抬手示意：「公子請坐，不必如此多禮。」待少年入座後，她忍不住問，「你是鄭德詮的朋友？」

任天翔連忙搖頭：「我與鄭將軍只有一面之緣。」

高夫人越發奇怪：「你與德詮僅有一面之緣，為何在他死後要為他超度？」

任天翔愧疚地垂下頭，黯然道：

「前日夢見先母在雨中涕泣，醒來深感不安，所以決定在紅蓮寺做法事超度先母亡靈。想先母不會無端托夢於我，定是最近我做了什麼事令她傷心，這才以夢相告。我思前想後，才想起鄭將軍是因我而死，先母生前最是信佛，從不殺生，定是因為我狀告鄭德詮，害他被殺，所以先母才傷心難過。也正是因為這個原因，我才要請紅蓮寺的高僧超度鄭將軍亡靈，以贖我之罪。」

「是你狀告鄭德詮，害他被封跋子打死？」高夫人臉色一沉，只感到血往上湧，恨不得將手中茶杯砸向任天翔腦門。她已經記起鄭德詮被打死的當日，這少年也在場，當時因為只顧著救鄭德詮，沒有留意到他，沒想到他竟是害死鄭德詮的元凶！

任天翔面對氣得渾身哆嗦的高夫人，坦然點頭道：「鄭將軍雖然不是死在我手裏，但如果不是因為我向封將軍告狀，鄭將軍也未必就死。早知如此，我真該老老實實交保護費，既不會害死鄭將軍，又不會令先母在地府也不得安生。」

「什麼保護費？德詮究竟是為什麼被活活打死？」高夫人厲聲質問。

任天翔連忙將鄭德詮欺壓龜茲商戶的劣跡，添油加醋地告訴了高夫人。

高夫人聽完後，心情不再那麼憤懣，聽到還有商戶被鄭德詮逼死，她的臉上不禁有些掛不住，斥道：「你別信口開河，德詮是我看著長大，雖然平日恣意妄為了一點，但心地並不壞，怎麼會做下如此惡行？」

任天翔苦笑道：「夫人若是不信，儘可派人問問龜茲商戶，在下若有半句虛言，願為鄭將軍陪葬！」說到這，他嘆了口氣，「鄭將軍逼得大家走投無路，我這才無奈向封將軍告狀，原本只是想讓鄭將軍收斂一些，沒想到……唉，總之，鄭將軍是因我而死，我心中一直愧疚不安，所以才請紅蓮寺諸位大師超度鄭將軍亡靈。」

任天翔說得情真意切，加上他那雙少年人特有的清澈眼眸，不由高夫人不信。她怔怔地望著虛空默然半晌，最後搖頭嘆道：「如果真如你所說，德詮也確有該死之處，難怪仙芝死活不願懲處封常清。」

任天翔忙道：「鄭將軍雖有不是，卻也罪不至死。都怪我一時衝動，害了鄭將軍。尤其那天看到他母親那悲痛欲絕的模樣，我就心如刀割，恨不能以身相代！」

高夫人想起鄭德詮那日的模樣，也怔怔垂下淚來：

「德詮是我看著長大，就如自家子侄一般。少了他在跟前請安問候，我這心裏就像少了點東西，空蕩蕩十分難受……」

任天翔連忙起身一拜：「如果夫人不嫌棄，就讓我代鄭將軍孝敬您老。鄭將軍因我而死，我若能替他伺候老夫人，也可稍稍減輕我的罪孽。再說，從小母親就離我而去，我一直是個孤苦伶仃的孤兒，今日見到老夫人，就像見到母親一般親切，如果能時時侍奉老夫人左右，我這孤苦伶仃的孩子，也就總算有了個倚靠。」說到最後，聲音竟有些哽咽起來。

任天翔這番話倒不全是信口開河，自從母親去世後，他就將心中的感情徹底冰封，再不向外人流露。今日為了討好高夫人，他不得不將感情徹底投入，以至於忘了自己是在演戲。

高夫人心中感動，但卻還是連連擺手：「不可不可！我兒早就叮囑過，萬不可亂攀親戚，更不可讓人鑽營苟且。我與公子素昧平生，怎敢要公子伺候？」

一旁的普陀大師笑著插話道：「夫人此言差矣！凡事都講因緣。今日夫人到敝寺為兒子求籤，正遇上任公子為亡母做法事，這豈不就是一個緣？夫人要日行一善，你看這孩子從小喪母，一直就孤苦伶仃無人照顧，夫人若能收為義子，豈不就是最大一善？」

高夫人聞言啞然，雖然她內心有幾分喜歡這個既孝順又敬佛的機靈孩子，但兒子的叮囑也不可不聽。沉吟良久，她終於想到個折中的辦法，便道：

「德詮的母親鄭夫人，既是仙芝乳母，與我又情同姐妹。如今德詮不在，她便成了無人送終的孤寡，雖然仙芝一直將她當娘一般尊敬，但畢竟不是真正的兒子。如果任公子不嫌棄，我倒有心替她收下你這個乾兒子，這樣一來，你也就如我子侄一般，可以隨時在我身邊伺候。不過，鄭夫人在我府中始終是個下人，所以就怕委屈了公子。」

本來任天翔拜高夫人為母，心中就有些勉強，如今要讓他拜一個都護府的老媽子做乾娘，他無論如何也接受不了。不過他知道這是接近高夫人，最終打通高仙芝這個關節的唯一機會，所以他只稍作遲疑，便強壓下心中的抗拒欣然拜道：

「鄭將軍既然因我而死，我替他孝敬鄭夫人也是應該。只要能時時在老夫人身邊伺候，隨時聆聽老夫人的教誨，孩兒就心滿意足了。」

高夫人喜不自禁地連連點頭：「這孩子真會說話，我這就回去將這喜訊告訴鄭夫人，明天你便到都護府來拜見乾娘吧。」

「多謝老夫人！」任天翔連忙起身拜謝。雖然讓他拜一個老媽子做乾娘，他心底是一千個不願意，但為了自由出入都護府，最終打通高仙芝這道難關，他只得強迫自己放下自尊。那一千六百貫的高利貸就像座沉重的大山，重重地壓在他的肩上，逼迫他不得不低下高傲的頭顱，想盡一切辦法去還債。

高夫人喜滋滋地帶著丫鬟離去後，任天翔忙讓隨行的阿澤將幾大錠白花花的銀子送到普陀大師面前，然後他對普陀大師拜道：「這一百兩銀子是我請眾位師傅做法事的功德錢，多出的部分就算是我捐給紅蓮寺的香油錢，請方丈大師務必收下。」

普陀大師示意小沙彌收下銀子，然後捋鬚笑道：「公子真是太客氣了，老衲就替佛祖暫且收下，算作公子捐資重修大雄寶殿的功德。只要公子虔心向佛，佛祖定會保佑你的。」

任天翔連忙拜道：「多謝方丈成全。我雖有心向佛，奈何對佛理不甚了了，不知方丈能否送我幾本通俗易懂的佛經，使我能領悟到佛門的精髓。」

難得有人對佛門典籍感興趣，普陀大師心下大暢，連忙叫小沙彌去取佛經。任天翔如今是紅蓮寺的大施主，這點要求自然要予以滿足。

黃昏時分，任天翔帶著小澤乘車回龜茲。路上，小澤看著車中那一摞摞的經書，有些不滿地嘟囔道：「值一百貫錢的銀子，就換來這些個破書，真不知公子打的是什麼主意。」

任天翔笑而不答。如果花一百貫錢就能接近高夫人，這錢花得絕對值，何況還有這麼多經書附送。他知道高夫人虔心向佛，如果自己知道些佛經或佛門典故，高夫人定會對自己另眼相看，他已經在心中盤算著明日如何去都護府向高夫人請安了。

第二天一早，任天翔便讓阿普準備了一套純金首飾和一對翡翠手鐲。他知道像鄭夫人這種有身分的豪門僕傭，眼光最是勢利，所以必須以超出她想像的豪闊才能將她征服，令她膜拜。

這套首飾花費了任天翔差不多五十貫錢，加上買通紅蓮寺方丈的開銷，他一千六百貫高利貸還沒賺到一個銅板，就先灑出去一百五十貫，也只有像任天翔這種曾經一擲千金的豪門紈褲，才有這樣的勇氣和魄力。

由於有高夫人事先的叮囑，任天翔帶著小澤順利地進了都護府。高夫人特意在後堂擺下一桌酒席，為鄭夫人和任天翔化解過往恩怨。鄭夫人聽說任天翔就是狀告鄭德詮，害她兒子慘死的凶手，心中對他恨之入骨，只是礙於高夫人的面子，她才勉強答應見他一面。

任天翔一見鄭夫人那怨毒的目光，便知自己準備重禮是對了。他忙將禮盒打開，雙手捧到鄭夫人面前，屈膝一拜道：「老夫人在上，請受孩兒一拜！」

禮盒中那黃澄澄的金首飾，綠汪汪的翡翠鐲子，白亮亮的銀元寶，讓見過世面的鄭夫人兩眼也有些發矇。她想伸手去接，卻又想起對方是害死兒子的幫凶，只得強忍心底的欲望推開禮盒喝道：「你這是幹什麼？想收買老身麼？」

高夫人連忙上前打圓場，她接過禮盒遞到鄭夫人面前，笑道：「老姐姐你多心了。德詮的死不能完全怪天翔，他也不知道那封跛子如此心狠手辣。我見他是真心懺悔又有心贖罪，所以替你做主收下了這個義子。看在老身的面子上，你就不要推辭了。」

不等鄭夫人拒絕，任天翔已捧起酒杯遞到她面前，懇切地道：

「鄭將軍因我而死，天翔心中悔恨萬分，加上有我母親的托夢，不管鄭夫人認不認我這個義子，我都將為夫人養老送終，以贖其罪。」

有人養老送終，出手又如此豪闊，鄭夫人心中的仇恨便有些淡了。她故作勉強地收下禮盒，卻又不冷不熱地道：「難得你真心悔罪，老身也就不再記恨，不過，要我做你乾娘，老身恐怕擔當不起。」

「老姐姐你不用謙虛！」高夫人連忙笑著圓場，「你既是仙芝乳母，又與我情同姐妹，誰敢輕看你一眼？這事我已替你做主，你總不會駁我面子吧？」

有高夫人開口，鄭夫人只好低頭默認。任天翔連忙捧上一杯酒，算是拜了這門乾親。接著，他從懷中掏出一本冊子，雙手捧到高夫人面前：「這次小侄來得匆忙，也沒給嬸娘準備禮物。這是我手抄的一本佛經，送給嬸娘做個見面之禮。」

任天翔改口叫高夫人「嬸娘」，弄得她先是一愣，繼而想起自己與鄭夫人是姐妹相稱，那麼任天翔叫自己嬸娘也算說得過去。她連忙接過經書笑道：

「難得你有這份孝心，我就不客氣收下了。不過，以後你就在心裏將我當嬸娘好了，仙芝最恨有人跟我亂攀親戚，要讓他聽到，不知又要生出多少是非。」

任天翔連忙垂手答應：「是！以後孩兒就在心裏將夫人當嬸娘一般孝敬。」

高夫人滿意地點點頭，隨手翻了翻經書，頓時滿臉驚喜：

「最近老身正在讀這部《金剛經》，苦於書上字太小，看起來十分吃力。沒想到你抄的這部《金剛經》不光字體工整，字也比原來的經書大了一號，老身看起來輕鬆多了。」

「夫人若是喜歡，以後孩兒就繼續抄給你讀吧。」任天翔心中暗喜。他知道高夫人出身豪門，尋常的金銀珠寶也不會放在眼裏，再說，如果送給高夫人的禮物超過鄭夫人，肯定會引起她的嫉妒，所以這份禮物他費了不少心思。從普陀大師那裏瞭解到，高夫人正在讀《金剛經》，他靈機一動，連夜抄了這一冊作為禮物，沒想到竟起到了奇效。以後有經書這個藉口，他就可以隨時來拜望高夫人，只要討得高夫人歡心，不怕攻不下高仙芝這道關卡。

黃昏時分，任天翔心滿意足地帶著小澤離開了都護府。見小澤臉上隱有不屑之色，任天翔不禁問道：「你是不是覺得，我拜一個傭婦做乾娘，實在有些令人不齒？」

「沒錯！」小澤毫不掩飾自己的反感，憤懣道，「我一直將公子視作天人，所以才忠心追隨。誰知公子如此輕賤自己，竟認一個僕婦做乾娘，讓我臉上也跟著無光。」

任天翔微微嘆道：「人要跳得高，必先放低身段，蹲下身體；箭要射得遠，必先接受

弓弦的緊勒，往後回縮。如今這世道，處處講關係，事事靠裙帶，如果沒關係沒靠山，就算你滿身本事恐怕也是一事無成。我也討厭摧眉折腰，我也痛恨巴結權貴，不過，如果這是做事的捷徑，甚至是唯一途徑，我也就只有強迫自己去做。」

任天翔說著，拍拍小澤的肩頭，滿目滄桑地輕嘆，「當年任重遠曾經對我說過這樣一句話：『堅持自己能堅持的，適應自己不能改變的，就是這個世界的最高生存法則。』以前我對這話還體會不深，現在我開始懂了。相信你以後也會慢慢明白。」

小澤似懂非懂地望著任天翔，從對方那略顯憂鬱的眼眸中，他竟看到了不屬於那個年齡的傷感和滄桑。

有了高夫人和鄭夫人這兩大靠山，任天翔隔三差五就去都護府一趟，帶上禮物去看望兩位長輩。對鄭夫人，他主要送值錢的禮物，對高夫人，卻是送親自抄寫的佛經和一些不值錢的小玩意。兩個老婦人各得其所，對任天翔是越來越喜歡。

這天，任天翔像往常一樣又來到都護府，門房與他早已相熟，連忙將他讓了進去。他一邊思忖著如何讓高夫人和鄭夫人做自己的說客，一邊低頭往後院走去，誰知在二門卻被一將攔住去路，抬頭一看，卻是高仙芝的貼身護衛李嗣業。

二人早已見過多次，也算是熟人。任天翔連忙抱拳笑道：「幾天不見，李將軍更見威武，真令人心生敬意。不知李將軍何時有空，小弟想請將軍喝上一杯。」

李嗣業不冷不熱地抬手示意：「公子請留步，高將軍有請。」

任天翔聞言心中一跳，他雖然已討得高夫人和鄭夫人的歡心，但卻還沒有做好與高仙芝見面的準備，所以每次他都避開正門走側門，就是為了不引人注意，沒想到還是被高仙芝察覺。他一邊在心中盤算著此行的吉凶，一邊笑問：「不知高將軍找我有什麼事？」

李嗣業面無表情地道：「這問題公子必須問高將軍才知道，咱們部屬可不敢隨便問將軍。」

任天翔見李嗣業不吐露半點口風，他心中越發感到不祥。不過事到如今也由不得他退縮，他只得硬著頭皮道：「那就請李將軍前邊帶路，領我去拜見高將軍。」

隨著李嗣業來到都護府一間的書房，就見房中燃著龍涎香，高仙芝正獨自在案後捧書在讀。見到二人進來，他揮手令李嗣業退下後，擱下書冊仔細打量任天翔半晌，這才不冷不熱地問：「聽說最近你已成我都護府的常客？」

任天翔正要硬著頭皮分辯，高仙芝已抬手阻止了他。冷冷地盯著任天翔，高仙芝沉聲道：「我平生最恨鑽營苟且之徒，我不知道你用什麼法子討得了我母親歡心，不過我要告訴你，如果你想通過我母親來幫你達成目的，那可就打錯了算盤。」

任天翔微微一笑：「我也最恨鑽營奉承，如果僅靠才能就能得到將軍重用，誰願意去做那鑽營奉承之事？」

高仙芝一聲冷哼：「如此說來，倒是本將軍的不是了？」

任天翔笑道：「俗話說，楚王好細腰，宮中便多餓鬼。如果將軍喜歡奸佞，身邊自然多小人；如果將軍不是因才用人，那有才之士也只好鑽營苟且。就像我洋洋灑灑寫下萬言方略，將軍看也不看便扔進水塘；而我只不過為老夫人抄了幾冊經書，將軍卻於百忙之中親自召見一樣。」

高仙芝一時語塞，雖然帶兵打仗他是難得的將才，但論到機靈巧辯，他哪裡比得上從小就在青樓和幫會中混跡的任天翔。他惱羞成怒地將茶杯重重頓在案上，嘿嘿冷笑道：「小小年紀便不知天高地厚，居然敢厚顏自誇是人才。本將軍倒要問問你，究竟有什麼與眾不同的才能？」

任天翔沒有直接回答，卻笑著反問：「不知封常清將軍在高將軍眼裏，算不算是人才？」

高仙芝點頭道：「封常清是我親自提拔重用，猶如我左膀右臂一般，當然是難得的人才。」

「既然如此，當他向將軍推薦任某時，將軍為何根本不放在眼裏呢？」任天翔咄咄逼人地追問，「當封將軍將他推崇備至的治邊方略呈給將軍時，將軍為何看也不看便扔進水塘？你是不相信封將軍的眼光還是不相信自己的用人？」

高仙芝再次語塞。身為鎮守安西四鎮的節度使，他還從未被人如此當面質問過，尤其對方還是個年未弱冠的少年。平時他身邊大多是唯唯諾諾的部下，即便如封常清這樣敢於據理力爭的心腹，也很難以平等的心態跟他理論，像任天翔這樣大膽和特別的布衣少年，他還從未遇到過。

感覺到自己的威嚴在受到對方的挑釁，高仙芝慢慢端起茶杯小啜了一口，借機稍稍避開對方那咄咄逼人的氣勢。他當然可以令人將這狂妄不羈的少年趕出去，永遠不得再進都護府。但這樣一來，他就給人一種心胸狹隘和軟弱無能的感覺。他是高仙芝，是西域之王，任何人在他面前最終都必須屈膝認輸，這少年也不能例外！

「將你的治邊方略呈上來！」高仙芝以退為進淡淡道。他不信一個年未弱冠的少年，能想出多麼高明的策略和計畫，他準備找出對方的無知和漏洞，大大嘲笑一番，徹底斷了對方的念頭。

任天翔緩緩掏出懷中的計畫書，這計畫書又經過他多次揣摩修改，比之當初更加完善。他原本是想通過高夫人之手將它呈給高仙芝，但卻沒想到，今日高仙芝竟親自開口向他索要，這令他幾乎欣喜若狂。

他正想雙手奉上，心中卻靈機一動，就像精明的商人永遠不會放過待價而沽的機會，他突然三兩把將計畫書撕得粉碎，然後揉成一團，扔進了書案旁的垃圾筐。

這一下大出高仙芝預料，他目瞪口呆地望著神色泰然的任天翔，不知這少年又在玩什麼花樣。

只見任天翔拍拍手上的紙屑，若無其事地笑道：「這計畫書曾被高將軍當作垃圾扔掉，高將軍若想再看，只好去垃圾筐中撿起來。」說完不亢不卑地拱手一拜，「草民卑微之軀，不敢耽誤將軍太多時間，告辭！」

目送著任天翔大步離去的背影，高仙芝不禁捋鬚微微頷首。他知道對方是在玩欲擒故縱的把戲，不過這反而挑起了他心中的好奇。他輕輕拍了拍手，一個丫鬟立刻應聲而入。高仙芝指指書案旁的垃圾筐：「把這團撕碎的文書給我仔細黏好復原，小心別弄壞了。」

丫鬟撿起那團紙屑應聲而去，半個時辰後，終於將黏好熨平的計畫書呈了上來。高仙芝迫不及待地捧起計畫書，逐字逐句將它看完。看完後，他不禁微微頷首，不得不承認這計畫確有可行之處。

「人才啊！」高仙芝在心中暗自讚嘆，「小小年紀便有這般心胸和眼光，加上敢冒奇險的大氣魄，倒與我的用兵有幾分神似。只是這人猶如烈馬，不徹底馴服恐怕不能為我所用。」

重新將計畫書再仔細看了一遍，高仙芝的嘴邊漸漸泛起一絲意味深長的微笑。他終於從這計畫書中看到了一個天大的漏洞，也只有熟悉吐蕃國情的他才能看到這個漏洞。這個漏洞的存在，注定這個計畫將最終失敗！

不過，高仙芝並不打算指出這個漏洞，相反，他還要儘快促成任天翔去執行這個注定會失敗的計畫。既然不用他投入一兵一卒，也不用他花費一個銅板，他樂得看到那個自負的少年栽個大跟斗，等對方山窮水盡之時再施以援手，不怕那小子不感恩戴德投到他的麾下，從此死心塌地為他所用。

「來人！」高仙芝一聲高喊，一個護衛應聲而入。他正要令護衛去請任天翔，卻又突然打住。想起任天翔臨走前欲擒故縱那一手，他一聲冷笑，擺擺手令護衛退下。他打算也吊吊那少年胃口，直到對方也心癢難耐，才放他往陷阱裏跳。

人才如烈馬，不馴不能騎！高仙芝在心中默念著這句個人格言，臉上泛起了成竹在胸

的微笑。

不說高仙芝在盤算著如何馴服任天翔這匹千里馬，卻說任天翔離開書房後，一直不能按捺下心中的忐忑。他知道自己是在賭，就算高仙芝認真看過自己的計畫書，也未必會給自己這個機會，畢竟在西域之王面前，自己只是一個微不足道的小人物。就算沒有鄭德詮這段恩怨，高仙芝也未必會把一個布衣少年的計畫放在眼裏。

只要有一分希望，就要盡十分的努力！任天翔不由自主地想起了任重遠生前最愛說的一句話，從這句話中，他漸漸開始明白任重遠成功的秘訣。他在心中暗暗激勵自己：任天翔，只要還有一絲機會，你就不能有半分的氣餒。自始至終，你都要保持對成功的自信！

這樣一想，他的心情漸漸平復，臉上又恢復了原來的從容和自信。像往常一樣先去拜望了鄭夫人，然後又給高夫人送上新抄的《金剛經》，自始至終他都像往日那樣殷勤和風趣。

由於已經討得高夫人歡心，每次任天翔來送經，高夫人都要留他吃飯聊天。

任天翔從小就在青樓和幫會中長大，三教九流的故事知道不少，那是大戶人家出身的高夫人從未接觸過的世界，每每聽任天翔說起江湖上的奇談趣聞，高夫人都聽得津津有味，加上任天翔最善杜撰和演義，一件平淡無奇的事經過他一轉述，總能勾起別人的興趣。以至於聽任天翔講江湖上的奇談趣聞，竟成了高夫人最喜歡的休閒。

直到黃昏時分，任天翔才被高夫人放出都護府。他來到外面的長街，就見街頭行人行色匆匆，吆喝了一天的商販們也開始收起貨物，帶著一日的收穫心滿意足地回家吃飯。黃昏的街頭沒有了白日的喧囂，只有一日裏難得的寧靜。

漫步在人跡漸杳的街頭，任天翔心情也十分平靜。他漸漸忘掉了壓在肩上的高利貸，攔在自己前進道路上的高仙芝，還有那老奸巨猾的波斯商人和喜怒難測的沙漠悍匪，以及與他們有關的勾心鬥角，他只想像個普通人一樣，好好享受這一日裏難得的寧靜。

在一個幽暗小巷的入口，有個身披輕紗的栗髮女子在向任天翔勾手指。

那女子身材高挑，褐色的眼眸中充滿一種誘惑人的原始魅力。雖然看不到她面巾下的容貌，但就那一雙媚眼也足以勾魂攝魄。任天翔看看自己左右，並沒有任何旁人，可見自己沒有誤會。他不禁有些奇怪，這女子雖然有一種天生的嫵媚，但絕對不會是站街女，而自己以前又肯定沒有見過對方，難道是傳說中的豔遇？

任天翔在長安時雖然不乏有大膽的女人主動勾引，但在這龜茲卻還是第一次。他將信將疑地指指自己鼻子：「小姐是在叫我？」

栗髮女子笑著點了點頭，轉身走向巷子深處。任天翔心中一動：莫非是可兒？是可兒派人來找我？這樣一想他不再猶豫，急忙跟了上去。

誰知剛進入小巷，任天翔就聽到身後風聲倏然而至，不等他明白過來，脖子上便吃了重重一擊，渾身一軟栽倒在地。跟著就見幾個漢子從黑暗處湧出，七手八腳將他捆了個結實，怕他呼叫，嘴裏還塞上了一塊破布。然後幾個漢子用黑布蒙上他的雙眼，將他扔到一輛馬車上，又在他身上蓋上了幾大捆柴禾。

直到馬車開始順著長街疾馳，任天翔才終於明白，這次不是豔遇，而是陷阱。那女子只是個誘餌，自己竟然傻乎乎就跳了進來。

脅迫

第十章

任天翔就要被一刀斷首，那電光火石般的刀光卻又驀然停住，穩穩地停在了任天翔脖子上，剛好觸到肌膚。

那冰涼刺骨的鋒刃令任天翔渾身一個激靈，雙腿一軟差點坐倒在地。

他拼命令自己挺直身子，強自鎮定地哈哈大笑。

馬車不辨方向地向前疾馳，任天翔被顛得七葷八素，差不多半個時辰後馬車才停了下來。有人掀開壓在任天翔身上的柴禾，將他粗暴地拖下馬車，架著往前就走。任天翔雙眼被蒙，看不清周圍情形，不過憑著感覺可以知道，周圍應該是一處人跡罕至的荒涼所在。是鄭德詮的朋友？還是馬彪的兄弟？要不就是綁票的匪徒？任天翔正胡思亂想，突然被人重重地扔到地上，挾持他的漢子小聲對某個人彙報著什麼，用的是一種他從未聽過的語言。

蒙著的黑布被扯掉，嘴裏塞著的破布也拿開，任天翔總算看清了周圍的一切。就見周圍是一個個隆起的小土包，土包前立有墓碑，在朦朧月色下透著森森鬼氣，竟像是一處亂墳崗。

任天翔來龜茲這麼久，還從來不知道龜茲附近有這樣一處墓地。前方空曠處燃著一堆篝火，幾個影影綽綽的人影在篝火旁忙碌。

在任天翔對面，一個身形高大的漢子端坐在一座墳頭之上，目光炯炯地打量著任天翔。篝火的光亮在他臉上跳躍閃爍，使他的臉看起來就像廟裏的猛鬼一般猙獰。

「你在安西都護府是什麼身分？」那漢子開口發問，用的是西域各國通用的波斯語。

任天翔早已熟悉波斯語，不光會聽還會說，不過他卻茫然搖頭，直到那漢子改用蹩腳的唐語第二次發問。任天翔才恍然點頭，臉上裝出終於聽懂的輕鬆。

其時大唐帝國的影響力天下無二，唐語已是西域諸國的第一外語，所以任天翔不怕對方沒人懂唐語。裝著不懂波斯語，他可以從對方的交談中得到更多的資訊。在沒有獲得對方更多資訊之前，他任何脫身之計都用不上。

「我……我不是安西都護府的人。」任天翔裝出害怕的樣子，結結巴巴地道。

「突力，這小子確實不是安西都護府的人。」任天翔身後一個漢子連忙向坐在墳頭的漢子稟報，說的是波斯語，「不過，我們在都護府外潛伏了多日，常常看到這小子三天兩頭就去都護府一趟，肯定對都護府的地形瞭若指掌。我們照你的吩咐不動都護府的人，以免打草驚蛇，所以就把這小子悄悄抓了來。」

雖然這些人都是龜茲人打扮，但長相卻與龜茲人有些不同，大多是高鼻深目，褐色或淺藍色眼瞳，更加接近於波斯血統。任天翔從他們的對話中，總算得知坐在墳頭那個頭領名叫突力，他們綁架自己，原來只是因為自己常常進出都護府，熟悉都護府地形。既不是綁票也不是為馬彪或鄭德詮報仇，這讓任天翔稍稍舒了口氣。

「你對安西都護府的地形很熟悉？你跟高仙芝是什麼關係？」那個叫突力的首領盯著任天翔用唐語問，目光就如狼一般銳利。

「我跟高仙芝沒關係！」任天翔趕緊分辯。顯然這幫人不是高仙芝的朋友，當然要立刻與高仙芝撇清關係。不過他也知道，自己如果沒有利用價值，很可能會被這幫人當成廢物處理掉，所以他又補充道，「不過，我常常去都護府探望我乾娘，所以對都護府的地形還算熟悉。」

那個叫突力的首領目光一亮，從墳頭上跳了下來。他的身材比常人高出一頭，舉手投足間有種逼人的彪悍，尤其那銳利幽藍的雙目，像狼一般咄咄逼人。他在任天翔面前蹲了下來，目光炯炯地盯著任天翔道：

「太好了！你立刻將都護府的地形畫出來，若有半分差池，我就宰了你！」

有漢子將紙墨筆硯遞了過來，在這荒郊野嶺，他們竟然準備了文房四寶，可見他們正是衝著安西都護府的地形圖而來。

任天翔一面在心中揣測著他們的目的，一面畫下了都護府的部分地形圖。他跟高仙芝沒有半分交情，那就沒有必要冒險隱瞞，不過，他對都護府很多地方並不熟悉，只能胡亂畫下個並不準確的草圖。

圖剛畫好，突力不等墨跡乾透就搶了過去，借著搖曳不定的篝火審視起來。他匆匆掃了兩眼便問：「都護府關押囚犯的牢房在哪裡？」

從對方那不同於龜茲人的外表和對都護府牢房位置的關注，以任天翔的精明，立刻就猜到了對方的身分。他突然反問：「你們是石國人還是突騎施人？」

「石國人。」突力脫口而出，跟著一怔，一把抓住任天翔衣襟，「混蛋！你怎麼知道？」

任天翔雙腳幾乎被提得離地，被突力像小雞一樣拎起來。不過他卻並無半分懼色，反而笑道：「近日都護府牢房關著的主要是石國和突騎施俘虜，所以一點不難猜。」

突力目光一寒，冷冷道：「本來我還想留你一命，不過，你既然已猜到咱們身分，恐怕就留你不得。」

任天翔證實了對方身分，心中微微一鬆，他既然知道對方為何而來，就不怕再有性命之憂。他就像精明的商人，一旦發現對方的欲望所在，總能將自己手中的東西賣個滿意的價錢。

面對突力的威脅，他若無其事地笑道：「你就算要殺我，也該等救出你們的朋友再說吧。」

突力想想也對，不由放開了手。

任天翔整整衣衫，看看周圍那十多個面目模糊的人影，笑道：

「我就算給你們畫下了都護府地形，就憑你們這幾個人要想從都護府救人，那也是癡心妄想。何況，我對牢房的地形並不熟悉，你們要照著這圖去劫獄，多半連門都找不到。」

突力與眾漢子面面相覷，眾人用目光交流著彼此的顧慮，不禁有些氣餒。

突力怕手下士氣受到影響，忙對任天翔喝道：「你只管將牢房的位置畫詳細，救人的事不用你操心。」

任天翔淡淡一笑：「我可以盡我所能畫下牢房地形圖，但你知道牢房附近有多少兵士看守？守衛的將領又是誰？」

見眾人盡皆茫然，他笑道，「我雖不知具體有多少守衛看守，但估計不下五百人，而負責守衛的將領是高仙芝的愛將李嗣業。」

任天翔其實並不知道牢房的守衛情況，不過他也聽說過陌刀將李嗣業的大名，那是令所有對手畏懼的猛將和殺神，所以就信口將他抬了出來。就見眾漢子盡皆變色，顯然他們對李嗣業也不陌生。

突力眼中寒芒暴閃，殺氣隱現，手也不由自主握緊了腰間的刀柄。半晌後，他緩緩鬆開刀柄，一字一頓道：「就算是李嗣業守衛，我們也定要救出薩克太子！」

「薩克太子？」任天翔眉梢一跳，「就是石國的太子？」

「現在是我們問你！哪輪到你問我們？」突力一聲冷喝，「你只管將牢房的守衛情況告訴咱們，只要咱們救出太子，我還可饒你一命，否則……」

任天翔一聲冷笑：「那你現在就將我殺了吧，就憑你們這些人，要想在戒備森嚴的都護府救出你們的太子，那是千難萬難！」

「你以為我不敢！」突力倏然逼近一步，拔刀一斬，刀鋒迅若奔雷，直劈任天翔脖子。

眼見任天翔就要被一刀斷首，那電光火石般的刀光卻又驀然停住，穩穩地停在了任天翔脖子上，剛好觸到肌膚，卻又沒有落實。那冰涼刺骨的鋒刃令任天翔渾身一個激靈，雙腿一軟差點坐倒在地。他拼命令自己挺直身子，強自鎮定地哈哈大笑。

突力原本是想以霹靂般的刀法將對方震懾，卻沒想到對方凜然不懼，反而哈哈大笑，他不禁喝道：「你笑什麼？」

任天翔收住笑聲道：「在下爛命一條，生死無足輕重。不過，我的死若能拉上個太子陪葬，倒也死得有些分量。」

突力皺眉喝道：「你這話是什麼意思？」

任天翔微微一笑：「我雖然不是都護府的人，不過，卻也算是都護府的常客，正好又有高仙芝托我做事。如果三天之內我還沒有回報，高將軍定會起疑，如果他查出我的死跟你們有關，那石國太子多半就要人頭落地。」

「你敢唬我？」突力目光一寒，殺氣再現。

「你不信就試試。」任天翔凜然不懼地迎上突力的目光，二人四目交對。

片刻後，突力的目光弱了下來，他從任天翔眼中看不到任何膽怯和心虛，這令他對任天翔的警告不得不重視起來。

任天翔見突力緩緩收起了彎刀，心中暗鬆了口氣。他知道在這種情況下要想保命，就得危言聳聽加虛張聲勢。這幫石國武士對龜茲和都護府的情況並不熟悉，對他的話肯定無從考證。就算不會全信，他們也不敢拿薩克太子的性命去冒險。果然，眾人面面相覷無言以對，突力那逼人的氣勢也弱了下來。

任天翔見狀微微一笑：「其實，只要有內應幫助，救出你們的太子也並非不可能。」

見眾人都有些茫然，任天翔侃侃而談道，「現在你們連薩克太子關在哪裡都不知道，就憑一張不太準確的草圖就想闖進都護府救人？你們至少應該先與薩克太子取得聯繫，再相機行事吧？」

不少人微微點頭，突力皺眉道：「咱們人地生疏，更不認識都護府任何人，如何與太子取得聯繫？」

任天翔笑道：「在下雖不是都護府的人，不過對都護府上下還算熟悉，在都護府內可自由來去，找到你們的太子應該不是難事。」

「你願意幫助咱們？」有人急不可耐地問。

任天翔微微一笑：「我是個生意人，只要價錢合適，任何買賣我都可以考慮。不過，這是個掉腦袋的買賣，沒有讓我滿意的價錢，我絕不會冒這個險。」

「你想要多少錢？」突力皺眉問。

任天翔想了想，笑道：「先說說你們能拿出多少錢。我這人胃口大得很，三五千兩黃金也未必會放在眼裏。不過，你們來自以富裕聞名西域的石國，又是石國太子的手下，想必出得起大價錢。」

「別說三五千兩黃金，就是三五十貫錢我們也拿不出來。」突力冷冷道，「石國的財富被唐軍洗劫一空，就算還剩下點，也要留著救助被洗劫的百姓。我們這次千里救主，只帶了一點給養，全靠一路搶劫堅持下來，不過也因此延誤了時間，沒能追上唐軍，只好追到都護府劫獄。」

「三五十貫都沒有？」任天翔大失所望，他原本想趁機敲這幫傢伙一筆，以補償他們對自己的驚嚇，現在這算盤是打不轉了。不過他眼珠一轉，又有個點子冒了出來。

他對突力曖昧一笑，「你們沒錢也沒關係，今日騙我上鉤的那個美女是誰？把她送給我做個丫鬟，便算作我的酬勞吧。」

「混賬！」突力一聲怒喝，一巴掌便扇在了任天翔臉上，打得他直跌出去，頭暈目眩不辨東西。

突力還不解氣，上前一步踏住任天翔胸口，拔刀喝道，「你這混蛋竟敢辱及太子妃，看我不宰了你餵狗！」

突力說著揮刀欲斬，這時，就聽黑暗處傳來一個女子清冷的呵斥：「住手！」

突力的刀凝在空中，眾武士也都望向聲音傳來的方向，恭敬地垂手而立。就見一個栗髮女子從黑暗處款款走了出來，雖然她臉上蒙著薄薄的面紗，但那雙勾魂攝魄的眼眸和搖曳多姿的身材，依舊給人一種窒息的感覺。

「見過太子妃！」眾武士盡皆低頭拱手，不敢直視，突力也連忙收刀拱手為禮。

就見她款款來到任天翔跟前，示意一名武士扶起任天翔，然後盯著他問道：「方才你們的對話我都聽到了，如果我答應給你做丫鬟，你是否能幫我救出太子？」

任天翔連忙擺手：「太子妃息怒，方才我不知您身分，言語多有冒犯，還請恕罪！」他因為亂說話已經挨了一巴掌，說什麼也不敢再口出狂言。

「你有辦法聯絡上太子，並幫助我們將他救出來？」太子妃目光炯炯地盯著任天翔的眼眸，眼裏充滿了期待。

任天翔方才自稱能幫助突力救出薩克太子，原本是信口胡謅以求脫身，如今面對美人充滿希冀的目光，他有些心虛地吶吶道：「幫你們聯絡上薩克太子應該不難，不過要將他從戒備森嚴的都護府救出，我只能是盡力而為。」

太子妃略一遲疑，正色道：「只要你能幫助我們救出太子，我願為奴為婢，侍奉你終身。你若不信，我願向光明神發下誓言，以示誠懇。」

話音剛落，就見周圍眾武士盡皆變色，紛紛道：「太子妃，不可！」突力更是脹紅了臉，嘶聲道：「你貴為太子妃，怎可出此下策？」

太子妃抬手示意大家安靜，然後環顧眾人，澀聲道：

「石國遭此大難，老國王以身殉國，如今太子便是咱們復國的唯一希望。可惜咱們千里迢迢追到龜茲，卻連見太子一面都不能夠，要想將他從都護府救出更是千難萬難。突力將軍，你與眾侍衛雖然是忠心耿耿的武士，但如果沒有內應幫助，你們的冒險反而會害了太子。如果有人能幫咱們救出太子，我就算為奴為婢也無怨無悔。石國沒有太子妃還可以重新再立，但如果沒有太子，咱們石國將不復存在，無數國人將永遠淪為亡國之奴。」

她的目光徐徐從眾人臉上一一掃過，神色從未有過的嚴肅和堅毅：「如果你們還當我是你們的太子妃，如果你們決心不惜一切代價救回太子，就不要再阻止我。」

眾武士盡皆啞然，只有突力心有不甘地大聲道：「唐人素來狡詐，咱們已領教過唐軍的背信棄義，萬一這小子將咱們出賣，豈不是害了你？」

太子妃淡然一笑，從容道：「我自有分寸，絕不會白白犧牲，我心意已決，你們不必再勸。」說完她緩緩跪倒，舉手望天發誓，「光明神在上，只要有人幫咱們救出太子，我碧雅蘭願為奴為婢，終身侍奉。若違此誓，我碧雅蘭生生世世，永為奴婢。」

眾武士見狀，只得跟著跪倒，望天而拜。雖然眾人說的是波斯語，任天翔卻也聽了個明白，他先前不知太子妃身分，所以故意刁難，沒想到對方竟真的賭咒發誓，令他手足無措，不知如何是好。其實自始至終他都只想著如何安全脫身，謊稱能幫他們從都護府救出太子，不過是緩兵之計罷了。他可不想因為這個就得罪高仙芝，以至無法再在龜茲立足。

碧雅蘭用波斯語發完誓，又用唐語複述了一遍，然後對任天翔道：

「我已向我族最高的神祇發下毒誓，你可以放心了。只要你幫助咱們救出太子，我碧雅蘭願為奴為婢，終身侍奉公子。」
任天翔連忙擺手：「我方才只是玩笑，你千萬別當真。」
碧雅蘭面色一沉，頓時柳眉倒豎，鳳目含煞：「你當我碧雅蘭對光明神發下的誓言是玩笑？」
任天翔雖然不知什麼光明神，但看碧雅蘭和眾武士神情，顯然那是他們最為崇敬的神靈。他連忙辯解道：「我不是這個意思，只是……」
「你不用再說了！」碧雅蘭抬手打斷任天翔的解釋，決然道，「你既然能自由出入都護府，定能找到關押太子的所在。我要你盡你所能，先幫咱們聯絡上太子。」說完，突然抬手在任天翔下頷輕輕一拍，任天翔陡受刺激，不由自主張開了嘴，就見碧雅蘭曲指一彈，一枚丹丸準確地飛入了任天翔口中，順喉而下直達肚腹。
任天翔連連乾嘔，卻哪裡還吐得出來，不由變色道：「你……你給我吃了什麼？」
「沒什麼，不過是一枚七日還而已。」碧雅蘭若無其事地淡然道。
「七日還？那是什麼鬼東西？」任天翔質問。
「是一種致人死命的霸道毒藥。」碧雅蘭嫣然一笑，「七日之內還有解藥可解，超過七日毒性發作，便是神仙也難救了。公子別怪我使此手段，咱們吃過唐人大虧，不得不出此下策。只要公子幫咱們救出太子，我不僅會給你解藥，還將永遠侍奉公子。」

「謝了！身邊要有個身懷劇毒的丫鬟，我恐怕連睡覺都會做噩夢。」任天翔沒好氣地道。

碧雅蘭卻也不惱，淡淡一笑：「從現在開始，我要寸步不離地跟著公子。你要儘快帶我見到太子，記住，你只有七天時間。」

「帶你去見太子？」任天翔嚇了一跳，「你讓我將你帶進都護府去見太子？」

「沒錯！」碧雅蘭淡淡道，「如果你連這點能耐都沒有，你教我如何信你有本事幫咱們救出太子？」

任天翔一窒，無奈道：「好吧，我試試看。不過我要先回我的客棧，不然我那些朋友要到處找我了，他們要找到都護府，你們就危險了。」

「沒問題，我這就陪你回去。」碧雅蘭說完轉向突力，「突力將軍，立刻將我和這位公子送回龜茲，咱們以後還在老地方聯絡。」

馬車重新上路，任天翔依舊被蒙上雙眼，這回他的身上沒有再覆蓋柴禾，只是身邊多了個布釵打扮的栗髮女子。為了不引人注目，她在頭上臉上身上撲了些灰土，看起來就像是被輾轉賣到遠方的波斯女奴一般。

回到大唐客棧已是深夜，就見小芳、小澤、褚氏兄弟等人都焦急地在門外張望。見到任天翔回來，眾人驚喜地迎上前。

小芳更是破泣為笑，連聲埋怨：「都快二更你怎麼才回來？害大家擔心半天。」突然看到跟在任天翔身後的碧雅蘭，她頓時警覺地打量起這來歷不明的女子，不悅地問，「她是誰？」

任天翔在回來的路上就想好了托詞，若無其事地道：

「哦，這是我在路上遇到的一個波斯女奴。她被人從遙遠的西方拐賣到龜茲，受盡了各種折磨。我在一家酒館遇到她時，她正要被人販子賣給一家妓院。她拼死不從，被人販子打得滿地亂滾。我見她可憐，便出雙倍的價錢將她買了下來。正好我身邊也缺個丫鬟伺候，便當是買個高價丫鬟吧，順便也救她一命。就因為這事耽誤，所以回來遲了。對了，她叫碧雅蘭，以後你們有什麼粗使的活兒就儘管使喚，我的丫鬟也就是大家的丫鬟。」

說著，轉向碧雅蘭呵斥，「還不快拜見我這些兄弟姐妹，以後他們的吩咐就如同我的吩咐，不可有絲毫怠慢。」

任天翔恨碧雅蘭以毒藥要脅自己，所以故意借機刁難。碧雅蘭心中氣得七竅生煙，但為了營救薩克太子，只得忍氣吞聲，屈膝望眾人一拜：「奴婢見過諸位大爺和小姐。」

褚氏兄弟和小澤見任天翔突然領回個絕色女奴，心中雖然奇怪，卻也沒有多想，連忙還禮回拜。只有小芳滿是敵意地打量著碧雅蘭，不冷不熱地問道：「你真是個女奴？像這麼狐媚的女奴還真是少見。」

「我也不想賣身為奴。」碧雅蘭淒然淚下，演技令任天翔也暗自佩服，「可恨家裏遭了盜匪，被人從遙遠的大食國掠到這舉目無親的龜茲。若非主人相救，奴婢便要淪落到風塵之中，成為人人輕賤的賣笑女。」

小芳雖然不喜歡這個狐媚的女子出現在任天翔身邊，但畢竟是天性善良的小家碧玉，哪知道江湖上的人心險惡，見她說得可憐，心中便軟了下來，忙道：

「你不用再害怕，你只要跟著天翔哥，就不會再受人欺負。你叫碧雅蘭是吧？我叫小芳，看你比我要大幾歲，以後我就叫你一聲碧姐吧。」

「多謝小芳妹妹，以後你就是我的親妹妹！」碧雅蘭說著盈盈一拜，眼中湧出了感動的淚水。兩個女人片刻間便互生好感，拉著手小聲說話，將任天翔等人晾到了一旁。

任天翔見碧雅蘭三言兩語便贏得了眾人好感，心中不禁暗自惱怒，不過卻又不能明言，只得催促道：「時候不早，大家早些休息吧，明天還要開店呢。雅蘭，你把我隔壁的房間收拾一下，以後你就住我隔壁，夜裏有端茶倒水、更衣解溲的粗活，我也好有個人使喚。」

「是，主人！」碧雅蘭明知任天翔在故意使壞，也只得老老實實地遵命。見她頗不情願地起身去收拾房間，任天翔心中充滿了報復的快感，暗道：若不看你是個太子妃，我就將你安排住進我的臥室，你也只有乖乖聽令。誰讓你是我花錢買來的女奴呢。

好不容易將眾人打發走，任天翔回到自己房間正準備休息，就聽隔壁傳來輕輕的敲擊聲。他愣了片刻才想起隔壁住的是石國太子妃，忙問：「什麼事？」

「明天帶我去都護府，我要儘快見到太子殿下。」隔著薄薄的板壁，碧雅蘭的聲音清晰可辨。

「明天？你瘋了？」任天翔小聲道，「我雖然在都護府可以來去自如，卻也不能隨便帶陌生人進府啊。」

「我不管，總之你要儘快讓我見到太子殿下，你記住，救出太子殿下，你只有七天的期限。」

碧雅蘭的語氣不可動搖，跟她方才的卑謙完全判若兩人。

任天翔無奈嘆了口氣：「好吧，明天我帶你進都護府，不過能否見到你的太子，那得看咱們的造化。」

任天翔對如何將碧雅蘭帶進都護府，又如何在偌大的都護府找到石國太子，心中毫無頭緒。不過，他習慣將解決不了的麻煩留到第二天，待到天明醒來神清氣爽時，再從另外的角度考慮難題的解決辦法。因此他也不再多想，只在心中祈求經過一夜休息後，明日一睜眼，所有的難題都能找到解決的辦法。

第二天一早，當都護府的老門房高老栓打開府門，就見任天翔帶著個波斯女人早已等在府門外。高老栓有些奇怪，忙問：「任公子昨日不是才見過高將軍和老夫人麼？怎麼今日一大早又來了？」

任天翔無可奈何地搖頭道：「還不是我那乾娘，思念兒子常做噩夢，昨日托我幫她找個相師看看。我想咱們以前找的大多是東土相師，看來看去也沒個新意，所以這次就想幫乾娘找個西方相師試試。昨日正好有個波斯女相師在我的客棧投宿，於是我一大早就將她帶了過來。不好意思又來麻煩高爺，這點小錢便請高爺喝個早茶。」說話的同時，將一摞銅錢塞入了高老栓的袖中。

鄭夫人雖然只是高仙芝乳母，但因為得高夫人看顧，在都護府也是無人敢得罪。高老栓掂掂袖中的銅錢，笑容滿面地應道：「些許小事，任公子何須客氣？」說著揮揮手，示意守門的兵卒放二人進去。

進得都護府，任天翔暗鬆了口氣，回頭對跟在身後的碧雅蘭小聲叮囑：

「現在我帶你去見鄭夫人，她是高仙芝的乳母，在都護府很有點根基。她喜歡聽奉承話，無論如何也要把她哄高興，你現在身分是來自西方的相師，定要會點專業用語，不要一開口就讓人看穿。」

「我從來沒幫人看過相！」碧雅蘭連忙分辯。

「沒看過也要學著看！」任天翔斷然道，「現在我想辦法去打聽你們太子的下落，你無論如何不要讓鄭夫人給趕了出去，只要她不趕你，就沒人會去查你的來歷。待我找到薩克太子的下落，會在第一時間通知你。」

碧雅蘭想了想，無奈道：「好吧，我試試，但願不會被人看穿。」說著，她摘下項鏈上的項墜遞給任天翔，「你如果找到太子，就向他出示這項墜，他一見這項墜就知道你是我們的人。」

任天翔心中暗讚碧雅蘭的心思縝密，他收起項墜笑道：「太好了，有這東西也免得我再費口舌。」見碧雅蘭神情有些緊張，他寬慰道，「你不用緊張，那鄭夫人沒見過什麼世面，好矇得很。你只管撿好話說，必要的時候再夾雜幾句波斯語或大食語，定把她唬得一愣一愣的。你只管哄鄭夫人開心，尋找太子的事就交給我好了。」

說話間，二人已來到都護府後院，鄭夫人就住在後院一間廂房。天色尚早，她住的那間廂房門窗緊閉，想必還沒起床。任天翔來到窗前，輕輕敲了敲窗櫺，半晌後，房中才傳出鄭夫人慵懶的喝問：「誰呀？」

任天翔湊近窗戶笑道：「乾娘，昨日我遇到個波斯女相師，很是靈驗，所以忍不住一大早就帶來給您老看看相，孩兒有什麼好東西總是第一個想到您老人家。」

「大清早看什麼相？讓她先回去吧。」房裏響起鄭夫人的嘟囔，顯然是不想起來應酬。

任天翔忙道：「這女相師輕易不給人看相，而且看一次起碼要五貫錢。孩兒為了將她請來，可是加倍付了報酬，你老若是不看，我可就白白扔了十貫錢。」

任天翔抓住了鄭夫人好佔便宜的心理，所以謊稱碧雅蘭是十貫錢請來的相師。鄭夫人一聽，當然捨不得十貫錢就這樣白白扔掉，急忙道：「你讓那相師稍等，我馬上就起來。」

片刻後，鄭夫人開門而出，將二人迎了進去。碧雅蘭貴為太子妃，天生一股雍容華貴的氣質，全然沒有一絲江湖術士的猥瑣氣息，加上她那昂貴到不可思議的身價，令鄭夫人肅然起敬，不敢再有絲毫輕視。

有任天翔在一旁打掩護，碧雅蘭表現得也中規中矩，不露破綻。任天翔見二人熟絡起來，便推說要去看望高夫人，將碧雅蘭留在了鄭夫人這裏。他已經告訴了碧雅蘭有關鄭夫人的一些基本情況和癖好，以碧雅蘭的聰明，定能將她哄得開開心心。只要把鄭夫人哄高興，以後碧雅蘭出入都護府就容易多了。

任天翔雖然已是都護府的常客，但對於都護府關押犯人和俘虜的大牢，卻還從來沒有去過。不過這也難不倒他，向一個僕傭問明大牢的方向，他便大搖大擺地踱了過去。

「站住！幹什麼的？」剛到牢門附近，一聲斷喝將任天翔嚇了一跳。就見一旁的崗樓中閃出個校尉，手扶刀柄，滿臉戒備。

那校尉模樣似乎有些熟悉，任天翔仔細一看，記起不久前在逮捕鄭德詮的行動中，曾經在封常清身邊見到過他，甚至還記得他的名字是叫王金寶。

「哎喲！是金寶兄弟啊！」任天翔心中暗喜，忙過去熱情地招呼。

那校尉也認出了任天翔，便放開刀柄問道：「原來是任公子，你怎麼轉到這牢房重地來了？」

任天翔忙道：「今日有事被鄭夫人召入府，事辦完了就順便轉轉。這裏是牢房重地？不知關押的都是些什麼人？我有個朋友前日跟人鬥毆被官府抓了去，不知是不是關在這裏？」

王金寶笑道：「這都護府牢房平日關押的都是重犯要犯，尋常鬥毆怎會關入這裏？再說，前日牢房中所有犯人都已遷走，你朋友肯定不會在這裏。」

任天翔明知故問：「為啥要把所有犯人都遷走？」

「還不是為了關押這次遠征捕獲的俘虜。」王金寶不以為意地答道，「也就是石國和突騎施的那些王公貴族，高將軍不日就將獻俘長安，所以要將他們嚴加看管，不能出半點紕漏。」

任天翔聞言，心中暗喜，雖然他未必願意幫碧雅蘭救出石國太子，但如今被毒藥控制，性命攸關，也容不得他多做選擇。他忙趨近一步，小聲道：「我聽人傳言，石國人和突騎施人都生得青面獠牙，凶惡無比，不知是否如此？」

王金寶啞然失笑：「鄉野傳言，當不得真。其實他們除了身材高大彪悍一點，長得跟別的色目人也沒什麼兩樣，沒什麼特別。」

任天翔將信將疑地道：「怎麼大家都說石國人和突騎施人都長得如妖魔鬼怪一般？不知金寶兄弟能否讓我進去看看，待我親眼見識後，也好回去堵了那幫愚民的嘴。」

王金寶正要拒絕，任天翔已將一摞銅錢塞入他袖中，陪笑道：「金寶兄弟就讓我開開眼界吧，回頭我請你去不夜巷喝花酒，春風樓剛來了個羅馬美人，有好多新奇活兒咱們從沒見過，我帶你去開開眼界。」

見王金寶還在猶豫，任天翔急道，「你莫非還怕我劫獄不成？」

在這戒備森嚴的都護府內，說劫獄簡直是玩笑，何況任天翔在王金寶眼中，不過是一市井紈褲，他一隻手都能將之制服。這樣一想，他也就不再堅持，看看左右無人，他示意兩名獄卒打開牢門，然後對任天翔小聲叮囑道：「你進去看一眼就出來，我在這裏幫你把風。快去快回，若是讓人撞見，我可是要擔責任。」

「兄弟放心，我看一眼就出來！」任天翔說著，丟下王金寶便直奔牢門。

由於都護府是由當年龜茲國的王宮改建，因此就是牢房也修得寬敞大器、監室眾多。任天翔一間間看過去，就見監室裏關押著無數神情委頓的戰俘，看他們的衣飾打扮，應該就是石國和突騎施的王公貴族。

任天翔將碧雅蘭給他的項墜戴在自己胸前，然後一間間囚室看過去。在最裏面那間囚室，一名被關押的俘虜看到那項墜時，陡然睜大了雙眼，直勾勾地盯著那項墜再挪不開目光。囚室中另外還有兩名俘虜，三人雖然衣著打扮十分普通，但那個年輕囚犯眉宇間偶爾露出的雍容氣度，卻是普通人所沒有的。

「有人托我來找一個叫薩克的傢伙。」任天翔淡淡道，他知道薩克太子雖然被俘，卻沒有暴露身分，所以並沒有被高仙芝派人特別看護。

那眉宇軒昂的年輕囚犯遲疑了一下，不顧另外兩人的眼色沉聲道：「我就是薩克。」

「太好了！」任天翔沒想到這麼容易就找到薩克太子，忙湊近一步悄聲道，「突力和太子妃正在籌劃營救你，你不用擔心。」

年輕囚犯臉上並無一絲驚喜，卻急切地道：「請你轉告他們，要他們立刻停止！我不要他們營救，讓他們不要再做無謂的犧牲。」

任天翔有些意外，失聲問：「為什麼？」

年輕囚犯臉上閃過一絲剛毅，遙望虛空沉聲道：「我要借高仙芝獻俘長安的機會面見大唐皇帝，向他揭露高仙芝覬覦石國財富，背信棄義攻打石國的真正目的。」

任天翔啞然失笑：「就算你見到聖上、告訴他真相又如何？他難道會為了你這個已經失國的落難太子，懲處為朝廷開疆拓土的戰將？世人的行事原則從來就是利字當頭，道義都是用來要求別人的東西。只要高仙芝的遠征給朝廷帶來的是眼前利益，朝廷才不會在乎一個受害者的申訴。」

年輕囚犯怔怔地望著任天翔，眼中滿是絕望。

這時，就聽牢門外有人輕聲喝道：「任公子你快點，李嗣業將軍快來查牢了。」

任天翔急忙對薩克太子道：「你還有什麼話帶給突力和太子妃，請快點告訴我！」

薩克太子想了想，從自己手指上扯下一枚指環，遞給任天翔道：

「這是我的信物，讓突力不要再冒險。以他們現在的實力，根本沒有機會救我。另外，再轉告我的愛妃，石國不止我一個王子，我雖落入敵手，但我還有兄弟，可以立他們為太子，繼承石國大統。」

任天翔點點頭，接過指環轉身便走。他先前答應幫碧雅蘭救薩克太子，還只是由於受到毒藥的威脅，但是現在，他卻真有些想幫碧雅蘭和突力救出石國太子，因為在這種情況下還在想著別人的太子，他還從來沒有聽說過。

綁架

第十一章

馬車順著龜茲的長街徐徐而行，在空曠的長街中顯得十分孤單。

任天翔心煩意亂地望著窗外倒退的夜色，不知如何解決眼前的難題。

是出賣高夫人保命，還是犧牲自己保全高夫人，這讓他左右為難。

薩克太子的指環在眾武士手中傳遞，最後被交到太子妃碧雅蘭手中。她仔細看了看指環，強壓住心中的激動對任天翔澀聲道：

「沒錯！這正是太子的指環，他真被關在都護府大牢中？」

任天翔點點頭：「千真萬確，不過他交給我這個指環，是要我轉告你們，他不要你們再做無謂的冒險，不要再想著救他脫困。」

「太子真這樣說？他為什麼不要我們營救？」眾人紛紛追問，臉上滿是焦急。

任天翔嘆道：「薩克太子是不想你們再做無謂的犧牲，他說石國不止他一個王子，你們可以立他的兄弟為太子，繼承石國大統。這是他的原話，你們可以考慮一下。」

眾武士面面相覷，最後盡皆將目光轉向突力和碧雅蘭。

就聽突力斷然道：「不行，我們一定要救出薩克太子。雖然石國還有王子，但他們不是年紀尚幼，就是懦弱無能，沒一個有薩克太子的威信和能力。除了薩克太子，無人可以擔起復國的重任。」

眾武士盡皆頷首，顯然對薩克太子都是衷心擁護。不過一個老成的武士遲疑道：「可是現在薩克太子卻令我們不要再冒險救他，這如何是好？」

眾人啞然無語，他們對薩克太子一向是尊崇備至，如今要救太子就得違背他的口諭，這讓眾人陷入了兩難之境，就連突力也遲疑難決，只得將目光轉向了太子妃。

碧雅蘭對著薩克太子的指環沉吟良久，突然展顏笑道：「太子要咱們不要再冒險救他，如果咱們找到個不冒險的辦法將他救出，就不算是違背他的口諭。」

突力茫然問道：「有什麼辦法能不冒險就救出太子殿下？」

碧雅蘭從容笑道：「今日我從高仙芝乳母鄭夫人那裏瞭解到，高仙芝是個大孝子，對母親高夫人十分孝順。咱們若能將高夫人綁架，或許就可以用高夫人換回太子。」

突力聞言連連點頭，忙問：「這倒是個好主意，不過咱們如何才能將高夫人成功綁架？要知道安西都護府有重兵守衛，咱們連見高夫人一面都很難，如何才能綁架她？就算她偶爾外出，也肯定有人護衛，我們又如何保證萬無一失？」

「這些都不是問題。」碧雅蘭微微一笑，轉向任天翔，「任公子是都護府的常客，還常常為高夫人抄錄佛經，想必對高夫人什麼時候離開都護府也有所瞭解。只要有你幫忙打探，我們一定能準確知道高夫人行蹤以及她的護衛情況。只要有了準確的情報，還怕不能得手？」

任天翔心裏「咯登」一跳，連忙搖頭。雖然他知道高夫人每月初一和十五，必到龜茲郊外的紅蓮寺燒香拜佛，但高夫人是他的恩人，更像至親長輩一般對他愛護有加，他無論

如何也不能出賣高夫人來換取自己的利益。他急忙道：

「高夫人一向深居簡出，很少離開都護府，你的打算恐怕很難實現。」

碧雅蘭嫣然一笑：「我不信高夫人就不離開都護府一步，你莫非是不忍心出賣高夫人？」

在碧雅蘭那直透人心的目光逼視下，任天翔心虛地轉開頭，敷衍道：「好吧，我幫你們去打探，我可不想為旁人賠上自己的性命。」

「記住，你還剩下六天時間。」碧雅蘭笑著提醒道，然後轉向突力款款吩咐，「備車，送我和任公子回去。」

馬車順著龜茲的長街徐徐而行，在空曠的長街中顯得十分孤單。任天翔心煩意亂地望著窗外倒退的夜色，不知如何解決眼前的難題。是出賣高夫人保命，還是犧牲自己保全高夫人，這讓他左右為難。

回到大唐客棧，小芳見任天翔帶著碧雅蘭出去了一整天，心中老大不樂意，撅著嘴對任天翔抱怨道：「天翔哥，你有什麼事一定要帶著個女奴去辦嗎？」

任天翔知道這丫頭又在吃醋，不由調侃道：「都護府鄭夫人想找個粗使丫鬟，我倒是想帶你去賣個好價錢，就怕你不樂意。」

小芳知道任天翔又在信口開河，臉上一紅：「討厭，不理你了！」

好不容易將小芳等人打發走，任天翔仔細關上房門，端坐到書桌前，接著前日未抄完的經書抄寫起來。在是否出賣高夫人保命的問題上，他心中委實難決，只能靠抄寫經書平息心中的紛亂。

門外傳來輕輕的敲門聲，不等任天翔讓進，碧雅蘭已捧著托盤推門而入，像個真正的女奴般將托盤中的茶水糕點捧到任天翔面前：「請公子用茶！」

她已經換下厚重的外袍，僅著露腰的緊身短褂，越發突顯胸的豐滿和腰的纖瘦，頭上披下的薄紗，使她婀娜多姿的身段有種如夢如幻的不真實感。即便任天翔閱人無數，也不得不在心中暗讚：真是個高貴與嫵媚並存的極品女人。

「你不知道像你這麼出色的女人，深夜進入男人的房間會有危險？」任天翔猜到她是來向自己施加壓力，以救出她的太子，便故意色迷迷地打量著她的身材，「我可不是柳卜惠。」

碧雅蘭毫無羞澀地嫣然一笑，在任天翔面前緩緩轉了個圈，將自己凹凸有致的身材在任天翔面前好好秀了一回，然後解下面紗，抬起波光粼粼的眼眸望著他，用近乎囈語般的

口吻柔聲道：「只要你幫助咱們綁架高夫人，救出太子殿下，從今往後我就是你的人。任你生死予奪，也無怨無悔。」

任天翔色色一笑，緩緩逼近一步，輕輕托起碧雅蘭的下頷，端詳著她美豔精緻的面龐，曖昧地笑問：「是不是我要你做什麼都可以？」

碧雅蘭垂下眼簾，避開任天翔近乎猥瑣的目光，澀聲道：「公子但有所令，奴婢無不從命。」

「很好！」任天翔放開碧雅蘭下頷，沉下臉往門外一指，「從今往後，沒有我的允許絕不能進入我的房間。現在你給我出去，我不習慣女人自己送上門。」

氣氛突然的轉變令碧雅蘭十分意外，她又羞又惱地轉頭就走，連面紗也顧不得撿起。直到她摔門而去，任天翔才長舒了口氣，在心中暗自慶幸：好險！這蛇蠍美人要再大膽一點，我多半就把持不住。一旦上了她的賊船，要想脫身恐怕就不容易了。

任天翔從小就在青樓長大，看慣了女人的虛情假意，碧雅蘭那點粗劣伎倆自然瞞不過他的眼睛。他知道碧雅蘭不惜以身相許，其實完全是為了救薩克太子，一個如此美豔絕倫的高貴女人，不惜犧牲色相營救丈夫，這令他既羨慕又嫉妒，他還從來沒遇到過這樣癡情的女人。

重新坐回書桌，任天翔繼續提筆抄寫經書。不過，他的心思已無法集中到經書上，他不斷在心中問自己：不算我自己的小命，就算看在這癡情女人捨身救夫的情分上，我也該幫她一回，但高夫人那裏，我又該如何向她交代？

第二天一早，任天翔就帶著一夜抄寫的經書又來到都護府。這幾天他來得實在太勤，不過，就算是為了裝樣子，他也得向碧雅蘭表明他是在為營救太子的事努力。

高夫人收到新抄的經書，照例要留任天翔在府中陪她吃飯，趁機聽他講說江湖上的野聞趣事。席間，高夫人注意到任天翔臉色有些蒼白，神情也有些恍惚，不由關切地問：「天翔，你是不是抄寫經書太累了？以後你不必如此辛苦，我已讓府中的師爺幫忙抄寫。」

「不累，只是昨夜沒睡好。」任天翔強作笑顏，不過卻被高夫人看出了他眼底的憂慮。她關切地問：「你有心事？」

「沒……」任天翔搖頭避開高夫人的目光，欲言又止。那慈愛的目光令他想起了早逝的母親，這使他無法繼續面對著這樣的目光撒謊。

「你心中肯定有事！」高夫人敏銳地感覺到任天翔的異樣，神情越發焦急，「有什麼為難之事你儘管告訴我，老身一定為你做主。」

見任天翔面有難色，高夫人揮手令丫鬟僕傭退下，然後懇聲道：「天翔，你雖不是我子侄，但在我心中卻比親子侄還親，有什麼為難事儘管告訴嬸娘，嬸娘一定會幫你。」

任天翔眼眶一紅，淚水差點奪眶而出。自從母親過世後，他再沒體會過來自長輩的關愛，雖然任重遠內心深處對這個兒子愛恨有加，但卻很少表露出來。以至於任天翔從七歲至今，第一次感覺到被人這樣關心愛護，而這個人跟他完全非親非故，自己認她做嬸娘，其實也是別有用心。他心中羞愧，忍不住脫口而出：「嬸娘，我……我對不起你。」

高夫人詫異道：「你每日為嬸娘抄寫經書，這份孝心令人感動，有什麼對不起嬸娘？」

任天翔心中雖然被高夫人感動，但並未完全失去理智。他方才差點脫口說出接近高夫人的目的和伎倆，不過立刻就剎住。見高夫人追問，他低頭遲疑了一瞬，片刻間就做出利害權衡，暗自把心一橫：賭一把，成敗在此一舉！

心中拿定主意，他緩緩抬起頭來，澀聲道：「前日我在都護府外被人綁架，那些人用毒藥脅迫孩兒做內應，幫他們打探嬸娘行蹤，以便幫他們綁架嬸娘。孩兒不忍傷害嬸娘，所以今日來見嬸娘最後一面，今日過後，嬸娘就當孩兒出了遠門，再無法在嬸娘跟前伺候。」

高夫人聞言拍案而起：「什麼人這麼大膽，竟敢在都護府外綁人？嬸娘這就告訴我兒，讓他立刻抓人！」

任天翔連忙搖手：「千萬不要！孩兒被逼服下了七日還毒藥，只有七天的命，而這解藥也只有他們才有。他們警告我，若敢向官府告密，就毀掉解藥，讓我陪他們一起死。」

「他們究竟是些什麼人？竟然如此惡毒？他們又為啥要綁架老身？」高夫人急道。

任天翔嘆了口氣：「他們是被高將軍滅國的石國武士，說起來他們也是迫不得已。他們的國王已在這次戰亂中殉國，太子則被高將軍俘虜。為了復國，他們千里迢迢追到龜茲，就是想救出他們的太子。以他們的實力，根本不可能救出被關在都護府的太子，所以只好出此下策，綁架嬸娘換回太子。而我剛好被他們撞上，就用毒藥逼我給他們做內應，為他們通風報信，彙報嬸娘行蹤。」

「是石國人？」高夫人皺起眉頭，她也聽到坊間傳言，這次石國被兒子所滅，多少有些冤枉，是兒子覬覦石國財富，才背信棄義突然襲擊，將石國洗掠一空。雖然這些只是坊間傳言，但兒子帶回的大量金銀財寶間接證實了這一點，這令一向信佛的高夫人內心深感不安。

「正是石國那幫亡國之徒！」任天翔嘆道，「我聽坊間傳言，石國是因為富有而遭唐軍洗劫。我雖同情他們，卻也不忍心出賣嬸娘，哪怕賠上自己性命，也不能讓嬸娘落入他們手中。我今日來就是最後再見嬸娘一面，將他們的陰謀告訴嬸娘，免得嬸娘不小心落入他們手中。」

高夫人感動得眼眶一紅：「可是如此一來，你身上的毒藥如何能解？」

任天翔坦然一笑：「孩兒死便死吧，反正孩兒在世上孤苦伶仃無人疼愛，能早點與先母團聚，也算了了孩兒一樁心願。」

高夫人心中一痛，淚水奪眶而出，忍不住拍案而起：「不行！我不能看著你為我而死。嬸娘這就去找仙芝，哪怕放了那石國太子，也要救你一命。」

「萬萬不可！」任天翔急忙起身阻攔，「高將軍豈會為了我這個微不足道的外人，將俘虜的石國太子放掉？嬸娘若告訴高將軍這事，他必定以雷霆手段將所有石國俘虜立刻處決，以絕石國亡臣的希望。」

高夫人篤信佛教，最忌殺生，聽任天翔這一說頓時左右為難。

任天翔見時機成熟，不由囁嚅道：「嬸娘若真想救孩兒，孩兒倒是有個辦法，不過就只怕委屈了嬸娘。」

高夫人急道：「什麼辦法，你但講無妨。」

就這片刻之間，任天翔已想到了一個既不出賣高夫人，又有機會將薩克太子救出的辦法。他在房中緩緩踱了個來回，將這辦法又在心中梳理了一遍，這才款款道：

「後天就是十五，嬸娘照例會去紅蓮寺上香。我想請嬸娘在上香回來的路上，避開隨從到附近一個僻靜幽雅的去處玩幾天，我會派人伺候和保護嬸娘。然後我讓石國武士給高仙芝將軍送信，假說嬸娘被石國武士綁架，要高將軍三天內放了石國太子。請嬸娘放心，三天後，無論高將軍放不放人，我都會護送嬸娘回府，絕不會讓你落入石國武士之手。就不知嬸娘信不信得過孩兒？」

高夫人低頭沉吟道：「若老身被綁架，仙芝定願用石國太子將老身換回，這倒是個兩全其美的辦法。這既可以救你性命，又可以幫那些可憐的石國人，你這辦法再好不過，我有什麼不能相信？」

「太好了！」任天翔興奮地一擊掌，「後天嬸娘上香歸來的路上，想法避開隨從護衛，我會派人在半道上去接你。我知道那附近有處牧場緊鄰河畔，風景秀麗，有西域難得一見的江南風光，嬸娘去小住幾日，保證不會失望。」

「聽你這一說，我倒真想去玩幾天。」高夫人已有些躍躍欲試。任天翔連忙與她約定了會合的地點，又教她如何避開隨從護衛，這才充滿期待的告辭離去。

回到大唐客棧，剛進門，任天翔就是一驚。只見幾個打扮奇特的彪形大漢正在大堂中喝酒，他們隨身攜帶的刀劍瓜錘等五花八門的兵刃，雖然都靠牆放到了一旁，可依然給人一種無形的壓力。

官府雖然沒有禁止百姓攜帶兵器，可像這樣攜帶兵器聚集在一起，卻也不多見，惹得別的客人連連側目。不過任天翔吃驚的不是這個，而是認出這幫人正是前日綁架過自己的石國武士，領頭的正是彪悍如狼的突力。

看到任天翔進來，突力似笑非笑地對他舉了舉酒杯，然後若無事地與眾手下繼續喝酒吃肉。

任天翔狠狠地瞪了他一眼，回身問在店內忙碌的小芳：「這是怎麼回事？」

「什麼怎麼回事？」小芳忙得顧不上理會任天翔，直到將要菜叫酒的客人安頓好，才對任天翔笑道，「你是說為啥今天生意這樣好？咱們遇到大主顧了。」

她故作神秘地小聲湊近一步，「看到那兩桌的幾個人沒？他們是行走江湖的刀客，專門替客商護送錢財貨物，在盜匪的刀頭下掙賣命錢。他們要在咱們店裏住幾天，等一樁大生意。他們出手大方，所以我將他們安排在了二樓的上房，咱們發財了！」

二樓的上房正好在任天翔房間的隔壁，一左一右將他的房間夾在中間。他氣得滿臉鐵青，卻發作不得，只得恨恨道：「我的女奴在哪裡，讓她將茶水送到我房裏來。」說完丟下莫名其妙的小芳，氣沖沖地上樓回房。

片刻後，門外響起敲門聲，任天翔打開房門，將碧雅蘭一把拖了進來，仔細關上房門，他指著樓下質問：「這是什麼意思？是信不過我？」

「你誤會了。」碧雅蘭放下茶水，若無其事地道，「突力他們並沒有要監視你的意思，只是他們在龜茲實在找不到落腳之處，所以我才讓他們上這兒來。」

「那你們也得為我想想啊，萬一要出點事，我這客棧還開不開？」任天翔氣沖沖地將茶水一口灌下，結果被嗆得連連咳嗽。

「如果你儘快幫咱們綁架高夫人，咱們立刻就走。」碧雅蘭輕輕為任天翔拍著後背，「已經三天過去，你打探到高夫人離開都護府的消息沒有？」

任天翔知道碧雅蘭是在給自己施加壓力，他憤然推開碧雅蘭的手：「我已經有了救出薩克太子的辦法，這辦法無需綁架高夫人，所以綁架計畫取消。」

碧雅蘭面色一沉：「是什麼辦法？」

「我現在還不能告訴你！」任天翔臉上泛起獨有的自信和決斷，「你們只要依照我的命令去做就行了。」

「我們憑什麼相信你？」碧雅蘭質問。

「憑我任天翔的保證。」他傲然道，「如果你覺得不夠，可以再加上我這條命。救不出薩克太子，我就為他殉葬。」

他的臉上洋溢著決斷和自負的容光，令碧雅蘭十分驚訝，她以前只在薩克太子臉上偶爾看到過這樣的容光，那是手握千萬人性命的男人才可能有的表情，她想不通一個小小客棧老闆，竟然也有這種令人信任和屈服的氣質。不過，碧雅蘭不想就這麼屈服，她堅持道：「你的命本來就在我們手裏，所以你的保證在我眼裏一錢不值。告訴我你的辦法，如果確實可行，我們會照你的辦法去做。」

任天翔冷酷一笑：「我現在不是在跟你商量，而是在對你下令。你現在只有兩種選擇，一是無條件信任我，聽從我的指揮；二是將我立刻殺掉，然後再照你們的辦法去救太子。除此之外，沒有第三種選擇。」

二人的目光針鋒相對，毫不退讓。

碧雅蘭能帶領眾多武士千里追蹤，本身就是剛毅倔強的證明，但在任天翔面前，她第一次生出一種無能為力的感覺。她發現面前這年未弱冠的少年不僅心志堅毅，而且還有雙敏銳的眼睛，一旦發現對手弱點就絕不讓步，直到對手屈服為止。而她最大的弱點，就是沒有內應的幫助，根本沒有機會救出太子，所以她只能接受對方任何條件。

「好！我選擇無條件信任你。」碧雅蘭終於收回目光，冷冷道，「不過我要提醒你，如果薩克太子有什麼意外，不僅你要死，這客棧中所有人，也都要為太子殿下殉葬。尤其是你那個溫婉賢淑的小芳妹妹。」

見碧雅蘭悻悻而去，任天翔暗自鬆了口氣，現在事態開始在照著他的意圖在發展，這與當初他被動捲入此事時的無助完全不同了，他開始把握到命運的脈搏，將命運掌握在自己手裏。無論是輸是贏，是成是敗他都要負全責，這既是壓力也是動力，能激發出他最大的智慧，他喜歡現在這種感覺。

開門來到走廊，他向樓下忙碌的小澤招招手：「阿澤，去幫我請褚家兄弟過來下。」片刻後，褚然褚剛兄弟雙雙來到任天翔房間，兄弟二人這段時間一直在大唐客棧吃閒飯，被任天翔待為上賓，早有些如坐針氈的難受，如今終於聽到恩人召喚，二人興沖沖過來問：「任兄弟有何事差遣？儘管吩咐就是。」

「吩咐不敢當，我有點小事要麻煩兩位哥哥。」任天翔說著，將龜茲地圖展開，指著郊外紅蓮寺附近，「明天，你們去這一帶找個地勢偏僻、風景秀麗的牧場，多給牧場主一些錢，在那裏安排下一處雅靜的住處。後天午時，你們去這裏接一位老夫人，只要你們說是受我的差遣，老夫人自然會跟你們走。你們就稱老夫人是你們母親，並且也要將她當真正的母親一般伺候。先將她帶到牧場休息，然後向她要一件信物回來給我，三天後，你們將她送回紅蓮寺，然後就將這事徹底忘掉。記住，千萬不要走漏風聲，知道的人越少越好。」

褚剛啞然失笑：「我還當是什麼大事，原來不過是接一個老夫人去牧場小住三天，這點小事咱們兄弟一定辦得妥妥當當，公子放心好了。」

褚然不像褚剛那般單純，知道這其中必有隱秘，不過行走江湖多年，他也知道江湖規矩，也就不再多問，對任天翔一抱拳：「任公子放心，我會盡最大的小心去辦。」

將褚氏兄弟送出房門，任天翔俯瞰著樓下眾人，心中突然生出一種運籌帷幄、決勝千里的躊躇滿志。這種以天下為枰、以眾生為棋，與命運之神對弈的感覺，給了任天翔一種莫大的快感，他開始隱約意識到，這才是自己想要的生活。

天高地闊，暖風習習，控馬緩行在這樣的環境之中，讓習慣於在高原山谷中疾馳的李嗣業有種昏昏欲睡的感覺。

自從追隨高仙芝將軍以來，他已經習慣了穿梭於崇山峻嶺之中，從罕無人跡的絕嶺險地尋找插入對手心臟的線路，那種於山巔急衝而下殺入敵陣的快感，已經像酒癮一樣深入了他的骨髓。像這樣慢悠悠護送高夫人去郊外燒香拜佛，實在讓李嗣業渾身都不自在。

不過他不敢有絲毫抱怨，他知道只有最得高將軍信任的心腹驍將，才有資格護送高將軍的母親。高將軍是個大孝子，總是用自己最好的東西來孝敬母親，這也包括他麾下最好的將領，李嗣業很自豪自己就是這其中之一。

「李將軍！李將軍！」身後的呼喚將李嗣業從昏昏欲睡中喚醒。他回頭望去，就見高夫人的丫鬟晴兒從車中探出頭來，用商量的口吻道，「老夫人覺著身子有些疲乏，想到前面那村莊歇息片刻再走，李將軍你看行麼？」

李嗣業看看天色，日頭才剛剛有些偏西，他點點頭：「卑職謹遵夫人吩咐。」說完向兵卒們揮揮手，一行人調過馬頭，向離官道不遠的小村莊走去。

龜茲地處西域，百姓大多以游牧為主，後來大唐在安西四鎮駐兵後，為了解決駐軍的吃飯問題，便鼓勵百姓從內地遷來，在安西四鎮郊外墾荒種地，朝廷免除傜役，這樣就漸漸形成了零星的小村莊。村民以漢人為主，這一點讓李嗣業很放心。

高夫人和官兵的到來讓村裏的里長受寵若驚，連忙將高夫人帶到自己家中歇息，同時安排村民款待隨行的兵將。李嗣業也不客氣，與眾兵將下馬解鞍，在村中暫歇。

一個時辰後，李嗣業見天色不早，便令隨從去請高夫人上路。

片刻後，那兵卒神色慌張地回來，結結巴巴地稟報：「將軍，老、老夫人不見了！」

「怎麼回事？你慢點說。」李嗣業心中咯登一跳，臉上微微變色。

那兵卒喘了兩口氣：「小人去請高夫人，誰知高夫人休息的房間窗門緊閉，卻空無一人。小人急忙與里長四下去找，誰知找遍了周圍所有房間，依舊沒有找到老夫人，就連侍候老夫人的丫鬟晴兒也不見了。」

李嗣業強壓心中的驚慌，鎮定道：「大家無須驚慌，也許老夫人帶著丫鬟去了附近遊玩。大家分頭去找，一旦找到立刻回報。」

眾兵卒應聲而去，半個時辰後陸續空手而回。李嗣業大怒，令眾人再找，直到日頭即將落下地平線，依舊沒有任何消息。李嗣業無奈，只得留下大半兵勇包圍村莊，不准任何人外出，自己則將里長綁了去見高將軍。

就在高仙芝得知母親失蹤的同時，任天翔也收到了褚氏兄弟的回覆。把玩著褚然遞過來的玉佩，那是高夫人隨身攜帶的玉佩。他淡淡問：「你們的行動順利嗎？」

「非常順利。」褚然笑道，「老夫人帶著丫鬟悄悄溜出村子，與咱們在村外會合，我立刻將她們帶到了昨日就聯繫好的牧場，那裏地勢偏僻，也沒人知道她們的身分。我只說自己母親喜歡郊外清靜，讓牧場主容她在那小住幾日。有褚剛在那照顧，絕不會有事。」

任天翔滿意地點點頭：「你也回去照顧吧，三天後，照計畫將老夫人送到紅蓮寺。」

褚然應聲離去後，任天翔又讓小澤將碧雅蘭叫來。

片刻後，碧雅蘭來到任天翔房中，他將玉佩遞給她道：

「現在該你的人出馬了。這是高夫人的隨身玉佩，你選一個既機靈又勇敢的死士，帶著這個玉佩去見高仙芝，就說高夫人在你們手裏，你們要用她換幾個石國俘虜。如果高仙芝同意，你們就保證老夫人的安全。」

碧雅蘭將信將疑地接過玉佩：「高夫人的玉佩怎麼會在你手裏？她現在人又在哪裡？」

任天翔淡淡一笑：「我保證要救出薩克太子，就一定會做到。至於我怎麼去救，你就不必關心了，你們只需照我的吩咐去做就行。」

碧雅蘭氣惱地瞪了任天翔一眼，最後還是無奈收起玉佩：「好！我們會完全按照你的吩咐去做。」

黃昏時分，就在安西都護府為高夫人的失蹤亂成一團的時候，一個彪悍如狼的色目漢子從都護府大門打了進來，無數兵將蜂擁而上，竟擋不住他電閃雷鳴般的彎刀。

他一直衝到二門，就見一柄陌刀由斜刺裏殺出，生生擋住了他奮力劈出的一刀，將他手腕也震得隱隱發酸。他心中一凜，抬頭望去，就見陌刀執在一名虎背熊腰的高大將領手中，威風凜凜猶如門神一般。眾兵卒紛紛讓開，將兩個如虎如狼的漢子圍在了二門外的庭院中。

那彪悍如狼的漢子見到那手執陌刀的唐軍將領，眼中驀地爆出無名烈火。那驍勇善戰的陌刀將見到那漢子心裏也打了個突，失聲輕呼：「是你！」

「是我！」突力雙眼幾欲噴火，他也認出了眼前這第一個攻入王宮，斬下國王頭顱的敵軍第一悍將。作為國王的侍衛長，這是他一生的恥辱，他恨不得立刻就用敵人的鮮血來洗刷自己的恥辱，但現在顯然不是時候。

他強壓心中復仇的衝動，緩緩從懷中掏出一方玉佩，高高舉過頭頂，「高夫人在我們手裏，你如果不想她有事，就讓高仙芝立刻出來見我。」

李嗣業也認出了當初那個石國王宮中罕見的武士，其勇武彪悍令他也不敢小覷。他看看突力手中的玉佩，依稀認得是高夫人隨身佩戴的飾物，他不敢自專，揮手對一名隨從下令：「快去稟報高將軍。」

片刻後，高仙芝帶著無數兵將疾步而出，一眼就認出了突力手中的玉佩，也認出了眼前這石國的第一武士。他心中一寒，顫聲問：「我母親在哪裡？」

「高夫人在我們手裏，她暫時還算安全。」突力冷冷望向大唐帝國的西域之王，「不過，如果高將軍不答應我們的條件，高夫人的安全我們就無法再保證。」

「什麼條件？」片刻間，高仙芝便已壓住心中的激蕩，恢復了他喜怒不形於色的從容。

「釋放所有石國人，我們就將高夫人安全送回。不然結果你自己去想！」突力冷冷道。

這並不是任天翔的計畫，任天翔只是要他向高仙芝要回太子和幾個重要大臣。不過如果有機會，為何不救下所有石國戰俘？因此突力臨時改變主意，要高仙芝釋放所有石國俘虜。

高仙芝毫不猶豫地點頭道：「沒問題，我現在就可以放了所有石國戰俘，請將我母親立刻送回。」

突力沒想到高仙芝答應得這般爽快，不由愣了愣，想起任天翔的交代，他連忙搖頭：「我們不能立刻送回高夫人。」

「為什麼？」高仙芝急道，「就算你們是綁匪，我交了贖金你們也該立刻放人啊。」

「我們不是綁匪。」突力切齒道，「我們只是被你滅國的亡國流民。你的背信棄義、兩面三刀，我們早有領教，我們一旦送回高夫人，你就可以對我們肆無忌憚地追殺。這裏是你的地盤，我們無法逃出你的掌心，因此你必須給我們三天時間，保證不派人跟蹤或追趕，三天後我們自然會送回高夫人。」

高仙芝略一沉吟，冷笑道：「我憑什麼相信你？」

突力自豪地挺起胸脯，針鋒相對地迎上高仙芝冷厲的目光：「咱們石國能以富裕聞名天下，是因為合國上下皆是以商立國。為商者信譽第一，此乃石國人的共識，這也是我立國之基礎。你雖對我背信棄義，我依舊對你誠實守信，這就是真正石國人的行事作風。」

高仙芝面對一臉驕傲的突力，突然感到有些羞慚。他避開對方輕蔑的目光，頷首道：「好！我就信你一回。明日一早我釋放所有石國俘虜，並保證絕不派人跟蹤追擊，三天後，你們將我母親平安送回。你可以回去覆命了。」

突力搖搖頭：「我不會走，我將與石國同胞在一起，直到他們全部獲救。」

高仙芝皺起眉頭：「可你如何向你的同伴轉達我的誠意，以保護我母親的安全。」

突力微微一笑，從懷中取出一支信炮，對天拉響。信炮在天空中炸開，像盛開的焰火老遠都能看到。突力丟下炸過的信炮，拍拍自己懷中笑道：

「我這裏還有幾支不同的信炮，分別表示不同的意思，我會隨時向同伴傳達不同的消息，以保證高夫人的安全。現在，請將我送去見我的同胞，我要與他們在一起。」

高仙芝暗自驚訝對方計畫之周詳，令他不敢輕舉妄動。示意隨從將突力送到關押石國俘虜的大牢後，高仙芝遙望虛空默然無語，聞訊趕來的封常清忍不住小聲問：

「咱們真要釋放所有石國俘虜？」

高仙芝手拈髯鬚冷冷一笑：「沒錯，我會全部放了他們。不過，我要在他們歸國的必經之路上設下埋伏，待我母親平安歸來後，再將他們重新抓回來。」

封常清恍然大悟，不由點頭讚道：「將軍高明！那些石國戰俘身上都有傷，跑不快也走不遠，只要咱們連夜在龜茲四周各條道路上設下眼線和伏兵，三天之後還不手到擒來？不僅如此，還要連累營救他們的石國叛逆，被將軍一網打盡。」

高仙芝微微一笑，陡然一聲高喝：「來人，傳令三軍將領即刻到都護府議事。」

隨從應聲而去後，兵將們立刻忙碌起來，他們已從高仙芝的語氣中，感受到了大戰來臨前的緊張氣息。

還債

第十二章

任天翔驚呆了，以前只聽說過有貧窮男人典押老婆救急，
沒想到薩克貴為太子，為了碧雅蘭當初一個許諾，
竟然真要將太子妃送給自己做奴婢，
石國能成為西域有名的富裕之國，看來絕不是偶然。

高仙芝答應釋放所有石國俘虜的消息，任天翔當天晚上就從碧雅蘭那裏得到了確認。這與他的計畫有些出入，他原本只想救出薩克太子，最多再包括幾個掩護太子身分的石國貴族。不過在碧雅蘭和突力看來，如果有機會救出所有石國俘虜，當然不會錯過，所以二人自作主張，要高仙芝釋放所有石國同胞，沒想到高仙芝竟爽快地答應了。

聽完碧雅蘭略帶得色的彙報，任天翔皺眉在房中踱了幾個來回，焦慮之色佈滿眉宇。他知道高仙芝不是個輕易屈服的傢伙，答應得越爽快，反悔的機率就越大，他已經猜到了高仙芝釋放所有石國俘虜的真正意圖。

碧雅蘭見任天翔面色憂慮，不由歉然道：「我們臨時決定，要高仙芝釋放所有石國俘虜，我知道這會打亂你的計畫，不過，你肯定有辦法讓他們所有人安全脫身。」

「我也想幫你們全部平安脫身，但現在根本就不可能。」任天翔氣沖沖地攤開龜茲地圖，指著地圖嘆道，「高仙芝答應釋放所有石國俘虜，是要用他們拖住你們的腳步，為他贏得追擊的時間。你看，只要他連夜在龜茲四周設下眼線，這麼多老弱病殘就肯定逃不過他的追擊。別說給你們三天，就是給你們三十天，他也有把握將俘虜重新抓回來。」

碧雅蘭微微變色，忙問：「那怎麼辦？」

任天翔一聲冷哼：「如果你們再這樣自作主張打亂原定計劃，就算諸葛孔明再世也幫不了你們。」

碧雅蘭忙陪笑道：「公子有偷天換日、瞞天過海之才，定有辦法救出太子。我保證，以後一定按照你的計畫行事，絕不再自作主張。」

誰都喜歡奉承，尤其是美女的奉承，任天翔也不例外。見這驕傲自負的太子妃居然向自己低頭陪笑，他面色稍霽，低頭對著地圖看了半晌，他沉吟道：

「要想救出太子，也不是沒有辦法，不過就怕你們捨不得下這血本。」

碧雅蘭連忙道：「太子是咱們石國復國的希望，多大的血本咱們都捨得下。」

「就連突力都可以犧牲？」任天翔追問。

碧雅蘭怔了一怔，決然道：「沒錯，只要能救出太子，所有人——包括我在內——都可以犧牲。」

「那好，我有救出太子的辦法了。」任天翔說著詭秘一笑，「不過為了防止洩露天機，這辦法知道的人是越少越好。」

「連我也不能知道？」碧雅蘭不悅問道。

「沒錯！你也不能知道。」任天翔笑道，「我當然不是不相信你，只是怕你知道底細後，難免會在同伴面前流露出一些異樣，弄不好就穿幫了。」

碧雅蘭咬著牙沉吟片刻，遲疑道：「我憑什麼相信你？」

「你只能相信我。」任天翔臉上又泛起那種令人討厭的壞笑，「如果你堅持要知道我的計謀，我當然可以向你和盤托出，不過，屆時發生了什麼意外，就千萬不要怨我。」

碧雅蘭恨恨地盯著任天翔那調侃的目光，心中突然有種給他一巴掌的衝動。這可惡的少年雖然整天嬉皮笑臉，沒一分正經，卻偏偏有許多古怪精靈的計謀，每每於幾無可能的絕境中，找到柳暗花明的捷徑，令人既欽佩又有些不服。不過碧雅蘭在心中權衡再三，萬無一失地救出太子的願望，總算超過了女人天生的好奇，她無奈點頭道：

「好！我信你！我會完全按照你的吩咐去做。不過我要提醒你，萬一太子有什麼意外，我不會放過你！」

「你放心，我不會拿自己的性命開玩笑，太子的安全就是我的安全。」任天翔微微笑道，「現在，你先給我沏壺好茶，然後給我捏捏肩背，待我神清氣爽之後，再告訴你下一步該做什麼。」

碧雅蘭鳳眼一瞪正待發火，任天翔已搶先瞪目質問：「剛答應要一切聽我吩咐，難道這第一件事就做不到？若是如此，大家乾脆一拍兩散，各回各家，各找各媽，大不了我任天翔為你們的太子陪葬就是。」

「你想得美！你那條賤命怎能與太子相提並論！」碧雅蘭一咬玉齒，無奈去沏茶，少時她將新泡的香茗捧到任天翔跟前，恨恨道，「只要能救出太子，你怎麼糟踐我都沒關係。不過太子若有任何意外，我會讓你死得很慘很慘！」

任天翔嘻嘻一笑：「是死是活以後再說，現在先給我捏捏肩，鬆鬆骨，然後再替我研墨。看我的錦囊妙計，怎麼救下你的太子。」

獵獵溯風，拂過廣袤無垠的大草原，給入秋的大草原又增添了幾分寒意。初升的朝陽投下的慘澹霞光，不過是給了大草原一分回暖的假象。一百多名衣衫襤褸的石國俘虜，俱被這假象迷惑，人人眼裏湧動著希冀的微光，他們已經知道高仙芝將釋放所有石國俘虜。

一小隊武士出現在地平線盡頭，有人認出那是來自石國的武士，不由淚如泉湧，似看到了歸國的希望。昨晚他們聽突力說要救他們歸國，還都將信將疑，如今再無懷疑，紛紛湧向那些石國武士。突力示意大家稍安勿躁，然後縱馬迎上自己的同伴。

就見一名眉目清秀的武士來到突力面前，低聲道：「這裏有三個錦囊，請將軍先打開第一個錦囊，然後照錦囊裏的指示嚴格執行。」說著將一個密封的錦囊遞到突力手中。

那武士雖然臉有塵土，唇上有鬚，但突力還是一眼就認出，這是太子妃假扮。他正要見禮，卻被對方的眼神制止。

突力疑惑地展開錦囊，雖然太子妃的舉動十分奇怪，不過突力沒有再問，立刻照著錦囊中所寫，回頭對押送眾俘虜出城的高仙芝道：「不勞高將軍遠送，咱們就在這裏分手吧。」

高仙芝勒住馬，示意手下兵卒解開俘虜身上的繩索，然後對突力懇聲道：「本將軍已經依照約定放人，希望你們也信守承諾。」

突力點頭道：「你放心，只要咱們平安離開，不遇阻攔和跟蹤，三天後，自然會有人將高老夫人送還。」說完勒轉馬頭，對眾人一揮手，「咱們走！」

目送著眾人漸行漸遠，漸漸消失在地平線盡頭，高仙芝始終沒有向躍躍欲試的部將下達跟蹤尾隨的命令，在母親安全歸來之前，他不想節外生枝。他堅信，昨晚在離開龜茲的各條道路上布下的暗哨，足以保證這些人逃不出自己手掌心。他猜到在這些俘虜中間，一定隱藏著一個僅次於石國國王的重要人物，不然這些武士不會如此堅忍不拔，千里營救。僅次於國王的人物，肯定就是石國那下落不明的太子，如果能將石國最有名望的太子作為人質牢牢控制在手中，就不怕石國那些叛逆再起異心。高仙芝手捋飄逸的髯鬚，嘴角邊泛起了一絲成竹在胸的微笑。望向身旁的封常清，他淡淡問：「沿途都佈置妥了？」

封常清點頭道：「請將軍放心，我已在龜茲周圍布下了天羅地網，沒人可以逃過咱們的眼線。不僅如此，我還準備了數十條最好的獵犬，一旦老夫人安全歸來，咱們就可發動追擊。有這些獵犬之助，他們就算逃出千里之外，也別想甩掉咱們。」

「好！三天之後，我將親率虎賁營進行一場大圍獵！」高仙芝自信一笑，調轉馬頭向部將下達了一個簡潔的命令，「收兵！」

突力率眾人翻過一片草坡，遠離高仙芝部眾視線後，立刻勒馬停了下來。雖然他還不太理解碧雅蘭的錦囊妙計，但依舊毫不猶豫地執行，太子妃的智計謀略，早已令他折服。

「停！」隨著突力一聲令下，扶老攜幼的眾人亂哄哄地停了下來，由於錦囊中有特別的叮囑，突力沒有急於與太子和太子妃相認，而是照著錦囊中的吩咐，對眾人朗聲道，「咱們雖然暫時得到自由，但卻還沒有脫離危險。在離開龜茲的每一條道路上，佈滿了高仙芝的眼線，無論咱們從哪條路走，都很難逃脫高仙芝的追蹤。所以，咱們必須分頭走，以免被高仙芝一網打盡。」

「分兵？怎麼分？」眾人紛紛問道。突力環顧眾人，舉手分派道：「扎多，你帶一路人馬向北走弓月城，經突騎施繞道歸國；圖瓦，你帶一路人馬向西沿赤河逆流而上；納多

那，你帶一路人馬沿玉河向南，從吐蕃繞道大小勃律歸國；我率一路人馬向東，往玉門關方向而去。」

「去玉門關？那豈不是與歸國之路背道而馳？」眾人紛紛問。

突力微微頷首道：「沒錯，我將率一路人馬往東，深入大唐帝國腹地，希望能為大家引開追兵。」

眾人盡皆變色，有武士更是出言勸阻。突力猛然拔刀望空一斬，斷然喝道：「時間緊迫，由不得大家慢慢討論，立刻照我分派分頭行動，不得再有半點拖延，違令者斬！」

眾人無奈，只得照突力的分派分成四路。薩克太子原本不想丟下眾大臣，不過見突力將自己分到了往東一路，那是最沒有希望歸國的路，他也就不再言語，能為眾人引開追兵，甚至一路往東去長安面見大唐皇帝，狀告高仙芝的逆行，正是他心中的願望。

少時分派完畢，眾人終於分頭上路，走向東南西北四個不同的方向。

第二天清晨，龜茲高高的城樓之上，高仙芝手撫髯鬚遙望地平線盡頭，雖然早已看不到那些逃犯的蹤影，不過他的眼線分佈在龜茲周圍百里範圍，無論那些逃犯從哪條路走，都別想逃過他的眼睛。

「將軍快看！」身後封常清突然叫道。順著他所指方向望去，就見北邊地平線盡頭，一股狼煙沖天而起，直達九霄。那是北面眼線發出的信號——北方發現了石國逃犯的蹤影。

「地圖！」高仙芝一聲輕喝，立刻有將領將地圖在他面前鋪開，他望著地圖沉吟道，「往北，看來他們是走弓月城方向，經突騎施繞道歸國。不過一天時間才走出不到百里，就算途中沒有伏兵，也絕沒有可能逃過咱們的追擊。」

話音剛落，就聽有部將又在驚呼：「將軍快看！南邊也有狼煙！」

沒過多久，就見東南西北四個方向，先後均有狼煙沖天而起。高仙芝遙望四方冷笑道：「分成四路想擾亂咱們的視線，真是幼稚。」說著他回頭望向封常清，「你說，他們的太子，最有可能在哪一路？」

封常清沉吟道：「四路人馬，只有往東一路最沒有歸國的希望，他們的太子必在其中。」

「沒錯！」高仙芝鼓掌笑道，「他們已猜到咱們必在其歸國路上設下眼線和埋伏，往東與他們歸國之路背道而馳，咱們的伏兵相對薄弱，所以他們的太子必在其中。也許他們的太子還想去長安面見聖上，所以看似最不可能的那條路，必有他們的太子。」

封常清點頭道：「現在就等老夫人平安歸來後，咱們便可開始這場千里圍獵。但願石國人像傳說的那樣，始終信守諾言。」

「對這一點我倒是不擔心。」高仙芝微微嘆道，「石國人最是迂腐，他們許下的諾言，還從未失信於人。」

話音未落，就聽有將領驚呼：「將軍快看，東方又有狼煙燃起！」

高仙芝舉目望去，果見東方又有一股狼煙沖天而起，他略一沉吟便猜到原委，不由撫鬚冷笑道：「想用不斷分兵來擾亂咱們視線，真是小看了本將軍。」

東方百里之外，突力看完第三個錦囊，回頭對薩克太子和碧雅蘭道：「殿下，咱們該在這裏分手了。」

經過一路上不斷分兵，如今突力身邊只剩下一名武士保護著太子和太子妃。他遙望東方輕嘆道，「這一路上，所有人都以為殿下要去長安面見唐明皇，現在，我與扎多將冒充太子繼續往東，為殿下引開追兵。」

薩克急道：「那你們豈不十分危險？」

突力感動地低頭一拜：「突力謝謝殿下關心，石國有無突力都可以復國，但沒有殿下卻是萬萬不能。請殿下以復國大業為重，不要為我們的安危分心。」

「是啊！」碧雅蘭也道，「沒有突力和眾大臣引開追兵，殿下萬難逃過高仙芝的追蹤。」

薩克搖頭苦笑道：「高仙芝用兵如神，豈會給我留下逃生之路。我還不如繼續往東走，若能僥倖逃到長安面見唐皇，興許還能為死難的國人討還公道。」

「殿下雖有此心，恐怕也萬難實現。」碧雅蘭握住丈夫的手，輕嘆道，「就算咱們僥倖逃到長安，恐怕唐朝皇帝也絕不會為了亡國之人，就懲處為他開疆拓土的名將，這一去多半是自投羅網。如今所有去路雖有高仙芝的伏兵和眼線，但有一處卻是他萬萬想不到的盲區。」

「是哪裡？」薩克太子忙問。

碧雅蘭回首指向來路，欣然道：「就是他安西都護府所在。」

「龜茲！」薩克太子恍然大悟。

「沒錯！正是龜茲！」碧雅蘭嘆道，「高仙芝絕想不到殿下逃離虎口，會回到龜茲隱匿，就算他想到這點，也絕想不到龜茲城內有人接應，為殿下安排下可靠的落腳點。用任公子的話來說，這叫燈下黑。」

在逃亡的路上，薩克太子已從碧雅蘭口中知道了任天翔，他不由嘆道：「任公子果有過人之才，不過其他人恐怕就……」

碧雅蘭黯然點頭道：「任公子無法救下所有人，所以只有犧牲他們為殿下引開追兵。他們中許多人遲早會被高仙芝抓回去，所以任公子要咱們一路上都宣稱殿下要去長安，這樣就能借他們之口，把殿下去長安的假資訊傳給高仙芝。殿下若不想他們的犧牲變得毫無價值，就該以復國大業為重，先去龜茲隱匿，待唐軍鬆懈後再伺機歸國。」

薩克太子含淚道：「愛妃所言極是，我不會讓大家的犧牲變得毫無價值。不過，就算龜茲是高仙芝料想不到的盲區，可龜茲城守衛森嚴，咱們如何才能通過城門關卡飛進城去呢？」

碧雅蘭釋然笑道：「這個任公子已有安排，他說咱們與突力分手後，會有馬車前來接應，屆時咱們可以大搖大擺地進城。」

薩克太子將信將疑地皺眉問道：「那是什麼馬車？難道可以不經盤查就進入戒備森嚴的龜茲城？」

碧雅蘭笑道：「我不知道那是什麼馬車，不過我相信任公子的安排，他總是能於山窮水盡之時，找到柳暗花明的捷徑。」

「殿下保重，突力去了！」突力遙遙一拜，率假扮成薩克太子的武士縱馬向東疾馳而去。

薩克太子眼中泛起點點淚花，對突力一拜：「將軍保重，祝你們擺脫追蹤，早日回歸故國，我會在都城為你們接風！」

與突力二人揮手作別後，薩克太子與碧雅蘭回頭望去，就見地平線盡頭，一輛馬車由西向東徐徐而來。那是護送高夫人回龜茲的馬車，褚然褚剛兄弟充任車夫，依約前來接應薩克太子。有高夫人做掩護，他們的馬車進城時不會受到任何盤查。高仙芝再如何用兵如神，也絕想不到自己母親會成為薩克太子的掩護和共謀。

第二天一早，薩克太子便借高夫人馬車順利進入龜茲，並在碧雅蘭帶領下來到了大唐客棧。當薩克太子看到任天翔，頓時驚得目瞪口呆，他認出了當初為自己傳遞消息的那個少年，沒想到對方竟然是一家大客棧的小老闆。

「殿下安心在我這裏住下來，只要你不洩露自己身分，就不用擔心安全。」任天翔說完轉向碧雅蘭，笑著對她攤開手，「我已依約救出你的太子，你是不是該給我七日還的解藥了？」

碧雅蘭歉然一笑：「對不起，我沒有解藥。」

「什麼？」任天翔乍然變色，厲聲道，「你們竟要背信棄義，置我於死地？你要搞清楚，如果我有什麼不測，你們也別想安然脫身。」

碧雅蘭無辜地攤開雙手：「公子誤會了，我沒有加害公子的半點意思。這世上根本就沒什麼七日還，那只是咱們為了讓公子盡心盡力幫助營救太子殿下，臨時編造的一個謊言，所以也就沒有什麼解藥。當初我逼你服下的那枚藥丸，不過是一枚強身健體的小還丹罷了。」

任天翔聞言又喜又惱，喜的是自己以為的致命毒藥無藥而解，惱的是自己自以為聰明，沒想到卻被碧雅蘭一個小小的騙局矇得白白擔心了好些天。他恨恨地哼了一聲：

「這麼說來，當初你的承諾，也只是為了讓我賣命許下的謊言了？」

碧雅蘭臉上一紅，咬著嘴唇尷尬地低下頭。

薩克太子見狀忙問：「什麼承諾？」

任天翔恨這女人成功地騙了自己一回，也就不再客氣，冷笑道：

「你老婆當初為了讓我救你脫困，許諾在我成功將你救出之後，給我做一輩子奴婢作為報答。我是聽聞石國人素來以信義立國，何況是堂堂太子妃親口許諾，這才冒死出入都護府，為殿下的安危奔前忙後。如今殿下脫困歸國只在早晚，就不知太子妃會不會履行當初的承諾？」

薩克太子聞言僵在當場，碧雅蘭更是羞得無地自容。

任天翔見狀，心中稍稍好受了些，冷笑著開門離去，將薩克太子和碧雅蘭留在了客房中。他不奢望薩克太子會割愛讓妃，只希望薩克太子好好教訓一下這個愛耍小聰明的女人，短短幾天時間，她已經成功欺騙了任天翔兩回，任天翔一生中還從來沒這麼笨過。

施施然來到樓下大堂，就見大堂中冷冷清清，看不到幾個吃飯的客商。任天翔見小芳在櫃檯前算賬，便湊過去問：「最近生意怎麼樣？」

「你還知道關心生意？」小芳撇著嘴將賬本扔到任天翔面前，「自從前日那幾個波斯刀客離去後，生意就一落千丈。客棧本來就已經入不敷出，你還要養些沒用的閒人，照這樣下去，咱們都得喝西北風。」

客棧的生意不好，任天翔也有所察覺，卻沒想到已到了入不敷出的地步。他隨手翻了翻賬本，有些疑惑道：「怎麼會這樣差？」

小芳撇著嘴沒好氣道：「你這個東家整天忙著帶漂亮婢女遊山玩水，生意怎麼好得了？」

任天翔知道這小妮子又在吃飛醋，不由尷尬地撓撓頭，不好意思地笑道：「我這個東家不在，不還有掌櫃麼？」

小芳眼眶一紅，恨恨地瞪了任天翔一眼：「我爺爺是掌櫃不是駱駝，就是駱駝也都還有喘口氣的時候。何況我爺爺感染風寒，已經臥床三日。」

「周掌櫃病了？」任天翔有些意外，「為什麼不告訴我？」

「還不是怕影響你玩樂的心情。」小芳沒好氣地道。

任天翔心中大叫冤枉，不過卻又無法分辯，畢竟這幾日他做的是掉腦袋的事，知道的人越少越好。他尷尬地摸摸鼻子：「你爺爺好些沒有？我這就去看看他。」

「不勞東家操心，我會照顧好爺爺。」小芳說著，丟下任天翔，去招呼兩個剛進門的客人。

這種小事原本是由跑堂的李小二去應付，不過因為生意清淡，李小二不知跑哪裡偷懶去了，所以小芳只好親自出馬，一邊招呼客人入座，一邊叫李大廚準備酒菜。

任天翔知道小芳在生自己的氣，只得先去看望老掌櫃。還好周掌櫃只是年紀大了，稍微一點頭痛腦熱就臥病在床，並無大礙。難得任天翔親自到床前噓寒問暖，周掌櫃心中感動，拉著任天翔的手嘆息道：

「我老了，原本還以為自己可以再做幾年，誰知一場風寒就差點要了老朽半條命。這掌櫃的活兒只怕老朽做不長了，還請公子早做準備。」

任天翔心知周掌櫃是見客棧的生意日漸清淡，而自己卻陸續養了些光吃飯不幹活的閒人，弄得客棧入不敷出，連累他也沒錢可賺，所以心灰意冷想要離去，卻又不好意思開口，這才借這次風寒給自己提個醒。

任天翔理解地點點頭，安慰道：「你老安心養病，櫃檯上的瑣事自然有人應付，你無須操心。你老年紀大了，也該回老家享幾年清福，我會儘快找個新掌櫃，接替你老手中的活計。」

「多謝公子！」周掌櫃連忙道謝，當初他答應留下來做掌櫃，原本是看在任天翔拿出一半的盈利作為報酬的份上，如今客棧的盈利為負，連累他也沒錢可賺，所以才萌牛去意。見任天翔答應尋找新掌櫃，他自然感到高興。

任天翔答應歸答應，但要找個掌櫃接替周掌櫃，卻令他十分頭痛。雖然周掌櫃不是個開疆拓土的好掌櫃，但至少是個經驗豐富的老掌櫃，除了他之外，任天翔一時間還想不出誰更適合做大唐客棧的掌櫃。阿普沒經驗，小芳還是個黃毛丫頭，而他自己卻還有更重要的事情要做，都不是接替周掌櫃的合適人選。

看來只能從外面請高人了。任天翔在心中嘀咕。不過，一個好的掌櫃價錢通常都不低，任天翔不敢確定高價請來一個掌櫃，是否能讓大唐客棧走出困境。

任天翔心事重重地回到自己房間，剛坐下，就聽門外傳來敲門聲，他知道定是薩克太子和碧雅蘭夫婦，因為整個二樓客房除了自己和外出未歸的褚氏兄弟，目前就只住了他們兩人。

「進來就是，門沒插。」任天翔懶懶地躺在竹椅上不願起身。門應聲而開，門外果然是薩克太子和碧雅蘭，只見薩克太子神情嚴肅莊重，而碧雅蘭的眼眶則紅得像個桃子。

任天翔沒有起身，就算對方貴為太子，他也沒覺得自己就應該誠惶誠恐。

只見薩克太子來到任天翔跟前，將一封書信遞到他面前。任天翔疑惑地接過來：「這是什麼？」

「是我妃子賣身為奴的契約，上面有她的指印和她丈夫的花押。有了這份契約，從今往後，她就是你的奴婢。」薩克太子停了停，肅然道，「不過，我希望以後能將她贖回，無論花多大的代價。」

任天翔驚呆了，以前只聽說過有貧窮男人典押老婆救急，沒想到薩克貴為太子，為了碧雅蘭當初一個許諾，竟然真要將太子妃送給自己做奴婢，石國能成為西域有名的富裕之國，看來絕不是偶然。

就在他拿著碧雅蘭的賣身契發怔時，薩克太子已回頭對碧雅蘭含淚道：「愛妃，我這就趕回石國，無論花多大代價，我都要將你贖回。」

「殿下，我會永遠等著你！」碧雅蘭忍不住撲入丈夫懷中，二人相擁而泣，猶如生離死別一般。

任天翔不滿地敲敲桌子，訓斥道：「既然是我的人，當著我的面跟別的男人勾搭，是不是太不給我這個主人面子了？現在本公子渴了，還不快上茶？」

碧雅蘭依依不捨地放開丈夫，手忙腳亂地倒了一杯茶，雙手捧到任天翔面前。

任天翔沒有伸手去接，反而呵斥道：「好歹你也做過太子妃，一點規矩不懂。難道你的婢女給你上茶，就是這樣像個木頭一樣？」

碧雅蘭滿臉屈辱地半蹲下身，垂頭低聲道：「奴婢……請公子用茶。」

「這還差不多。」任天翔滿意地點點頭，接過茶杯淺淺呷了一口，淡淡問，「從現在起，我就是你的主人了，是不是我對你做什麼都可以？」

「是。」碧雅蘭聲如蚊蟻。

「是不是可以將你當東西一樣任意買賣，甚至送人？」任天翔繼續問。

「是……」碧雅蘭屈辱地垂下頭，聲音幾不可聞。

「那好，現在，我就要將你這個沒用的奴婢送出去。」任天翔說著，來到薩克太子面前，將手中賣身契遞給他，「你一定不會介意收下這份禮物吧？」

薩克太子目瞪口呆地望著任天翔，結結巴巴地質問道：「你……你這是什麼意思？是不相信我們會履行諾言？」

「我相信。」任天翔臉上洋溢著真誠的微笑，「你已經證明了自己是個值得信賴的朋友，我很想交到你這樣的朋友。現在碧雅蘭是我的奴婢，是我的奴婢就可以任由我處置，所以我想請你收下這份來自朋友的小禮物。」

薩克太子驚訝地望著任天翔，一臉的難以置信。

任天翔見狀調侃道：「你要趕快做出決定，將這麼漂亮的婢女送人，不是每個人都捨得，我都忍不住要反悔了。」

薩克太子趕緊搶過賣身契，一把抱住任天翔，哽咽道：「你將是我永遠的朋友！」

在這巨大的變故之下，碧雅蘭呆呆地不知如何反應，直到薩克太子向她張開雙臂，她才驚喜交加地撲入他的懷中，與丈夫相擁而泣。

任天翔有些羡慕地望著相擁的二人，在心中暗自懊惱：這麼高貴漂亮的婢女，連點便宜沒占就白白送給了別人，我真是虧大了。

不過，他轉念又一想，要是將一個想著別的男人的女子留在身邊，不定什麼時候就要紅杏出牆，甚至弒主叛變，到那時才真是虧得血本無歸。與其如此，倒不如做個順水人情，交個既有背景又值得信賴的朋友。這樣一想，他心裏稍稍好受了一點。

任天翔正在胡思亂想，就見碧雅蘭放開丈夫，含淚來到他面前，突然給了他一個感激的擁抱。並在他耳邊柔聲道：「我一直以為你是個好色的小混蛋，現在我才知道自己錯了，你是個真正的俠義君子，謝謝！謝謝你！」

美人芳香溫柔的擁抱，讓任天翔心神一蕩，差點把持不住。他趕緊推開懷中令人胡思亂想的身體，色色笑道：「本公子一直就好色，偶爾也混蛋，不過絕不奪朋友之妻。你要有沒出嫁的姐妹，不妨給本公子介紹介紹，只要有你一半漂亮就可以了。」

碧雅蘭臉上一紅，啐道：「三句話不離女人，你就不能正經點？」

「任公子對咱們夫婦有救命之恩，這點小小的要求咱們定當滿足。」薩克太子上前挽住妻子，對任天翔懇聲道，「雅蘭雖然沒有未出嫁的姐妹，但石國有的是美女，姿色在雅蘭之上者不計其數。待我回歸故國，定為公子精心挑選一個漂亮婢女，送到公子身邊侍候。」

「這可是你說的啊！」任天翔立刻打蛇隨棍上。

「咱們石國就是一個普通人，一句話也能值千金，何況我堂堂太子？」薩克太子說著舉起右手，「你若不信，我可以向光明神發誓！」

「得得得，別動不動就發誓，我又不是信不過你。」任天翔趕緊制止，突然又想起一事，「對了，我老聽你們說向光明神發誓，那是個什麼東西？」

「光明神不是東西，而是咱們信奉的最高神祇。」薩克太子正色道，「咱們石國人大多信奉光明神教，光明神就是世間光明與正義的化身。」

「原來如此。」任天翔似懂非懂地點點頭，以前在長安他只知道道教與佛教，對於西域各國信奉的各種神靈並無研究，不過通過與薩克太子和突力等石國人的接觸，他對光明神教有了幾分好感。只是他對一切宗教都不感興趣，便轉開話題道，「高夫人平安歸來，高仙芝肯定已在放手追擊逃走的石國俘虜。待過得這陣風頭，等龜茲的警戒鬆弛下來後，我送你們平安離開。你們安心在這裏住下，我想最多一個月，你們就可以安全脫身。」

「我想半年後再走。」薩克突然道。

「半年後再走？為什麼？」任天翔皺起眉頭。

薩克太子輕輕握住碧雅蘭的手，對任天翔懇聲道：「你送我的這份禮物，對我來說，就如同我的生命一般珍貴。我如果不做出力所能及的報答，會永遠於心不安。」

任天翔啞然失笑：「朋友之間是不談報答的，再說，你一個落難太子，拿什麼來報答？」

薩克太子正色道：「就算是朋友之間，也要禮尚往來友誼才能長久。我雖是個失國的太子，身邊既無錢財又無人手，不過咱們石國是以商立國，石國人天生就有賺錢的本領，皇室成員更是精於此道。我見你這客棧生意清淡，想必已經入不敷出，請給我一個機會，就讓我以我所長來報答公子。」

任天翔感覺有些好笑，一個衣來伸手飯來張口的皇室貴冑，居然自稱精於賺錢，這就像商人自稱精於治理國家一樣，都是風馬牛不相及的事。不過，為了不傷薩克太子的信心和面子，他隨口問道：「那你說說看，我這客棧問題出在哪裡？為什麼我投入重金修繕一新，生意反而不如以前？」

薩克太子自信道：「你給我三天時間，三天後我告訴你問題所在，並拿出改進方案。」

任天翔不置可否地微微一笑：「隨便你，反正三天之內你也走不了，找點事做也好。不過我要提醒你，千萬不要離開客棧，我怕有人認出你是都護府的逃犯，一旦你被抓，我都要跟著掉腦袋。」

「這個你倒不用擔心。」薩克太子從容一笑，「我被俘後，一直假扮成太子身邊的侍從，讓一個侍從假冒我的身分，在唐軍眼裏，我是個無足輕重的小人物，再說，我們胡人在你們唐人眼裏模樣都差不多，不會有人記得我的模樣。只要我略作打扮，剪掉這頭長髮和剃掉這些鬍鬚，就不會再有人認得。」

任天翔想想也對，便沒有再堅持，只叮囑道：「那以後我就叫你薩多，對旁人就稱你是來自波斯的皮貨商，途中遇到搶匪，貨物和隨從全部丟失，流落到我的客棧尋找新的機會。」

「沒問題，我一切聽從公子安排。」薩克太子爽快地答應下來。

三人又仔細商定了一些細節，然後碧雅蘭幫薩克剪短頭髮改變髮式，剃去頷下雜亂的絡腮鬍。經過這一番處理，薩克太子變成了一個面目英俊、氣質雍容的年輕胡商，就連任天翔也差點認不出來。

不到三天時間，化名薩多的薩克太子就來向任天翔覆命。由於他外表英俊又為人謙虛，短短幾天時間就跟大唐客棧的所有人混熟，大家都很喜歡這個來自波斯的年輕胡商，尤其他優雅的舉止和風趣的談吐，給所有人留下了深刻的印象，也為他瞭解客棧的基本情況提供了大力的支援。

有了對客棧和龜茲風土人情的瞭解，薩克太子在任天翔面前胸有成竹地侃侃而談：

大唐客棧原本是個提供普通行腳商的中低檔客棧，一向以實惠和廉價取勝。自從經過大力修繕後，它的外觀和內部環境雖然有了質的飛躍，但相應的服務卻沒有跟上，還是停留在原來的中低檔水準，因此對真正的富商沒有任何吸引力。而它的高檔裝潢反而對原來那些節儉的行商產生了一種無形的壓力，因此他們本能地放棄大唐客棧，轉投外表更樸素的客棧。大唐客棧犯了定位不準確的弊病，這樣一來，高低兩個層次的客商都不願在此駐足，客棧的生意自然是一落千丈。」

任天翔若有所思地微微頷首：「這樣一說倒是有幾分道理，就不知你可有解決之道？」

薩克太子自信地點點頭：「要想解決客棧目前的困境，首先要對客棧的主要客源重新定位。客棧經過了重新修繕後，外在的檔次明顯提高，因此，應該把客人定位在更富有的豪商，同時也要把房價提高到相應的檔次。」

「提高房價？」任天翔有些不解，「生意不好的時候提價，是不是在找死？」

薩克太子從容笑道：「如果客棧能將自身內在的一些問題解決好，提價就是順理成章的事情，沒什麼好奇怪。」

任天翔皺眉問：「客棧自身有什麼問題？」

「太多了！」薩克太子嘆道，「首先是客棧雖然經過修繕，提高了外在檔次，但內部人員卻還停留在原來的水準，對要求更高的富商自然缺乏吸引力；其次是客棧的酒菜，還是以唐人的飲食習慣為主，沒有考慮到南來北往的商賈大多是胡人或突厥人，唐人只占少數；最後也是最關鍵的一點，客棧沒有給客人一種家的感覺，自然也就留不住客人了。」

任天翔聽薩克太子說得頭頭是道，不由心生敬意，雖然他對經營客棧是外行，但也隱隱感覺到，薩克太子指出的問題確實是影響客棧生意的關鍵因素。他連忙虛心請教：「不知要如何才能改正這些問題？」

薩克太子款款道：「首先是提升內部人員服務水準，雇傭高水準的店小二和高水準的胡人大廚，使之適應高層次客人的需要；其次是實行標準化，從跑堂到夥計到大廚，要為客人提供一種標準化的服務。我知道公子買下這家客棧之初，是想將客棧的招牌在整個西域打響，使每一個西域重鎮都有一家賓至如歸的大唐客棧。要做到這一點，就必須使客棧的服務標準化，使每一個客人無論在哪一家大唐客棧，都能享受到同樣的服務和照顧。最後也是最重要一點，客棧不光要做客人吃和住的生意，還應該為客人提供一些必要的服務，比如為客人推薦可靠的保鏢或刀客，幫客人聯繫下家和傳遞商品資訊，或者幫客人做短期的資金周轉等等。總之一句話，要使大唐客棧的每一個客人，都有一種家的感覺。」

任天翔有些驚訝地打量著薩克太子，詫異問道：「你一個皇族太子，怎麼會對客棧的生意這麼內行？」

薩克太子自豪地挺起胸膛：「石國只是個小國，既無大唐帝國的豐富物產，又無大食帝國的遼闊疆土，不過幸得神靈眷顧，正好處在東西往來的交通要道上，各族客商絡繹不絕，因此為他們提供服務，是石國人一條重要的生財之道，即便皇族也不例外。我的祖先最早就是開車馬店和客棧起家，不僅如此，當年得大唐帝國分封的昭武九姓胡人，也都精於各種生意買賣。但是沒想到，咱們就因為財富，便招來滅國之禍。」

任天翔若有所思地點點頭，暗忖：看來財富是柄雙刃劍，既可以為主人帶來權勢地位，也可能帶來滅頂之災。如果沒有強大的武力作為後盾，財富積累過多反而會成為一種包袱。

見薩克太子神情黯然，任天翔忙安慰道：「你也不用太難過，石國有你這樣的太子，絕不會因為這次災禍就滅亡，我相信你定有東山再起的那一天。」他頓了頓，意味深長地

笑問，「如果讓你來做大唐客棧的掌櫃，不知你能否實現我當初買下這家客棧的願望？」

薩克太子目光一亮：「如果公子信得過在下，我保證半年之內，在安西四鎮都開一家大唐客棧！」

任天翔欣然點頭，跟著卻又有些猶豫：「你乃堂堂皇族太子，隱姓埋名到我這小小客棧做一掌櫃，只怕太過委屈。」

薩克太子苦澀一笑：「我不過是一天涯淪落人，蒙公子冒死營救才僥倖脫困，又受公子大恩夫妻才得以團聚。能為公子略盡綿薄之力是我的榮幸，有何委屈可言？」

「那好，就有勞太子屈尊為大唐客棧掌舵。」任天翔興奮地拱手一拜，如今周掌櫃有歸隱之心，客棧的掌櫃正無合適人選，薩克太子既然願意屈就，那真是解了任天翔燃眉之急。

薩克太子連忙扶起任天翔：「公子不必如此多禮，在下定當竭盡所能，實現公子當初的宏願。」

「從今往後，你就是大唐客棧的大掌櫃，對客棧的經營有完全的控制權。」任天翔欣然與薩克擊掌相約，跟著又想起一事，忙道，「不過，我有一個不情之請，還望太子殿下答應。」

「公子有話儘管吩咐。」薩克太子忙道。

「吩咐不敢，只是一個小小的請求。」任天翔笑道，「就是大唐客棧原來的夥計小二等人，都是追隨我多日的兄弟，還請掌櫃不要辭退任何一個。」

薩克太子頷首嘆道：「公子宅心仁厚，是個不可多得的好東家。能為公子效勞，在下倍感榮幸。」

任天翔哈哈一笑，挽起薩克太子的手嘆道：「我倆說話一個稱公子，一個稱太子，實在太過生分。若殿下不嫌棄，以後就叫我一聲兄弟，我也斗膽尊你一聲大哥，從今往後，便如親兄弟一般。」

「我早有此心，難得公子先開了口，為兄便斗膽叫你一聲兄弟。」薩克太子連忙伸手與任天翔一握。二人相視而笑，心中都有一種相見恨晚的感覺。

請續看《智梟》2 邊塞風雲

大唐秘梟 卷1 大唐客棧（原名：智梟）

作者：方白羽
發行人：陳曉林
出版所：風雲時代出版股份有限公司
地址：105台北市民生東路五段178號7樓之3
風雲書網：http://www.eastbooks.com.tw
官方部落格：http://eastbooks.pixnet.net/blog
Facebook：http://www.facebook.com/h7560949
信箱：h7560949@ms15.hinet.net
郵撥帳號：12043291
服務專線：(02)27560949
傳真專線：(02)27653799
執行主編：朱墨菲
美術編輯：許惠芳

法律顧問：永然法律事務所 李永然律師
北辰著作權事務所 蕭雄淋律師

版權授權：方白羽
初版換封：2016年11月

ISBN：978-986-352-379-6

總 經 銷：成信文化事業股份有限公司
地　　址：新北市新店區中正路四維巷二弄2號4樓
電　　話：(02)2219-2080

行政院新聞局局版台業字第3595號 營利事業統一編號22759935

定價：280元　特價：199元

國家圖書館出版品預行編目資料

大唐秘梟／方白羽著. -- 初版-- 臺北市：風雲時代，
2016.08 -- 冊；公分

ISBN 978-986-352-379-6（第1冊；平裝）

857.7　　105015223